W0200995

Bettina Steinbauer • Zwei im Sinn

solibro *Literatur*

1. Bettina Steinbauer:
   Zwei im Sinn
   Münster: Solibro-Verlag 1. Aufl. 2008
   ISBN 978-3-932927-40-9

SOLIBRO-Verlag, Münster

BETTINA STEINBAUER

ZWEI IM SINN

solibro

FSC
Mix
Produktgruppe aus vorbildlich bewirtschafteten Wäldern und anderen kontrollierten Herkünften
Zert.-Nr. SGS-COC-1940
www.fsc.org
© 1996 Forest Stewardship Council

ISBN 978-3-932927-40-9

1. Auflage 2008 / Originalausgabe

© SOLIBRO®-Verlag, Münster 2008
Alle Rechte vorbehalten.

Druck und Bindung: *GGP Media GmbH, Pößneck*
Gedruckt auf chlorfrei gebleichtem und alterungsbeständigem Papier.

Zitat S. 5 mit freundlicher Genehmigung des *Carl Hanser Verlages*
Botho Strauß, Rumor. Roman
© 1980 Carl Hanser Verlag München Wien

www.solibro.de

»Und doch bleibt nur ein Ort auf der Welt
aller Sehnsucht wert, kein Haus in der Heide,
kein noch so guter Garten und nicht die Freiheit,
sondern allein das Ganz Andere Gesicht.«

Botho Strauß, Rumor

Mein Dank gilt
Irene Zammert und Roger Willemsen.

Für die Hoffnung auf einen wärmenden Sommer ist es zu früh. Es riecht nach Schnee und Unlust, die ersten Anzeichen des bevorstehenden Frühlings schlummern noch unter der Erde. Die Passanten gehen gebeugt, mit zusammengezogenen Schultern verstecken sie sich im eigenen Körper. Ihre Blicke folgen den Schritten auf dem Bürgersteig, als seien sie kurzsichtig und ohne Erwartung, in der Ferne etwas zu erkennen, das ihren Blick wieder aufrichten könnte.

Die unter dem großen Eingangsportal wartenden Portiers ertragen geduldig den eisigen Februartag. Trotz ihrer viel zu dünnen Uniformen lassen sie sich die beißende Kälte nicht anmerken. Den im Minutentakt einfahrenden Taxen öffnen sie mit routinierter Zurückhaltung Türen und Kofferräume, entladen Pakete und Reisetaschen, kleine Hunde und Kleiderbeutel, begleiten geschäftsmäßig schreitende Anzüge und wehende Kostümchen mit diskreter Höflichkeit zur Hotelrezeption. Ein weiteres Taxi fährt vor, verfolgt von einer Horde kreischender Teenies. Mit weltmännischem Ausdruck ignoriert der pubertierende Popstar das hysterische Gebaren seiner weiblichen Fans. Ohne sich umzudrehen verschwindet er in der Hotelhalle.

Die Zeitung ist hinuntergefallen und ich hebe sie auf, setze mich zurück auf die Heizung, breite die Seiten wie eine Decke über den Knien aus. Es ist kalt, mein Unmut wächst, die Hostess müsste längst wieder zurück sein. Warum habe ich ihre Bitte nicht einfach abgelehnt? Ein freundliches Ausschlagen ihres Anliegens und ich wäre schon wieder auf dem Weg nach Berlin. Stattdessen vergeude ich Zeit, aber für die Stunden, die ich mir rauben lasse, kann ich niemanden haftbar machen – genehmigter Diebstahl, das ist das Schlimmste. Gefrühstückt habe ich auch noch nicht.

Im Vortragssaal tagen zwölf namhafte europäische Physiker und ein ausgesuchtes wissenschaftliches Plenum. Viele Stunden habe ich für die Vorbereitung der letzten beiden Tage gebraucht, habe lange Abende im Institut verbracht und das Leben meiner Kinder mit Fremdbetreuung und Tiefkühlpizza gesichert. Am Wochenende werde ich sie ausgiebig verwöhnen.

Das Foyer ist beinahe leer, die Gäste befinden sich in den Vortragssälen oder auf ihren Hotelzimmern.

Draußen steigt ein Mann aus dem Taxi und kommt durch die Drehtür. Unschlüssig bleibt er stehen und schaut sich um, zieht sein Handy aus der Hosentasche, schaut darauf, lässt es wieder in die Tasche gleiten. Offenbar keine Nachrichten, sein Gesicht zeigt weder Erleichterung noch Enttäuschung. Er geht an die Bar, gibt eine Bestellung auf.

Die leere Hotelstille lähmt. Wie schnell ist nichts passiert, denke ich und erschrecke. Sogleich verbiete ich diesem Gedanken, sich tiefer in mir einzunisten – diese elenden Tagesbefindlichkeiten, die so klein und hilflos machen.

Der Mann von der Hotelbar kommt auf mich zu. In der einen Hand trägt er eine ausgebeulte Ledertasche, in der anderen Hand balanciert er einen Espresso. Es sieht aus, als setze sich das Dunkel seines Anzugs nach innen fort. Wer hat Angst vorm schwarzen Mann. Er mustert mich kurz, geht an mir vorbei in Richtung Saaltür.

»Entschuldigen Sie«, versuche ich ihn aufzuhalten, »könnten Sie bitte hier warten? Der Vortrag dauert nur noch zwanzig Minuten, dann ...«

Er bleibt stehen und dreht sich zu mir um.

»Sie kennen mich nicht und unterstellen mir schlechtes Benehmen?«

»Verzeihen Sie, so war das nicht gemeint. Aber ...«

»Schon in Ordnung. Gebieten Sie den Taktlosen Einhalt. Sie haben ja recht«, seufzt er tief, »gutes Benehmen ist wie ein vollendeter Faltenwurf.«

Ein Floskelakrobat? So sieht er gar nicht aus.

»Irgend so ein japanisches Sprichwort«, fügt er hinzu, »Sie wissen schon. Asiatische Weisheiten. Geschenkbüchlein in Seidenpapier.«

Er setzt sich neben mich auf die Heizung und kramt in seiner Tasche. Ich wende meinen Blick ab, damit er sich nicht dabei beobachtet fühlt. Draußen kommt eine Straßenbahn zum Stehen, Menschen drängen in das überfüllte Innere. Die sitzenden Fahrgäste blicken teilnahmslos nach draußen, als wollten sie sich für die Enge und den dumpfen Geruch nasser Mäntel, Schirme und Kopfbedeckungen unempfindlich machen. Wie unerträglich fremder Atem sein kann, wie unerträglich der nahe Anblick sich kräuselnder Nackenhaare. Keine Fluchtmöglichkeiten, vergeblicher Versuch, alle Sinne zu betäuben – Augen schließen, einen Ohrwurm vor die Geräusche schieben, flach atmen, sich auf den Zahnpastageschmack im Mund konzentrieren.

»Darf ich?«, fragt mein Heizungsnachbar.

»Nur zu.«

Er reißt ein Stück meiner Zeitung ab, kritzelt eine kurze Notiz darauf und legt es in sein Brillenetui.

»Möchten Sie einen?«, fragt er und deutet auf seinen Espresso.

»Ja, eigentlich schon, aber ...«

Er legt den Kopf schief und lacht mich an, als wolle er mir sagen, er sei Unentschlossenheit bei Frauen gewohnt.

»Was nun, ja oder nein? ›Eigentlich schon‹ gibt es nicht.«

Mein Handy klingelt.

»Ja bitte«, entgegne ich ihm schnell und stehe auf, um mich aus seinem Hörkreis zu entfernen. Schon wieder segelt die Zeitung von meinen Knien und verteilt sich gleichmäßig auf dem glänzenden Hotelmarmor.

Verwählt.

Ich schaue nach draußen, auf der anderen Straßenseite zieht eine Mutter ihr Kind hinter sich her. Das Kind bleibt immer wieder stehen, legt den Kopf in den Nacken, öffnet den Mund und freut sich über die Regentropfen, die ihm ins Gesicht und auf die Zunge fallen. Die Mutter scheint für dieses kleine Glück kein Verständnis zu haben. Oder keine Zeit. Keinen Moment hält sie inne, um sich an der Freude ihres Kindes zu erfreuen. Ein Bus schiebt sich in meinen Blick und verhindert weitere Beobachtungen. Unter den Fenstern des Busses räkelt sich eine geklonte Schönheit auf einer Matratze. Wir sind hellwach, damit Sie gut schlafen, steht daneben. Werbung vom Feinsten.

»Sie können sich wieder setzen. Ich hole Ihnen den Espresso. Das habe ich Ihnen doch angeboten.«

»Danke, aber das kann ich auch alleine.«

»Davon gehe ich aus. Aber Höflichkeit würde mich dann zwingen, Ihnen die Zeitung aufzusammeln, und da bevorzuge ich doch lieber den Gang an die Bar.«

Er zündelt unverschämt offen.

»Kaffee, nicht Espresso«, rufe ich ihm hinterher.

Von hinten sieht er aus wie ein Porsche, der prinzipiell nur im dritten Gang fährt. Ich sammle erneut die weiträumig verstreuten Blätter auf, lege zur eigenen Sicherheit die zusammengeklappte Zeitung nun direkt auf den Boden, setze mich wieder zurück auf die Heizung.

Zwei Hotelangestellte kontrollieren die eingedeckten Tische und zupfen die weißen Tischdecken gerade. Sie drehen die Tassen so, dass alle Henkel in die gleiche Richtung zeigen, dabei unterhalten sie sich leise.

Draußen arbeitet ein Fensterputzer, und plötzlich überkommt mich eine ungeheure Lust, seinen dreckigen Wassereimer irgendwo gegen eine Wand zu klatschen, vor die frisch geputzte Glasfront, vor die mit Halbkunst dekorierte Hoteltapete. Wie mich diese gediegene Stille der Wichtigen anpfeift, diese Mehrheit der Unsterblichen, die mit gehetztem Blick auf die Uhr und dem Handy am Ohr durch Hotels und Flughäfen eilt und sich dabei noch den Anschein gibt, als wäre ihnen die eigene Bedeutsamkeit doch ein wenig unangenehm, die zwischen Raucherzone und Pissoir noch Geschäfte abwickelt.

Mein Unbekannter biegt um die Ecke. Mit Kaffeetassen in beiden Händen kommt er auf mich zu, jetzt aber im zweiten Gang, damit er nichts verschüttet, unter seinem Arm klemmt ein rotes Kissen.

»Hier, das ist für Sie«, sagt er und deutet mir an, ihm das Kissen unter dem Arm hervorzuziehen. »Sie haben ja bestimmt schon Rillen im Hintern.«

»Danke«, antworte ich und vergesse, mein Staunen aus der Stimme zu nehmen.

»Erwartungsbruch? Die Schublade war wohl schon zu?«

»Erst ziehen Sie Schubladen bis zum Anschlag heraus und dann wundern Sie sich, wenn man etwas hineinlegt?«, frage ich und ziehe ihm das Kissen unter dem Arm hervor.

»Das haben Sie aber schön gesagt.«

Wir sitzen nebeneinander, ich auf seinem roten Polster. Die große Drehtür im Hoteleingang steht nicht still, unangenehme Kühle kriecht den gläsernen Gang entlang, ein graumelierter Portier mittleren Alters versucht sich draußen die Kälte aus dem Leib zu treten, weiße Handschuhe schützen seine Hände, die er dicht vor Mund und Augen hält und in die er gleichmäßig hineinbläst.

Eine junge Hotelangestellte fährt mit einem vollen Servierwagen an uns vorbei, bemüht, den ausgestreckten Beinen meines Heizungsnachbarn auszuweichen. Ein wenig zu schwungvoll. Sie stößt mit einem Vorderrad an einen Blumenkübel, ein Teller fällt zu Boden und zerklirrt direkt neben ihm.

»Oh, oh ... das gibt Minuspunkte in der Tagesbewertung«, flüstert er mir zu.

»Entschuldigung«, sagt die junge Frau erschrocken. Vorsichtig sammelt sie die großen Scherben auf, »der Rest wird gleich weggefegt.«

Sie ist keine achtzehn, wahrscheinlich im ersten Ausbildungsjahr, verlegen schaut sie meinen Heizungsnachbarn an, als sei gerade etwas Furchtbares geschehen.

»Schon gut, ist ja nichts passiert«, versucht er sie zu beruhigen, weil es so aussieht, als würde sie jeden Augenblick in Tränen ausbrechen.

Eilig läuft sie davon. Eine Weile sitzen wir wortlos nebeneinander.

»Darf ich mich übrigens vorstellen?«, fragt er plötzlich und streckt mir seine Hand entgegen. »Eisenberg. Arthur Eisenberg.«

Ich schaue ihn an und schlage ein. Bond, denke ich, James Bond. Schnell gehe ich zum Hostesstisch und hole sein Namensschild. Mein Lächeln soll er nicht sehen.

»Dann halten Sie also den nächsten Vortrag. Sie hätten sich ruhig etwas früher zu erkennen geben können.«

»Ich hatte gehofft, dass Sie mich an der Stimme erkennen. Schließlich haben wir erst letzte Woche miteinander telefoniert.«

»Wissen Sie eigentlich, wie viele Leute täglich bei mir anrufen, ich ...«

»Alles ist gut. Bitte nicht aufregen.«

Mit dem Löffel ziehe ich Bahnen durch den Kaffee und beobachte den Strudel, der dabei entsteht. Nicht aufregen.

»Und Sie sind Klara Marxen.«

»Woher wissen Sie?«

»Nun, wir haben letzte Woche miteinander telefoniert ...«

»Müssen Sie eigentlich immer punkten?«

»Sie sind übellaunig.«

»Kann sein.«

»Warum? Oder finden Sie diese Frage zu indiskret?«

»Weil ich diese ganze sinnlose Warterei verabscheue. Zwei Tage hatte ich hier in Hamburg alle Hände voll zu tun und heute Morgen hätte ich endlich abreisen können, eigentlich müsste ich schon längst auf der Autobahn sein. Aber dann fällt der Sohn der Hostess vom Klettergerüst und sie ist auf und davon, und ich sitze hier herum und mache ihren Job. Dabei hätte ich weiß Gott Besseres zu tun. So geht das immer.«

»Warum gewöhnen Sie sich nicht einfach an den Zustand des Wartens? Wir warten doch immer, auf die Bahn, beim Zahnarzt, auf das nächste Wochenende, auf die große Liebe ... Warum machen Sie sich diese Zeit nicht zu eigen? Begreifen Sie sie doch als Möglichkeit. Warten unterbricht unsere tägliche Emsigkeit. Davor haben die meisten Angst. Plötzlich sind Lücken da und es kommen Gedanken, die sonst nicht kommen.«

»Ja, ja ... ich weiß schon. Trotzdem – warten ist auch gestohlene Zeit. Es durchkreuzt meine Pläne, das macht mich ungehalten, es gibt so viel zu tun. Diese ganze Warterei, dieses elende Anstehen und Ausharren und Gedulden. Warten richtet sich doch immer in die Zukunft und – pardauz – sind wir alt und haben unser Leben verpasst.«

»Sie sitzen hier neben mir und warten auf die Hostess. Doch es passiert etwas. Warten ist auch Gegenwart. Aber es schneidet die geplante Zeit in Stücke, das macht Sie hilflos.«

Ich denke über seinen letzten Satz nach, offenbar zu lange.

»Ich sehe, Sie bleiben sperrig. Profaner Vorschlag – warum verbuchen Sie Ihr Warten nicht einfach unter freundlicher Hilfsbereitschaft?«

»Ich bin nicht so nett wie Sie denken.«

»Das denke ich gar nicht.«

»Nein?«

»Nein.«

Ich schaue ihn an. Blaue Augen, kräftiger Hals, wohlgeformter Mund. Wie er wohl riecht?

Eine alte Frau kommt langsam auf uns zu, das Gehen fällt ihr schwer, die linke Hand presst sie auf den Rücken, in der rechten hält sie Schaufel und Besen.

»Na, ihr Turteltäubchen?«

Schwer atmend lässt sie sich direkt neben Eisenberg nieder und schiebt seine Beine zur Seite.

»Kann ich Ihnen vielleicht helfen?«, fragt er und beugt sich zu ihr hinunter. Sie drückt ihn mit dem Ellenbogen weg.

»Ne ne, lassen Sie mal, junger Mann. Das hier, das ist meine Aufgabe. Füße hoch, ich komm da sonst nicht ran ... Wissen Sie«, sagt sie nach einer Weile »ich sag immer, jeder bekommt im Leben seine Aufgabe.«

»Das sag ich auch immer«, erwidert Eisenberg und streckt seine Füße nun in meine Richtung, weil sie mit dem Besen vor seinen Schuhen fegt.

Um besser hochzukommen, stützt sie sich auf Eisenbergs Knien ab. Dabei fällt ihr Blick auf sein Namenschild. Sie drückt sich ihre Brille fester ins Gesicht und geht mit den Augen nah an sein Revers heran.

»Prof-Ei-sen-berg«, liest sie langsam und betont, »ach, Sie sind Professor. Dann sind Sie ja so was wie ’ne wichtige Person.« Sie schaut ihn prüfend an. »Aber wissen Sie«, sagt sie und tätschelt sein Knie, »wenn ich’s mir recht überlege – das ist auch nicht immer schön ... Nee ... Immer schlau sein ... Das wär’ nichts für mich.«

Eisenberg nickt nachdenklich.

»Das stimmt, das ist nicht immer schön ... Manchmal ist das gar nicht schön.«

»Und mein Sohn sagt immer, Mama, sagt er, die kochen auch nur mit Wasser.«

»Ja«, sagt Eisenberg, »da hat er recht, Ihr Sohn. Und am Ende sterben wir alle. Viel mehr muss man eigentlich nicht wissen.«

Er reicht ihr den Besen, den sie auf dem Boden vergessen hat.

»Sie gefallen mir, junger Mann ... Dann schönen Tag noch, euch beiden«, sagt sie und legt mir zum Abschied die Hand auf die Schulter. Langsam humpelt sie den Gang zurück.

In diesem Moment gehen die Saaltüren auf, angestrengt konzentrierte Gesichter strömen uns entgegen und steuern auf die eingedeckten Bistrotische mit Kaffee und Feingebäck zu. Allgemeines Stimmengewirr breitet sich über dem Gang aus. Schweigend beobachten wir die gedämpfte Betriebsamkeit.

»Danke für Kaffee und Kissen«, sage ich endlich und stehe langsam auf. »In zehn Minuten beginnt Ihr Vortrag. Benötigen Sie noch irgendetwas?«

Er erhebt sich ebenfalls, zum ersten Mal stehen wir uns gegenüber und mein Blick fällt auf seine eigenwillige Krawatte – orange mit roten Elchen.

»Ja, Verlängerung Ihrer persönlichen Betreuung.«
Zum Abschied reiche ich ihm die Hand.
»Nein«, antworte ich lächelnd, »ich glaube nicht, dass Sie die benötigen.«
»Schade«, sagt er und sieht mich an. Dann wendet er sich ab und geht auf seine Kollegen zu und ohne sich umzudrehen hebt er zum Abschied noch einmal seine Hand und ich sehe, wie bei jedem Schritt sein linkes Hosenbein im Schaft seines Schuhs stecken bleibt und wieder frei kommt und wieder stecken bleibt. Er ist kein Schlenderer.

In letzter Sekunde schlüpfe ich in den Saal – der erste und wahrscheinlich auch letzte Vortrag über Physik, den ich mir freiwillig anhöre. Die Pressearbeit im Institut erfordert Organisation, Schnelligkeit, einen routinierten Umgang mit verschiedenen PC-Programmen, aber keine Kenntnis wissenschaftlicher Inhalte. Um nicht aufzufallen, setze ich mich in die letzte Reihe. Dennoch treffen mich einige nach hinten gewandte Blicke, außer Professorin Di Fabio bin ich die einzige Frau in diesem großen Raum. Während sie sich einen festen Platz in dieser Wissenschaftsgemeinde erarbeitet hat, als Ausnahmeerscheinung akzeptiert und geschätzt, werde ich von den Anzugreihen vor mir unverhohlen gemustert. Gerne würde ich jetzt unangenehm auffallen. Stattdessen lächle ich die Herren vor mir an, ziehe meine Jacke aus und hänge sie über die Rückenlehne. Erst jetzt haben sie genug und wenden ihre Köpfe wieder nach vorne. Eisenberg steht schon da, die Hände rechts und links am Pult, ein allgemeines letztes Räuspern, dann kehrt Ruhe ein.
»Meine beiden sehr verehrten Damen und Kolleginnen, liebe Kollegen – ich freue mich besonders, unter all den ver-

trauten Gesichtern auch immer wieder unbekannte Gesichter zu sehen, die sich in den Dienst der Forschung stellen ...«

Während der letzten Worte blickt er mich direkt an, ohne eine erkennbare Regung, und ich möchte augenblicklich unter dem Tisch verschwinden. Entlarvt. Warum kann peinliche Beklemmung nicht unsichtbar machen? Eisenbergs Stimme durchzieht gleichmäßig den Raum, er hat mich schon wieder vergessen, sein Gesicht ist von ruhiger Ernsthaftigkeit, den Vortrag hält er frei, seine Worte sind unangestrengt und pointiert, die Hände ruhen weiterhin auf dem Pult, seine Unterlagen vor ihm bleiben unberührt, auch am Ende wird die erste Seite oben liegen. Weil die unterschiedlichen Streumethoden in der Festkörperphysik mich nicht euphorisieren und ich inzwischen nur noch Wörter wie »aber«, »zugleich« oder »dennoch« verstehe, schließe ich die Augen und überlasse mich dem Singsang seiner Worte. Fremde Silben, die sich nie zu verirren scheinen. Fremde Silben, die ...

Plötzlich ist es still. Für einen kurzen Augenblick bewegen sich Eisenbergs Lippen tonlos weiter. Jetzt hält er inne und klopft gegen das Mikro, ein Techniker eilt herbei und in diesem Moment frage ich mich, was ich hier eigentlich mache, warum ich hier sitze, inmitten dieser akademischen Herde, und Sätzen zuhöre, die ich nicht verstehe. Eisenberg steht mit verschränkten Armen vor der Leinwand und folgt den nervösen Bewegungen des Technikers. Ich nehme meinen Rucksack und verlasse den Saal.

Fünfter Stock Altbau, Berlin Mitte. Wie oft bin ich diese Treppe in den letzten Jahren schon hochgerannt. In jeder Zwischenetage kann man durch kleine schmutzige Fenster in den Hinterhof schauen, der immer gleich und immer trostlos aussieht. Ich mag dieses Treppenhaus nicht und bin jedes Mal froh, wenn ich oben angelangt bin.

Franz öffnet die Tür, er scheint ein wenig verwirrt, als habe er durch mein Klingeln die Orientierung verloren. Seine kurzrasierten Haare sind mehlbestäubt, in der Hand hält er ein Kochbuch und verhindert mit dem Zeigefinger, dass sich die Seiten verschlagen. Ein Küchenhandtuch hängt über seiner Schulter, ein weiteres hat er sich an einem Zipfel in die Hosentasche gesteckt, um sich daran jederzeit die Hände abtrocknen zu können. So sieht das immer aus, wenn Franz kocht. Und Franz kocht gerne.

»Ist sie fertig?«

»Nein, sie schläft noch. Sie wollte unbedingt von dir geweckt werden«, antwortet Franz und schaut mich sogleich entschuldigend an. Er weiß, dass ich auf ihre permanente Unpünktlichkeit inzwischen unverträglich reagiere.

Die Wut, die sich in der letzten halben Stunde schon vorsorglich aufgebaut hat, nehme ich mit durch den langen Gang zum Schlafzimmer. Seit Jahren gleicht es einer Rumpelkammer – überall stehen Kisten und Kartons herum, dazwischen Klamotten, Bücher, eine Murmelbahn und alte Stofftiere. Um diesem Gerümpel den nötigen Platz zu geben, schläft Ludmila in einem riesigen Hochbett, unmittelbar unter der Zimmerdecke. Das Bett lässt nur ein sehr kontrolliertes Liebesleben zu und das passt gar nicht zu ihr. Jedes Mal, wenn ich dieses Zimmer betrete, frage ich mich, wie sie und Franz sich in so einer lieblosen Umgebung nur lieben können.

Auf der vierten Leitersprosse gelingt es mir, mich über sie zu beugen. Die leichte Scheu, die mich in der Betrachtung eines schlafenden Menschen überfällt, mischt sich in meinen Vorsatz, dieses Mal ungehalten zu bleiben. Die Wehrlosigkeit der Schlafenden. Unfaires Spiel. Sie ist schön, der Schlaf macht sie unschuldig, aber ich will von dieser schlafenden Unschuld in diesem Moment nicht berührt werden.

»Ludmila«, flüstere ich und versuche, meiner Stimme einen dringlichen Ton zu verleihen. »Ludmila!«

Ich und küsse sie auf die Stirn, »bitte wach auf, es ist schon spät.«

Unter der Bettdecke bewegt sich etwas. Sie gurrt wie eine junge Taube. Ihre Augen bleiben geschlossen.

»Noch mal ...«

»Was noch mal?«

»Küssen«, gurrt sie wieder und streckt ihren Hals zur Aufforderung. Meine kalte Märznase drückt sich in ihre Halskuhle. Ich spüre meinen eigenen Atem, meine Lippen verweilen auf ihrer Haut. Ihre körperwarme Ruhe macht mich schwindelig und für einen Moment bin ich versucht, diesem Schwindelgefühl nachzugeben, mich einfach neben sie zu legen und einzuschlafen. Aber nur für einen Augenblick.

»Ludmila, wach endlich auf! In zwei Stunden stehen Jacob und Marie vor der Tür. Beeil dich, ich warte im Café.«

In unserem Stammcafé werde ich von José überschwänglich in Empfang genommen. Er umarmt mich in einer großen Bewegung, drückt mich dann an den Schultern von sich und schaut mich verzückt an. Obwohl ich schon seit vielen Monaten jeden Mittwoch in sein Café komme, gibt er sich jedes Mal erneut überrascht.

»Hallo, schöne Frau«, begrüße ich mich selbst und komme ihm damit zuvor, denn er empfängt jede Frau so, die mehr als einmal sein Café betritt.

»Wie immer – Cappuccino und Wasser?«, fragt er ein wenig pikiert und wedelt mit einer Serviette.

Endlich Sonne. Der dunkle Wolkenteppich während des Kongresses in Hamburg hat sich wie eine graue Decke auf mein Gemüt gelegt. Mich dürstet nach Helligkeit und wie immer, wenn Licht erlöst, zerrt mich das Gefühl, aufbrechen zu müssen. Irgendwohin nordwärts. Immer diese unstillbare Sehnsucht nach fremden Orten. Diese Lust auf einen Blick bis zum Horizont und auf ganz viel Himmel.

Das Knattern der Espressomaschine holt mich zurück. Ich setze mich an den letzten freien Sonnenplatz, die Kladde liegt vor mir auf dem blankgescheuerten Holztisch. Die wöchentlichen Besprechungen der Neustarts im Kino sind lästig, sichern Ludmila und mir aber das notwendige Kleingeld und einen festen Platz in der Berliner Stadtzeitung. Gleich wird sie vor mir stehen, wie immer mit einer Entschuldigung auf den Lippen und mich dabei anstrahlen. Und wie so oft wird sich mein Groll in Luft auflösen und zurück bleibt allenfalls ein leichter Unmut darüber, dass ich in meinem Unmut nicht ausdauernder bin.

Bei unserem letzten Gang durch die Straßen kam der türkische Gemüsehändler aus seinem Laden, um ein Schwätzchen zu halten, und schenkte ihr ein Glas Honig und ein paar Oliven. Fremde Männer nahmen Ludmila in den Arm, Männer, die ich, ihre Vertraute, nicht kannte und der sie anschließend erklärte: mein Zahnarzt, mein Fliesenleger, ein Nachbar.

Dann rannte ihr Karl schwanzwedelnd entgegen, sprang an ihr hoch, leckte ihre Hände und führte uns zu Karl, der auf einer alten Fußmatte vor einer Drogerie saß und auf Münzen und Ansprache wartete. Beide hießen Karl. Mensch Karl und Hund Karl. Beide freuten sich. Und luden uns zum Eis ein. Noch nie hatte mich ein Stadtstreicher zum Eis eingeladen. Ludmila erkannte meine Zurückhaltung, auch spürten wir beide, dass er sie lieber allein entführt hätte.

»Karl«, griff sie sofort ein, »darf ich vorstellen? Das ist Klara. Wenn ich ein Streichholz bin, ist sie die Flamme. Wir gehören zusammen.«

»Dann bist du auch meine Flamme.«

Karl streckte mir die Hand entgegen und hielt sie sogleich fest, weil er ein wenig zitterig auf den Beinen war. Ludmila ging mit zwei Plastiktüten und dem Hund an einer Wäscheleine ein paar Schritte vor. Ich folgte ihr mit Karl an der einen und der Fußmatte in der anderen Hand. Im Eiscafé wurden wir nur verhalten begrüßt.

Wenn Ludmila sich in ihrem eigenen Funkenflug verbrennt, sich in ihrem eigenen Tempo überholt, nächtelang nicht geschlafen hat, um Geschichten aufzuschreiben, den ganzen Tag gedolmetscht hat, um die letzte Renovierung abzuzahlen, und dabei den falschen Mann im Herzen hat, der sie quält und ihre Herzkammern sprengt – dann steht sie müde vor meiner Tür und hofft, dass ich ihr ganzes Leben an diesem einen Abend wieder in Ordnung bringe. Sachdienliche Hinweise überhört sie, saugt aber alles von mir Herzgeprüfte ein. In der Regel zieht sie sich dabei Schuhe und Socken aus, krempelt ihre Hosenbeine hoch und fordert ausgiebige Streicheleinheiten ein. So ist das immer.

José stellt mir ein Stück Käsekuchen auf den Tisch, das ich nicht bestellt habe.

»Nie wieder werde ich dich ›schöne Frau‹ nennen.«

Noch bevor er mir einen beleidigten Blick zuwerfen kann, tänzelt er Ludmila entgegen, die er von der Straße auf sein Café zueilen sieht. Sie stoßen in der Tür aufeinander, Ludmila landet unausweichlich in seinen Armen.

»Hallo, schöne Frau«, sagt er und haut sich sofort auf den Mund.

Sie wuchtet ihren Rucksack auf den Stuhl, ist noch ganz außer Atem.

»Nicht böse sein, mein Engel, schneller ging es wirklich nicht«, sagt sie und es folgen die üblichen Erklärungen und Entschuldigungen.

Während sie spricht und die Worte aus ihr herausperlen, strahlen ihre Augen und ich muss plötzlich an die kleine Kreuzkirche in Monemvasia denken, die ich so liebe und die ich Ludmila gerne einmal zeigen würde, und an die kleine Taverne unterhalb, direkt am Strand, in der man sich gegenseitig frische Muscheln in den Mund schieben kann, und in diesem Moment bin ich einfach nur glücklich, dass sie da ist.

Ein leuchtender Tag. Die Luft ist kühl und klar und der Himmel wolkenlos blau. Die Ahornallee zeigt sich in noch zaghaftem Grün, die tiefstehende Sonne lockt das Gelb aus den Rapsfeldern und die Luft riecht nach Übermut. Mir ist kalt, dennoch kurble ich die Fenster herunter und trete aufs Gaspedal. Manchmal zwingen Glücksgefühle zur Geschwindigkeit. Heute ist ein Tag zum Heldenzeugen, würde meine Mutter jetzt sagen. Und ich denke an David, Jacob und Marie. Meine Kinder. Meine drei Helden. Und daran, dass heute ein Tag ist, der daran erinnert, dass sich das Atmen lohnt, und der das gesammelte Unglück eines ganzen Lebens vergessen lässt.

Ich biege in einen schmalen holprigen Waldweg. Eine ungewöhnliche Zufahrt, denke ich, bin aber froh, dass Dr. Arnold stets abgelegene Orte für seine Besprechungen arrangiert. Eine seiner netten Marotten. Noch drei kleine Schlaglöcher, eine Linkskurve und plötzlich ein freier Blick auf den Müggelsee. Ich parke im Schatten einer riesigen Eiche, die Morgensonne spiegelt sich auf der Wasseroberfläche, das Licht ist so gleißend, dass ich blinzeln muss. Eine mit Löwenzahn bedeckte Wiese führt zum Ufer. Der leicht marode Steg ist von Schilf fast umschlossen. Am Ende des Steges dümpelt ein alter Kahn. Außer ein paar Vögeln, die jubilieren, als würden sie heimlich einem Dirigenten folgen, höre ich nur das gleichmäßige Schwappen des Wassers.

Der Gasthof liegt etwas versteckt hinter einer großen Hecke und ähnelt von außen einem alten verwunschenen Hexenhäuschen. Die Seeterrasse hingegen ist frisch renoviert, die breiten Holzbohlen scheinen noch unbenutzt. Sechs Tische sind bereits besetzt und ich bin froh, den letzten freien Platz direkt am Wasser zu finden. Es ist zehn, ich habe noch eine halbe Stunde Zeit. Aus schlechtem Gewissen über das unverdiente Wohlgefühl während der Arbeitszeit überfliege ich kurz die zu besprechenden Punkte für Arnolds Manuskript. Dann bestelle ich eine Tasse Kaffee und ein Croissant mit Marmelade, ziehe die Schuhe aus und drehe den Stuhl so, dass ich direkt auf den See und die Sonne mir mitten ins Gesicht schauen kann.

Ein wunderbarer Morgen, klar und unverbraucht. Es riecht nach frisch gemähtem Gras. Glück. Plötzlich da. Zufällig. Unverdient. Gedanken schwappen lassen, wie die kleinen Wellen unterhalb meiner Füße, die monoton und ohne Sinn immer wieder dasselbe tun, ohne sich darüber zu beschweren. Die Sprache verlieren und alle Gedanken und Vergleiche. Einmal nur leer sein. Traumlos schlafen. Wetterleuchten am Himmel.

Ein Spatz landet auf meinem Tisch, verharrt für einen kurzen Moment, um die mögliche Gefahr eines Krumenklaus abzuschätzen, trippelt ungelenk zum Teller, pickt einen übriggebliebenen Croissantbrocken auf und fliegt zurück in die Sonne. Leichter Wind kommt auf, streift über das Schilf, spielt mit den hellblauen Tischdecken. Am Ende des Steges ein Angler auf einem Klappstuhl. Neben ihm ein kleiner Tisch, darauf eine Thermoskanne und ein Schachbrett. In der Ferne eine Schaukel ohne Kind. Gedanken an Marie, ihre zerzausten Haare, ihren kindlichen Geruch. Jetzt die Zeit anhalten.

»Möchten Sie mich nicht begrüßen?«

Mein suchender Blick wird nirgends empfangen. Am Tisch links neben mir sitzt ein altes Ehepaar. Sie ist von zierlicher Gestalt, trägt die grauen Haare streng geknotet. Falten zeichnen ihr durchlässiges Gesicht. Sie hält die Hand ihres Mannes. Er lächelt. Am Tisch vor mir ein einzelner Herr, weißes Hemd, breiter Nacken, breite Schultern. Sein Rücken ist mir zugewandt, sein Jackett hängt über der Stuhllehne. Mit einer Espressotasse und einem Teller beschwert er seine Zeitung, damit sie nicht in einzelnen Bögen davonweht.

»Möchten Sie mich noch immer nicht begrüßen?«

Der Rücken spricht. Er spricht ins Leere und meint mich. Porsche, denke ich. Brandstifter.

»Eisenberg?«

»Das hat aber lange gedauert.« Er dreht sich zu mir und grinst. »Schön, Sie zu sehen. Was machen Sie hier? Ein Treffen an diesem Ort kann doch kein Zufall sein.«

»Ich bin um elf mit Marotte verabredet.«

»Ach so.« Sein Gesicht gibt sich ein wenig enttäuscht. »Ich übrigens auch. Um halb zwölf.«

Seit Jahren trägt Dr. Arnold den Spitznamen Marotte. Es schmeichelt ihm. Marotte ist Programm, und er pflegt sein Image mit lächelnder Selbstironie.

»Darf ich mich zu Ihnen setzen oder störe ich Sie beim Sonnenbaden?« Er deutet auf meine Nase. »Sie haben da übrigens etwas Marmelade im Gesicht.«

Schnell wische ich mir mit der Papierserviette über die angedeutete Stelle.

»Verlegen?«, fragt er schmunzelnd und legt den Kopf zur Seite.

Warum habe ich in seiner Gegenwart das Gefühl, mich verteidigen zu müssen?

»Sind Sie eigentlich immer so? Ich meine so ... provozierend und ...«

»... frech? Nun, bösefrech bin ich nur zu Schaumschlägern und Schwätzern. Nettfrech bin ich zu Menschen, die mir sympathisch sind.«

»Kommt es auch vor, dass Sie einfach nur nett sind?«

»Selten«, sagt er, und ich glaube ihm aufs Wort.

Der Wind hat sich gelegt, die Sonne steht jetzt höher am Himmel, ich ziehe meine Jacke aus und schlüpfe unauffällig in meine Schuhe zurück. Inzwischen redet er über Potsdam und architektonische Fehlgeburten, ich habe den Übergang verpasst und ärgere mich. Dann ist er bei den alten Griechen und zwei Minuten später bei der Hymne des Prometheus. Zwischendurch stockt er, als gäbe es nichts hinzuzufügen, wartet auf eine Frage meinerseits und erzählt dann weiter. Durch nichts entsteht der Eindruck, als wolle er mir auf irgendeine Weise imponieren, er scheint vielmehr einer spontanen inneren Geisteslust zu folgen. Weil er inzwischen bei dem Verhältnis von Musik und kindlicher Intelligenz angekommen ist, erfahre ich eher versehentlich, dass er vier Kinder hat.

»Von wie vielen Frauen?«, unterbreche ich ihn und entschuldige mich sofort für diese Frage.

»Sie lernen schnell«, schmunzelt er.

»Was?«

»Nettfrech zu sein.«

»Dann meinen Sie also, dass Sie mir sympathisch sind?«

»Ja«, sagt er geradeheraus.

Meine Finger nesteln an der Tischdecke. Erwartungsvoll schaut er mich an. Um Zeit zu schinden, trinke ich langsam den letzten Schluck Kaffee aus. Zwei Enten watscheln über die Terrasse. Plötzlich muss ich lachen.

»Um Ihre Antwort nicht weiter kommentieren zu müssen, mache ich Sie jetzt einfach darauf aufmerksam, was für ein herrlicher Tag heute ist und ... und darauf, dass Ihnen ein dunkles Hemd besser stünde und ...«

»Und?«

Einen Augenblick lang zögere ich. Weiß nicht, ob ich schon teilen will.

»Schauen Sie mal unauffällig zur Seite. Sehen Sie die alte Dame neben uns?«

Er schaut hinüber. Gerade trinkt sie einen Schluck Kaffee und stellt die Tasse wieder ab. Sie nimmt die Serviette und verdeckt damit den unteren Teil ihres Gesichts. Nur ihre Augen lächeln hinter dem weißen Stoff hervor. Ihrem Mann entgegen. Eine Jungmädchengeste. Nach einer Weile tupft sie ihre Lippen, beugt sich leicht nach vorne und legt die Serviette mit der gleichen Stelle auf seine Lippen.

Eisenberg schweigt, sein Gesicht verliert seinen bisherigen Ausdruck, es versucht sich zurückzuziehen. Sein Finger kreist über den Rand seiner Tasse.

»Ja«, sagt er, »sie ist schön.« Sein Finger wird langsamer. Und langsamer. Er schaut mich an. Zögert. Sein Finger hält inne. »Sie ist schön, weil sie liebt.«

Als würde er nach hinten sprechen. Leise. Hinter jedem Wort ein Punkt.

Ich schaue auf den See, finde aber nichts, worin mein Blick sich halten könnte. Der See liegt glatt und still in der Sonne und schaut zurück.

Eisenberg steht auf, verlässt die Terrasse und geht über die Löwenzahnwiese auf den Steg zu. Als er den Angler bemerkt, bleibt er stehen. Für einen kurzen Moment sieht es aus, als wisse er nicht, was er jetzt tun soll. Seine Unentschlossenheit rührt mich.

Ein alter schwarzer Saab parkt neben meinem Auto. Eisenberg hebt zum Gruß die Hand und öffnet die Autotür. Arnold steigt aus, sie begrüßen sich herzlich. Anscheinend kennen sie sich schon länger, denn beide hängen nun mit den Köpfen über dem offenen Kofferraum und laden mehrere Kisten Wein in Eisenbergs Auto um. Dann kommen sie auf mich zu, Arnold ist einen Kopf kleiner als Eisenberg, mit fahrigen Bewegungen versucht er ihm etwas verständlich zu machen. Aussagen verlangen von ihm stets hohen körperlichen Einsatz.

»Klara, meine Liebe, lassen Sie sich umarmen. Habe ich Sie nicht an einen zauberhaften Ort gelockt?«

Er zieht seinen alten Trenchcoat aus, den er, wie er immer wieder stolz erzählt, auf einem Flohmarkt erstanden hat. Sein Markenzeichen, einen braunen speckigen Hut, legt er auf den Tisch und wischt sich mit einem Taschentuch die glitzernden Schweißperlen von der Stirn.

»Darf ich Ihnen Professor Eisenberg vorstellen – ein herausragender Kollege und streitbarer Mann. Vor allem im Bereich ... ich vergaß, Sie kennen sich ja bereits.«

»Das kann man so nicht sagen«, erwidert Eisenberg.

Er hat zu seiner alten Form zurückgefunden.

»Wie auch immer«, geht Arnold dazwischen und wendet sich kurz an Eisenberg, »geben Sie mir und Frau Marxen eine halbe Stunde, nicht wahr Klara, mehr brauchen wir nicht. Vermutlich sind wir in zehn Minuten fertig, ein kurzer Blick auf Ihre Vorschläge, ich zeichne ab und fertig. Den Rest der Zeit möchte ich mit Ihnen plaudern. Sie müssen mir noch unbedingt erzählen wie ...«

»Ich ziehe mich dann diskret zurück«, sagt Eisenberg lächelnd, nimmt sein Jackett von der Stuhllehne und lässt sich einige Tische entfernt nieder.

Arnold winkt einen Kellner herbei und bestellt einen Kaffee und einen Cognac. Während er sich seiner Krawatte entledigt und seine Hemdärmel hochkrempelt, erzählt er mir von seinem letzten Urlaub in den Anden. Dass ich, seitdem wir uns kennen, in aller Regel den Part der geduldigen Zuhörerin übernehme, scheint ihm bisher nicht aufgefallen zu sein und mich stört es nicht. Er ist ein wunderbarer Geschichtenerzähler. Seine Sätze und seine theatralischen Gebärden stimmen mich stets heiter und drängen meine eigene Befindlichkeit in den Hintergrund. Als er jedoch nach zwanzig Minuten noch immer nicht den dramatischen Höhepunkt seiner Geschichte erreicht hat, weise ich ihn vorsichtig auf den Termin mit Eisenberg hin.

»Ach Klara, meine Liebe, Sie haben ja so recht. Ein alter Mann wie ich verliert sich zunehmend in den eigenen Erlebnissen. Sehen Sie es mir nach, ich bitte Sie.«

Er beugt sich vor und spricht leise weiter, als wolle er mir ein Geheimnis anvertrauen.

»Schon als junger Mann hatte ich die schlechte Angewohnheit, immer ein wenig zu viel zu reden, konnte aber dennoch ein gesundes Maß an Selbstkontrolle mein Eigen nennen. Nun aber, da ich so alt bin, geht mir dieses immer mehr verloren, denn ich beginne zunehmend in Erinnerungen zu leben und da gibt es so viele und so schöne, dass ich mich immer wieder in ihnen ergehe, und wenn ich mich dann auch noch in der Gegenwart einer schönen Frau befinde, bin ich gar nicht mehr zu halten, denn was hätte ich sonst noch zu bieten – außer meinen Geschichten.«

Seine knochigen Finger versuchen seine grauen langen Haare, die sich in Ohrenhöhe wie ein flatternder Ring um seinen Kopf ziehen, ein wenig in Zaum zu halten.

»Liebster Dr. Arnold«, sage ich, »Sie kokettieren. Und das wissen Sie.«

Während meine Hand in meiner Tasche nach den Unterlagen sucht, sehe ich einige Tische entfernt Eisenbergs Rücken in unveränderter Haltung. Ich reihe vier verschiedene Layoutvorschläge vor Arnold auf. Nach wenigen Sekunden deutet er auf das Muster oben links.

»Warum das?«

»Bauch«, sagt er nur und zuckt mit den Schultern. »Gefällt mir am besten. Aber wenn Sie einen anderen Entwurf bevorzugen, an mir soll es nicht liegen. Hier sind Sie der Profi, nicht ich.«

»Sie sind so herrlich unkompliziert. Mit Ihren Kollegen quäle ich mich oft durch stundenlange Besprechungen.«

»Alles unerträgliche Profilneurotiker«, winkt Arnold ab, »der da hinten«, sagt er und deutet auf Eisenberg, »er ist zwar ein schwieriger Zeitgenosse, aber er ist gut und wird sich auch nie mit Nebensächlichkeiten aufhalten. O Gott, nein, Klara, verstehen Sie die ›Nebensächlichkeiten‹ jetzt bitte nicht falsch. Gute Inhalte müssen gut verpackt sein, insofern bin ich ja geradezu abhängig von Ihnen, aber jeder sollte nur das tun, was er auch wirklich kann. Sagen Sie Eisenberg Bescheid, dass wir fertig sind, wenn Sie an ihm vorbeikommen? Und Ihr Frühstück bezahle ich. Keine Widerrede.«

Er nimmt mich in den Arm. Seine dünnen Lippen küssen mich auf die Wange.

Mittlerweilen ist es so warm, dass einige Sonnenschirme aus einem angrenzenden Schuppen geholt werden. Der Angler ist immer noch da, inzwischen hat er sich Schuhe und Socken ausgezogen, er sitzt auf dem Steg, seine Füße baumeln im Wasser. Ich klemme mir meine Tasche unter den Arm und gehe über die Terrasse bis an den letzten Tisch, an dem Eisenberg sitzt.

»Wir sind fertig.«

Er setzt seine Sonnenbrille ab und schaut mich an.

»Und? Wie lange hat seine Entscheidung gedauert?«

»Etwa zehn Sekunden.«

»Das habe ich mir gedacht. Aber glauben Sie nicht, dass er auf diese zehn Sekunden verzichten würde. Er muss seine Uneitelkeit ja schließlich unter Beweis stellen. Sie sind sein Beweis.« Er steht auf und reicht mir die Hand. »Ein netter Beweis.«

Ich erwidere seinen Händedruck, der fest und angenehm ist und verabschiede mich. Für einen Moment bedaure ich, dass er jetzt bleibt und ich gehen muss. Meine Füße wandern schon zurück durch die blühende Maiwiese, da ruft er meinen Namen und bedeutet mir stehen zu bleiben. Ich drehe mich um und während ich noch einmal zurückgehe, frage ich mich, warum er mir nicht nachgegangen ist, wenn er etwas vergessen haben sollte, warum ich auf dieses Winken so selbstverständlich reagiere. Er kommt mir ein paar Schritte entgegen.

»Am 15. Juli um 19.30 Uhr im Literaturcafé in der Fasanenstraße«, sagt Eisenberg mit klarer fester Stimme, »ich warte genau zehn Minuten, dann gehe ich.«

»Wie bitte?«

»Sie haben mich genau verstanden«, beendet er die Unterhaltung, lässt mich stehen und geht zu Arnold zurück. Dann dreht er sich noch einmal um.

»Und passen Sie bei der Rückfahrt auf die Schlaglöcher auf.«

Der Geruch von Rührei und Speck zieht durch die Wohnung und lockt Marie in die Küche. An ihrer Hand baumelt eine alte Puppe. Barfuß und noch im Schlafanzug steht sie vor mir und zieht die Stirn kraus.

»Die doofe Lucie lässt sich nicht anziehen. Sie verhakt sich mit den Fingern immer im Ärmel und außerdem hab' ich Hunger. Ich möchte drei Eier für mich ganz alleine haben. Mindestens drei.«

»Erst Kuss«, sage ich und beuge mich zu ihr hinunter.

»Du hast Schnupfen. Ich will deine Bazillen nicht küssen.«

Sie hält mir die Puppe entgegen. Lucie blickt mich mit einem Puppenauge an, das andere ist verklebt, nachdem Marie Onkel Doktor gespielt und den Honigspender zum Augentropfen verwendet hat. Ich ziehe Lucie die Jacke an und gebe sie Marie zurück.

»Warum geht das bei dir immer und bei mir nicht?«

Ihre morgendliche schlechte Laune wird noch eine halbe Stunde andauern, danach ist sie erfahrungsgemäß mit sich und der Welt wieder im Reinen.

»Vielleicht weil ich etwas geduldiger bin als du?«

»Superwitz«, höre ich Jacobs Stimme vom Küchentisch, »Du und geduldig. Der echte Superwitz. Können wir jetzt endlich weitermachen?«

Marie zieht ab, wahrscheinlich sucht sie im Kinderzimmer das passende Unterteil für Lucie. Jacob trommelt mit dem Bleistift auf die Tischkante.

»... sprechen ...«

»Speak, spoke, spoken!«

»... wachsen ...«

»Grow, grew ... grown?«

Ich nicke.

»... denken ...«

»Think, thought, thought.«

»Kannst du ›thought‹ auch schreiben?«

»Mama, das nervt.«

Er kritzelt die Buchstaben auf einen Zettel und hält ihn mir vor die Nase.

»Mütter sind so«, sage ich.

»Ich weiß.«

Er steht auf und schlingt seine Arme um mich. Ich streiche ihm durch seine kurzen braunen Haare, die borstig und widerspenstig sind. Für einen Augenblick ist es ganz still. Nur die Küchenuhr tickt, die Kaffeemaschine gluckert und ich halte das gebündelte Leben meines Sohnes in den Armen. Vorsichtig hebe ich sein Kinn, betrachte sein Gesicht, seine noch kindliche Stupsnase. Auf dem rechten Wangenknochen hat er eine winzige Narbe, die schon seit Jahren in seinem Gesicht wohnt und von ihm nun auch gepflegt wird, nachdem David ihm erklärt hat, dass Narben männlich seien und bei Frauen den Eindruck von Stärke und Schutz hinterließen. Jacob hat damals nur wissend genickt und die Sache mit dem kleinen Schönheitsfehler war aus der Welt.

»Hier stinkt's. Wie kann es sein, dass du nicht riechst, wenn Eier anbrennen?«

David steht in der Tür und zeigt auf die Pfanne.

»Wie denn? Meine Nase ist komplett dicht!«

David zuckt mit den Schultern.

»Dann kann ich ja noch duschen gehen.«

Marie kommt in die Küche gerannt. Offenbar hat sie David gehört.

»Ich will aber Rühreier essen«, kräht sie ungehalten.

Noch ist die halbe Schlechtelaunestunde nicht vorbei. Ich reiße die Pfanne vom Herd, weise Marie zurecht, sie solle mit dem Gebrüll aufhören, sie hört aber nicht auf, Jacob öffnet die Fenster, Eier habe ich auch keine mehr, ich versuche Marie zu beruhigen, bin wütend auf sie, weil sie keine Nachsicht kennt, gleichzeitig tut sie mir leid, schließlich hat sie sich so auf ihre Rühreier gefreut, die es nur sonntags gibt. Das Telefon klingelt, Heinrich ist dran, er will wissen, ob er morgen wirklich zum Elternabend müsse oder ob ich nicht vielleicht doch übernehmen könne. Ich antworte nicht, sondern hoffe auf Ablenkung und frage Marie, ob sie nicht vielleicht mit ihrem Vater sprechen möchte, sie schüttelt den Kopf und plärrt weiter.

»Schokostreusel«, flüstert Jacob mir zu.

»Einen Moment noch«, bitte ich Heinrich und lege den Hörer zur Seite.

»Kann ich das gnädige Fräulein vielleicht mit Schokostreuseln auf dem Brötchen versöhnen?«

Sofort ist sie ruhig und ich werfe Jacob einen dankbaren Blick zu.

»Heinrich, bist du noch dran?«

»David singt«, sagt Marie undeutlich, weil sie sich zur eigenen Beruhigung den Daumen in den Mund geschoben hat. Ich halte ihr den Hörer hin.

»Hallo Papa, David singt schon wieder unter der Dusche. Mama, wie heißt das noch mal, was David da singt?

»Katzeklo von Helge Schneider.«

»Papa, David singt Katzenklo von Helge Schneider ... Mama, Papa sagt, Helge Schneider ist bekloppt. Aber gleich singt er wieder was Normales«, spricht sie beruhigend in den Hörer, »das macht er immer. Mama, Papa will wissen, wer normal singt.«

»Robbie Williams«, antwortet Jacob und reißt Marie den Hörer aus der Hand. »Papa, willst du mal hören?«, fragt er und rennt mit dem Telefon ins Bad. Marie hinterher. »David, Papa will von dir ein Lied von Robbie Williams hören.«

Morgen, nach der Schule, werden sie wieder bei Heinrich und Marlene sein. Wöchentlich wechseln sie ihr Zuhause. Sie haben sich daran gewöhnt. Klamottenkauf und Lernerei übernehme ich, Heinrich ist für Sport und Arztbesuche zuständig. Vor Elternabenden drücken wir uns beide. Es ist beruhigend, die Kinder in ihrer Obhut zu wissen. Lea, der kleine Sprössling der beiden, wird von David und Jacob auf Händen getragen. Marie hingegen beschwert sich über mangelnde Aufmerksamkeit, was Marlene dazu veranlasst, sie besonders zu verwöhnen.

Ich werfe die verbrannten Rühreier in den Müll, suche im Kühlschrank nach einem Stück Schokolade, gieße mir eine Tasse Kaffee ein und gehe auf die Terrasse. Der Wind ist frisch, ein kühler grauer Junimorgen. Viel zu kalt für diese Jahreszeit. Die fünf Minuten Ruhe, die Heinrich mir unwissentlich gewährt, indem er unsere Kinder durch Fragen am Telefon hält, verbringe ich frierend auf dem Rand eines Blumenkübels. Der vertraute Blick von außen. Der tägliche Vogelflug. Manchmal wünsche ich mir, dass mir eine fremde Sicht auf mein Leben gelänge – mit anderen Überzeugungen, Täuschungen und Verwerfungen. Gedanken in bislang unbenutzten Vokabeln, Bilder in unbekannten Farben. Oder ein Perspektivenwechsel auf Zeit – einmal Mann sein, mit Bart und Brusthaaren. Penetrieren. Als Schwarze durch die Straßen gehen. Eskimofrau im ewigen Eis. Unter Wasser leben als Muräne oder Kugelfisch oder ...

Gleich wird es noch einmal Streit geben, weil David seinen pubertierenden Körper nicht vor den Angriffen seiner Geschwister schützen kann. Und dann, irgendwann, wenn sich alle vier Seelen beruhigt haben, erst dann werde ich sie zum Frühstück rufen. Es wird frische Brötchen geben und selbstgemachten Kräuterquark, Johannisbeergelee und Kinderkäse. Marie wird sich still und leise darüber freuen, dass die Rühreier verbrannt sind, und braune Schokoladenpunkte werden ihre rosigen Wangen zieren. Wir werden gemeinsam die nächste Woche besprechen, Geburtstagseinladungen, Fußball- und Hockeyturniere, Klassenarbeiten. Jacob wird mir erzählen, wer in seiner Klasse in wen verliebt ist, und irgendwann wird David nach seiner ersten Tasse Kaffee fragen.

Nur noch wenige Meter bis zur Fasanenstraße. Seit zwei Monaten habe ich Eisenberg nicht mehr gesehen, ihn nur einmal angerufen mit der Bitte um ein Foto von ihm für das Cover seiner nächsten Veröffentlichung, die er jedoch mit den Worten »Gnädigste, mir ist nicht bildhaft zumute« eindeutig ausschlug.

Obwohl hochsommerliche Temperaturen herrschen, habe ich eine Jeans und eine olivgrüne Bluse angezogen. Eine Wahl, die ich sicherlich gleich bereuen werde, aber ich habe das Gefühl, mich bedeckt halten zu müssen. Einige Schritte bleiben mir noch, um einfach umzudrehen, wieder nach Hause zu gehen, eine Flasche Wein zu öffnen, die Füße hochzulegen und mich langsam auf der Terrasse in den Abend zu trinken. Allerdings muss ich zugeben, dass es sich dabei eher um ein formales Abwägen handelt. Wie bei einem unangemessen teuren Schmuckkauf, von dem man weiß, dass man ihn sich eigentlich gar nicht leisten kann, die Entscheidung aber längst schon gefallen ist. Die Frage, ob ich Eisenbergs Einladung folgen würde, war von der ersten Minute an beantwortet. Dabei finde ich aus meiner Empörung nur schwer heraus. Er hat mich an einem bestimmten Datum zu einem bestimmten Ort bestellt, wie man sich an einer Grillbude eine Currywurst bestellt, wohl wissend, dass man auch eine bekommt.

Ich schaue auf die Uhr. Es ist zwanzig nach sieben, ich bin pünktlich, ein wenig zu pünktlich. Er wird noch nicht da sein.

Er ist ein Mann, der eine Frau warten lässt, nicht zu lange, nur eine für die Klarstellung der Verhältnisse angemessene Zeit.

Das Café befindet sich in einer alten Gründerzeitvilla. Der dazugehörige Garten wird ebenfalls gastronomisch genutzt. Im Erdgeschoss ist ein kleiner Buchladen mit separatem Eingang, in dem man schmökern und schöne teure Bücher kaufen kann. Ich überfliege die anwesenden Gäste, in der hinteren Ecke, zwischen einem stillgelegten Brunnen und einer Reihe Heckenrosen sitzt Eisenberg. Er hat die Beine übereinandergeschlagen und liest Zeitung. Ich bahne mir einen Weg durch den eng bestuhlten Garten und bleibe vor ihm stehen.

»Hallo.«

In meiner Tasche fühle ich zwei Fahrkarten und einen alten Knopf.

Er steht auf, ich strecke ihm die Hand entgegen und merke in diesem Augenblick, dass diese Geste für ein privates Zusammentreffen etwas zu förmlich ist, denn er schaut ein wenig verwundert, versucht dies aber schnell zu verbergen und schlägt dann ein.

»Schön, dass Sie da sind. Ich wusste, dass Sie kommen.«

»Ich weiß«, erwidere ich und schaue ihm direkt in die Augen.

Er hat seine Krawatte abgelegt, sie hängt über der Stuhllehne. Sein Hemd ist zugeknöpft. Ich hoffe, dass es sich dabei um ein Versehen handelt. Der weiße Stoff spannt über seiner Brust und wirft über dem Schlüsselbein kleine Falten. Er setzt sich wieder und spielt mit dem Bügel seiner Brille. Seine Haltung ist nervös, beinahe unsicher. Meine Erinnerung ist gestört, sie hatte sich auf Provokation und Spiel eingestellt. Alles an ihm widerstrebt plötzlich meiner Lust, ihn wiedersehen zu wollen. Erschreckt frage ich mich, wie ich diesen Abend überstehen soll. Ich schaue mich um. Wo ist der Kellner, der mich mit Wein versorgt?

»Haben Sie Hunger? Ich hoffe, Sie haben noch nichts gegessen?«

»Keine Sorge, ich lasse Sie nicht im Stich.«

»Gut so«, sagt er und sein Gesicht verschwindet hinter der Speisekarte.

Nach kurzer Überlegung habe ich mich entschieden. Fast entschieden.

»Ich glaube, ... ich nehme die Bouillabaisse.«

»Warum so zögernd? Sie schauen mich an, als müssten Sie sich für diese Wahl entschuldigen.«

»Nun, die Fischsuppe schmeckt hier wirklich ausgezeichnet, aber man riecht danach wie ... wissen Sie, wie geplatzte Gaspatronen riechen, mit denen man Wühlmäuse um die Ecke bringt?«

Eisenberg grinst breit.

»Knoblauch?«

»Sehr viel Knoblauch.«

»Und das wäre Ihnen unangenehm«, stellt er sachlich fest.

»Allerdings.«

Eisenberg greift in seine Hosentasche und stellt sein Handy aus.

»Da bleiben nur zwei Möglichkeiten«, sagt er und lächelt vorsichtig, »entweder wir bestellen uns beide eine Bouillabaisse, oder ich erfreue mich an Ihrer Verlegenheit.«

»Dazu brauchen Sie doch wohl keine Fischsuppe.«

»Wir werden sehen«, sagt er knapp, klappt die Speisekarte zu und winkt einen Kellner herbei. »Wirklich nur eine Vorspeise?«

»Ja, wenn Sie nichts dagegen haben, würde ich mit Ihnen anschließend gern in ein anderes Restaurant gehen. Eine kleine Rarität, die kaum jemand kennt.«

Der Kellner wippt wartend auf den Zehenspitzen. Eisenberg lässt ihn wippen.

»Restauranthopping?«, fragt er.

»Wenn Sie so wollen.«

»Also, dann bitte zweimal die Bouillabaisse und einen halben Liter weißen Chianti.«

Der Kellner zieht ab. Eisenberg sitzt schweigend vor mir, zeichnet mit dem Finger Kreise auf der Speisekarte. Ich schiebe den Salzstreuer von rechts nach links. Wenn doch nur eine rasende Alte durch den Garten irren würde. Warum kriecht keine Kreuzotter über den Rasen? Warum stolpert kein Ober über den Gartenschlauch? Nirgends entdecke ich etwas, das mich zu einem Satz veranlassen könnte, ich bin umgeben von Leuten, die sich unangestrengt unterhalten, die Sonne scheint wie bestellt, Gläserklirren, Lachen.

Mit diesem Mann lässt sich nicht gut schweigen. Ich habe keine Vorstellung, wie es sein könnte, sich neben ihm wohlzufühlen. Egal ob er nach vorne drängt oder sich zurücknimmt, permanent stehe ich in der Versuchung, etwas ausgleichen zu müssen.

Eisenberg unterbricht die Stille, die inzwischen wie ein Ölteppich zwischen uns liegt, und ich bin ihm dankbar, dass er mir über seine anstehende Reise nach Florenz berichtet.

»Dann müssen Sie unbedingt einen Abend auf der Terrasse der Villa San Michele verbringen«, falle ich ihm irgendwann ins Wort, »von da aus haben Sie einen einzigartigen Blick über die ganze Stadt. Außerdem werden Sie dort kulinarisch auf Händen getragen.«

»Sie sind ja ganz bescheiden.«

»Habe ich das behauptet?«

Er lächelt.

Ich lächle zurück.

»Und den Seeteufel in Limonensauce sollten Sie sich auf gar keinen Fall entgehen lassen«, füge ich schnell hinzu.

Eisenberg schabt mit dem Löffel über die Tischdecke. Gleich wird er etwas erwidern. Jeder weiß etwas über italienisches Essen zu sagen.

»Die meisten Italiener bereiten den Seeteufel ja mit Oliven, Pinienkernen und frischen Kräutern zu. Nicht besonders einfallsreich. Außerdem überdecken die Oliven den feinen Fischgeschmack. Aber mit Limonensauce ... klingt gut.«

Eisenberg schnippt einen Käfer weg, der auf der Speisekarte gelandet ist. »Ich vermute, Sie können mir jetzt auch noch den passenden Wein dazu empfehlen?«

»Den Terre di Tufi von Teruzzi & Puthod.«

Eisenberg blickt mich überrascht an.

»Ursprünglich war Enrico Teruzzi Rennfahrer und Jockey. Ein Haudegen, ein echter Tausendsassa. Dann verliebte er sich in Carmen Puthod, eine ehemalige Primaballerina, entführte sie kurzerhand aus der Mailänder Scala und heiratete sie.«

»Kann es sein, dass Sie der Raub der Angebeteten aus der Mailänder Scala mehr fesselt als das Ende der Geschichte, also das daraus entstandene Weingut?«

»Welche Frau möchte nicht auf Händen aus der Arena getragen werden? Aber ehrlich gesagt ... von guten Weinen habe ich nur wenig Ahnung. Der Terre di Tufi ist in diesem Fall eine Ausnahme.«

»Wie kommt es? Gegen exquisite Weine können Sie sich doch gar nicht wehren, oder?«

»Nein, natürlich nicht. Aber sehe ich aus wie Klara Onassis?«

Eisenberg öffnet den obersten Knopf seines Hemdes. Ich atme auf. Er faltet die Serviette auseinander. Gleich wird er etwas über italienische Weine sagen. Jeder weiß etwas über italienische Weine zu sagen.

»Wussten Sie eigentlich, dass die Vernaccia-Weinrebe bereits von den Etruskern zur Weinherstellung genutzt wurde und dass ...«

Während ich Vermutungen über die Fülle seiner Brusthaare anstelle, erzählt er mir, dass der Vernaccia San Gimignano im Jahre 1966 als erster D.O.C.-Wein anerkannt wurde. Seine Lippen bewegen sich schnell und gehen hin und wieder in ein Lachen über. Wieder hat er die Beine übereinandergeschlagen, er ist von kräftiger Gestalt, seine Kleidung ist teuer, aber unauffällig, als wolle er von Nebensächlichkeiten ablenken. Der Kellner bringt uns zwei große Terrinen und gießt den Chianti in die Weingläser. Eisenberg hebt das Glas.

»Es lebe der Knoblauch. Auf dass wir uns riechen können.«

Ein erstes gemeinsames Lachen, wenn auch noch nicht privat.

»Wie gut kennen Sie Berlin?«

»Zum Überleben alles Notwendige. Ich hatte hier vor zwei Jahren eine Gastprofessur.«

»Und – wollten Sie nicht bleiben?«

»Doch, vielleicht wäre ich geblieben, aber man wollte mich hier nicht. Man warf mir extreme Positionen vor. Die Physik gerät immer wieder in Bereiche, die zu politischen und ethischen Entscheidungen zwingen. Oftmals gibt es nur ein klares Ja oder Nein. Davor haben die meisten Angst und zögern in einem widerlichen Liberalismus jede Entscheidung hinaus. Unerträglich.«

»Und Ihre Studenten?«

»Nun, wie jeder gute Professor hatte auch ich hier eine kleine eingeschworene Fangemeinde, die besten unter ihnen habe ich mit nach München genommen. Leider nur männliche Fans. Was das betrifft, habe ich das falsche Fach gewählt. Da wäre ich wohl besser Professor für Sozialpädagogik geworden.«

Er lacht, sein Lachen gefällt mir, langsam weiß ich wieder, warum ich hier bin.

»Ich befürchte, dass Frauen, die sich diesem Fach widmen, vor einem Menschen wie Ihnen auf der Flucht wären«, erwidere ich grinsend.

»Was mich nicht besonders beunruhigt. Frauen, die mir mit ernstem tiefen Blick eine schwere Kindheit zusprechen, lassen mich innerlich kollabieren.«

»Und äußerlich?«

»Bleibe ich gelassen. Ich rede mit ihnen. Danach schweigen sie.«

Er schweigt nicht, er redet weiter. Und während er redet, tauche ich langsam in eine andere Landschaft. Ein nordischer Herbsthimmel gesellt sich zu dem Berliner Sommerabend, ein altes dänisches Fischerhaus, ein Binnensee, die Dünen und dann das Meer. Eisenbergs Lippen bewegen sich gleichmäßig, zwischendurch lacht er, ich höre seine Stimme, nehme sie mit auf die Düne, einzelne Wolken hängen über der Landschaft. Ich beobachte seine Hände, die gedankenlos über die Speisekarte streichen, lasse mich rückwärts in den kühlen Sand fallen, der Wind treibt die Wolken wie ungelesene Geschichten über mich hinweg und während ich Eisenbergs Worte höre und nicht höre, rauscht das regelmäßige Überschlagen der Wellen in meinen Ohren.

»Mögen Sie Ihre Frau?«, frage ich ihn und meine Worte sind ausgesprochen, bevor ich sie gedacht habe.

Mitten im Satz habe ich ihn unterbrochen. Er hält sofort inne, schaut mich an, noch nicht einmal verwundert, sein

Blick wandert über den Tisch, bleibt am Weinglas hängen. Langsam dreht er es zwischen den Fingern.

»Ja«, sagt er und schaut auf. »Ich mag sie. Sehr sogar.«

Dann ist es still. Mein Herz klopft, ich fürchte, er könnte es hören. Der Fremde, der mir gegenübersitzt, ist plötzlich gegenwärtig. Ich weiß, dass er in dieser Fremdheit bleiben wird, und er ist mir in dieser Fremdheit nah.

Ein Marienkäfer landet auf meinem Arm, zieht die Flügel ein und kämpft sich durch die kurzen Härchen. Ich lasse ihn auf meinen Zeigefinger wandern und beobachte ihn. Vorsichtig streift mir Eisenberg mit seiner Serviette über den Arm.

»Beruhigt?«, fragt er.

»Ja«, sage ich und hoffe in diesem Moment, dass die Serviette meinen Arm nicht verlässt. »Sehr sogar.«

Er klappt seine Lesebrille zusammen und steckt sie in seine Hemdtasche.

»Sollten wir nicht langsam gehen?«

»Warum?«

»Sie wollten doch die Lokalität wechseln, oder?«

»Stimmt!«, sage ich und stehe sofort auf.

Eisenberg bleibt sitzen und lächelt mich an.

»Vielleicht sollten wir vorher zahlen?«

»Stimmt auch.«

Ich setze mich wieder und krame in meiner Tasche.

»Bitte lassen Sie. Ich habe Sie eingeladen.«

»Eingeladen? Doch wohl eher bestellt!«

Eisenberg kippt mit seinem Stuhl nach vorne und lacht herzlich.

»Schauen Sie doch nicht so vorwurfsvoll, es hat Ihnen doch gefallen. Gott sei Dank haben Sie es nicht nötig, sich emanzipieren zu müssen. Außerdem sind Sie reizend, wenn Sie sich echauffieren.«

Ich winke den Kellner herbei und lasse zahlen. Wir stehen auf, er wirft sein Jackett über die Schulter, eine Bewegung, die überhaupt nicht zu ihm passt, er ist nicht lässig, äußerlich ruhig vielleicht, aber gewiss nicht lässig. Wir laufen durch die Straßen, er bemüht sich, langsam zu gehen, damit ich Schritt halten kann.

»Schneller geht nicht«, sage ich entschuldigend.

Wir stehen an einer Ampel.

»Macht nichts«, entgegnet er, »solange der Kopf das Tempo wieder ausgleicht.«

Ich spüre, wie er mich von der Seite anschaut. Er wartet auf meine Empörung. Das macht mich gelassen.

»Sie reden wohl nie viel«, erwidere ich, »alles reduziert sich bei Ihnen auf das Notwendigste. Kurz und prägnant. Bloß keine Schnörkel und Arabesken.«

Die Ampel schaltet auf Grün. Er nimmt das alte Tempo wieder auf.

»Es trägt Verstand und rechter Sinn mit wenig Kunst sich selber vor.«

Ich muss stöhnen.

»Wissen Sie eigentlich, wie unglaublich arrogant Sie sind?«

»Arrogant schon. Aber nicht überheblich.« Ich schaue ihn an. Sein Profil grinst. »Beizeiten ein florettartig rhetorischer Stich kann unerträgliche Dummheit zum Schweigen bringen.«

Er schaut mich von der Seite an. Das Spiel gefällt ihm. Es geht ihm gut.

Eine Ente kämpft sich flatternd am Ufer der Spree entlang, verfolgt von zwei sich fetzenden Erpeln. Zeternd fallen sie übereinander her, der augenscheinlich Stärkere verschafft sich kurzfristig einen kleinen Vorsprung, stürzt sich auf die Ente, die sofort untergeht und erst wieder auftaucht, als die nicht zu bezwingende Libido des vermeintlich schwächeren Erpel den Konkurrenten an weiteren Begattungsversuchen hindert. Mit letzter Kraft paddelt die Ente ans Ufer, ist aber nicht mehr in der Lage, die Böschung zu erklimmen. Eisenberg bleibt stehen, die Hände in den Hosentaschen.

»Die sieht aber auch sexy aus«, kommentiert er das Drama, das sich vor unseren Augen abspielt.

Seinen lakonischen Satz überhörend, schnappe ich mir das arme Tier, halte es hoch in die Luft und setze mich auf eine Parkbank. Spreewasser tropft mir auf die Beine, ich bitte Eisenberg, mir meine Jacke auf die Hose zu legen und setze das verschreckte Tier darauf ab.

»Das ist nicht Ihr Ernst.«

Abweisend steht Eisenberg vor mir. Nichts würde ihn dazu bewegen, sich jetzt neben mich zu setzen. Er sieht mich an, als hätte ich ein Schild mit der Aufschrift »Ein Herz für Tiere« auf der Stirn kleben, dabei habe ich doch nur eine Entendame vor einer weiteren Vergewaltigung beschützt. Wie kann man nur so herzlos sein, schweige ich in mich hinein und streichle der Ente über ihren kleinen Kopf.

»Das ist echt konsequent«, höre ich Eisenbergs Stimme über mir, »heute retten Sie den Vogel vor zwei durchgeknallten Erpeln und morgen essen Sie im China-Restaurant eine Pekingente. In der Nähe, gar nicht weit von hier, gibt es eine riesige Legebatterie. Sollen wir jetzt dahin gehen? Hühner retten?«

Ich schaue zu ihm hoch, erwarte Hohn in seinen Augen, aber er lächelt. Stimme und Augen bilden keine Einheit. Schnell heftet sich mein Blick wieder auf das nasse Tier, denn auch ich muss lächeln, aber das soll er nicht sehen. Ich hülle die Ente in meine Jacke, stehe auf und klemme sie mir, um den Abstand der vermutlich lauernden Erpel ein wenig zu vergrößern, unter den Arm.

»Wir können weiter«, sage ich mit fester Stimme.

Nach ein paar Schritten halte ich inne, drehe mich um, denn Eisenberg steht immer noch an der Parkbank.

»Wollen Sie die Ente etwa mitnehmen?«, fragt er, jetzt offenbar an meinem Verstand zweifelnd.

»Nein, nur ein paar Meter, damit die Erpel nicht gleich wieder über sie herfallen«, beruhige ich ihn.

Sein Gesicht zeigt zarte Spuren der Erleichterung. Langsam kommt er auf mich zu.

»Aber Sie wissen schon, dass Enten fliegen können. Ich meine, theoretisch wäre es durchaus denkbar, dass ...«

Ich antworte nicht, denn plötzlich habe ich genug von seinen Worten, seiner Ironie. Ich wende meinen Blick ab. Auf der anderen Uferseite hängen alte Weiden über dem Fluss, bilden Höhlen und Gänge, bieten kleinen Booten schattige Rastplätze. Eisenberg spürt meinen Rückzug. Schweigend gehen wir nebeneinander her. Ein alter Mann kommt uns entgegen, er geht auf Krücken, führt seinen Hund spazieren.

»So schlimm? Ich ...«

»Schon gut«, antworte ich schnell.

Ich will nicht, dass er weiterredet. Sein Entgegenkommen rührt mich. Unangemessen.

Die flirrende Hitze des Tages ist vorüber, langsam gleitet der Abend in die Dämmerung. Ein vollbesetzter Spreedampfer zieht an uns vorbei, am gegenüberliegenden Ufer stehen alte, zum Teil marode Villen.

»Darf ich Sie etwas fragen?«

Eisenbergs Stimme macht bei der letzten Betonung der Silbe einen kleinen Hüpfer, eher einen Schlenker, als wäre er es nicht gewohnt, Fragen zu stellen. Ich nicke, nur zu.

»Ich habe selten eine so ausgezeichnete Bouillabaisse gegessen«, beginnt er und kickt dabei einen kleinen Stein vor sich her, »auch das Lamm gerade war hervorragend. Ich finde es dennoch ungewöhnlich, ein Abendessen in drei verschiedenen Restaurants einzunehmen. Ist das normal, ich meine, machen Sie das immer so?«

Ein wenig enttäuscht, dass die Frage nicht persönlicher ist, setze ich die Entendame vorsichtig ins Wasser zurück und bleibe ihm für einen Moment die Antwort schuldig. Die Ente dreht sich einmal paddelnd im Kreis, als müsse sie sich neu orientieren. Das muss ich auch. Kann ich ihm sagen, dass ich es mit ihm an einem Ort nicht lange aushalte, dass Unruhe mich treibt, ich in seiner Gegenwart in Bewegung bleiben muss? Jetzt keine Geständnisse.

»Hat es Ihnen nicht gefallen? In wenigen Minuten haben wir die beste Crème brulée der ganzen Stadt erreicht und ich verspreche Ihnen, es wird Ihnen sicher nicht leid tun.«

Eisenberg bückt sich, pflückt ein Gänseblümchen und hält es mir vor die Nase.

»Nett begründet und geschickt ausgewichen.«

Seine Stimme ist freundlich. Wieder beginnt mein Herz zu klopfen. Warum bricht jetzt kein Gewitter über uns herein, vor dem wir gemeinsam flüchten könnten? Schwül genug ist es. Eisenberg stellt sich mir in den Weg, streift mit der Hand über meine Schulter.

»Hey«, sagt er, »schauen Sie mich an.«

Ich zwinge meinen Blick empor. In seinen. Er schaut mich an, ich halte stand. Sein Blick schwimmt nicht über die Oberfläche meiner Augen, er dringt durch die Pupillen direkt in den Schädel.

»Alles in Ordnung?«

Ich nicke. Die Worte bleiben mir auf den Stimmbändern kleben. Es wäre der richtige Moment, mich in den Arm zu nehmen.

»Dann kommen Sie, es ist schon spät, Sie haben mir noch einen süßen Abschluss versprochen. Kommen Sie.«

»Hallo Achim«, winke ich dem Barkeeper entgegen und bin froh, von einem bekannten Gesicht in einer vertrauten Umgebung empfangen zu werden.

»Wie immer?«, fragt er.

»Nein, heute nicht. Ist die Küche noch auf oder ist es schon zu spät?«

»Für dich würde ich mich auch nach Mitternacht noch in die Küche stellen.«

Seit Jahren kümmere ich mich während seines Urlaubs um seine Pflanzen, und seine Winterreifen in meinem Keller nehmen mir den letzten Platz weg.

»Dann hätten wir gerne zwei Crèmes brulées. Und eine Tasse Kaffee für mich.«

Achim wendet sich an Eisenberg, zieht die Augenbrauen hoch und nimmt auf diese Weise seine Bestellung auf. Offenbar scheint ihm mein Begleiter nicht zu gefallen.

»Ja bitte, junger Mann, möchten Sie mich etwas fragen?«, lächelt Eisenberg.

»Auch was zu trinken?«

»Na, geht doch.« Eisenberg bleibt gelassen. »Es gibt übrigens Verkaufsseminare. Der Kunde ist König, oder so ähnlich. Da sollten Sie mal hingehen, vielleicht hilft's ja. Einen doppelten Espresso und den besten Grappa, den Sie da haben.«

»Wir haben nur beste Grappas.«

»Grappe«, korrigiert Eisenberg. »Der Plural von Grappa ist Grappe.«

Achim nimmt vier Flaschen aus dem Regal und baut sie geräuschvoll auf der Theke auf. Eisenberg setzt seine Brille auf die Nase, nimmt jede einzelne in die Hand und betrachtet kurz die Etiketten.

»Na ja, im Adlon haben Sie jedenfalls nicht gelernt.«

»Wir sind hier auch nicht im Adlon.«

»Stimmt genau. Dann sollte man den Mund aber auch nicht so voll nehmen, ich meine, was ›das Beste‹ betrifft.«

Nun zieht er seinerseits die Augenbrauen hoch und schickt einen warnenden Blick hinterher. Die anwesenden Gäste, die auf Fortsetzung hoffen, lassen Achim verstummen.

»Ich nehme den da«, sagt Eisenberg, auf eine Flasche deutend.

Ich setze mich auf einen Barhocker und schaue mich suchend um, Eisenberg geht an einen leeren Tisch, holt den Zuckerstreuer und stellt ihn neben meine Tasse. Das Thema Achim ist für ihn beendet. Für mich noch nicht ganz.

»Sind Sie jetzt stolz auf sich?«

»Hören Sie, der Kerl hat noch Plüsch hinter den Ohren – und will mich anpinkeln?«

»Ist ja schon gut, regen Sie sich nicht auf.«

»Ich habe mich gar nicht aufgeregt«, erwidert er ruhig, »ich habe nur mit ihm geredet.«

»So wie Sie mit Sozialpädagoginnen reden.«

Er grinst.

»Friede?«

»Ich muss aufs Klo.«

Die Treppe zu den Toiletten führt in den Keller. An der obersten Stufe bleibe ich stehen, drehe mich um. Er hat mich im Blick. Friede.

Die Klotür klemmt. Mit Gewalt ziehe ich sie hinter mir zu, schließe ab, klappe den Klodeckel herunter und setze mich. Die Ellenbogen auf den Knien, den Kopf auf den Händen. Vor meinen Augen kleine graue quadratische Bodenfliesen, links in der Ecke die Klobürste. Ich will ihn. Ich erschrecke. Erschrecke über den Gedanken, der wie ein Satz in großen Lettern vor mir steht. Ich will ihn. Erschrecke noch einmal. So etwas habe ich noch nie gedacht. Gefühlt schon, aber nicht gedacht. Nicht in dieser Klarheit. Neben mir höre ich einen Reißverschluss, dann das Rauschen der Klospülung. Er liebt seine Frau, bei der Bouillabaisse hat er gesagt, dass er sich ein Zimmer im Hilton am Gendarmenmarkt reserviert habe. Eine Nacht mit diesem fremden Mann, der da oben jetzt auf mich wartet. Er wird bei sich bleiben. Ein Plan, ein Vorsatz. Neu. Jetzt nur nicht verkrampfen. Das Vorhaben entlarvt das Weib in der Frau. Verwunderung. Kurzzeitige Belustigung. Der Klodeckel unter mir knarrt, wahrscheinlich befindet er sich seit Jahren zum ersten Mal in der Waagerechten.

»Köstlich.« Eisenberg strahlt. »Besser als der Grappa. Probieren Sie mal.«

Er hält mir seinen Löffel vor den Mund. Eine beinahe übermütige Geste. Tom Waits mischt sich unter die Stimmen der übriggebliebenen Gäste, Achim ignoriert mich, ich bin glücklich. Ich rühre in meinem Kaffee, Eisenberg beobachtet mich von der Seite.

»Was ist denn mit Ihnen passiert, Sie leuchten ja über das ganze Gesicht. Sind Sie da unten der Sonne begegnet?«

»Irritiert?«

»Nein, überhaupt nicht, vielleicht sollten Sie öfter mal aufs Klo gehen, das scheint bei Ihnen ja eine sagenhafte Wirkung zu hinterlassen.«

Er zieht sein Jackett aus und hängt es unter der Theke an den Haken. Während er jetzt in direkter Anknüpfung – Klo, Blase, Urin – wunderliche Schauermärchen aus der Praxis eines befreundeten Urologen zum Besten gibt und sich dabei langsam die Hemdärmel hochkrempelt, lässt er Achim nicht aus den Augen. Aus seiner Haltung spricht die Lust, ihn ein weiteres Mal bloßzustellen.

»Lassen Sie es«, unterbreche ich seine urologische Detailbeschreibung.

»Was?«, fragt er ein wenig peinlich berührt, denn er bezieht meine Bitte offenbar auf seine medizinische Berichterstattung.

»Achim«, sage ich und deute mit dem Kopf in seine Richtung. »Lassen Sie ihn. Er ist eigentlich ein ganz lieber Kerl.«

»Lieber Kerl«, wiederholt er und tut so, als würde ihm diese Beschreibung einer Person ungemein imponieren. Er presst die Lippen zusammen und nickt nachdenklich.

»Das klingt ja unendlich aufregend.«

Er setzt Falten auf die Stirn, als müsse er noch eine Weile weiter darüber nachgrübeln. Sein Bein berührt mein Knie. Ich ziehe es erschrocken zurück. Eine unachtsame Geste? Das passt nicht zu ihm. Beiläufig nimmt mein Knie seine alte Position wieder ein. Mein Knie an seinem Bein. Sein Gesicht verrät nichts, als wäre mein Knie gar nicht vorhanden. Noch immer schaut er nachdenklich in seine leere Espressotasse.

»Lieber Kerl ... Reicht Ihnen das?«

Seine Mischung aus Sarkasmus und Ironie stößt mich ab. Und zieht mich an. Kopflust. Und Lustangst. Angst wovor? Ich sehe sein Gesicht. Angst nein. Vorsicht – vielleicht.

»Gibt es eigentlich irgendetwas, das Sie irritieren oder gar aus der Fassung bringen könnte?«

»Sie sind neugierig.«

»Nein, nicht neugierig, nur interessiert.«

»Grundsätzlich interessiert? Oder interessiert an mir?«

Warum habe ich jetzt nicht die richtigen Worte zur Hand? Aber die benötigen Zeit und die habe ich nicht. Ich schabe mit dem Bierdeckel über die Theke.

»Jetzt sind Sie es, der neugierig ist.«

Hinter mir höre ich Gelächter. Einer jungen übergewichtigen Frau jagt ein Witz nach dem anderen aus dem Mund, ihre Kollegen lachen laut. Zu laut. Die Angst vor fehlender Gemeinschaft macht solidarisch.

»Geben Sie mir trotzdem eine Antwort?«, wende ich mich Eisenberg wieder zu und versuche, indem ich mir den Keks von seiner Untertasse klaue, seinen Blick aus der Espressotasse zu locken.

Er schweigt. Ich lasse ihn, traue mich nicht, noch einmal nachzuhaken. Ich beobachte ihn, er weiß es und lässt mich. Er ist schön, wenn er ernst ist. Hinter seiner Ernsthaftigkeit liegt etwas, das mir auf angenehme Weise verschlossen bleibt.

»Sie stellen merkwürdige Fragen. Ich bin keiner von denen, die die Fassung verlieren. Ich weiß, dass Frauen gerne etwas anderes hören, aber leider kann ich damit nicht dienen. Tut mir leid.«

Fast sagt er es so, als täte es ihm wirklich leid, eine solche Erfahrung noch nicht gemacht zu haben.

»Und wie ist es mit der Irritation?«, frage ich vorsichtig weiter.

»Irritiert bin ich wie jeder andere auch ... wenn Situationen anders verlaufen, als es mir mein Instinkt voraussagt.«

Eine einfache sachliche Feststellung, die er zurückhaltend ausspricht. Wieder bilden Inhalt und Ausdruck keine Einheit. Ich möchte weiterfragen, er spürt mein Bedürfnis, aber er will nicht weiter, denn plötzlich richtet er sich auf, legt seinen Zeigefinger auf meine Lippen und bedeutet mir, jetzt aufzuhören. Eine zaghafte Mischung aus Bitte und Befehl. Ein wenig unschlüssig steht er da, seine linke Hand rutscht in die Hosentasche, die andere sucht unauffällig nach einer Beschäftigung, sein Zeigefinger findet vereinzelte Zuckerkörner neben der

Espressotasse, er tippt sie auf und lässt sie zwischen den Fingern wieder auf die Theke rieseln. Eine verlegene Geste. Ein kleiner reiner Moment, der meine Vorsicht überspringen lässt. Ich rutsche vom Barhocker und plötzlich fühle ich seinen breiten Rücken, erst jetzt merke ich, dass diese Umarmung nur einem nackten Impuls gefolgt ist. Eisenberg wehrt sich nicht, er rührt sich nicht, regungslos steht er einfach nur da. Mache ich mich gerade lächerlich? Ich habe Angst, ihm in die Augen zu schauen, verharre in dieser Umarmung, spüre nur seinen Brustkorb, der sich beim Atmen hebt und senkt und hebt und senkt. Irgendwann tasten meine Hände weiter, noch immer suchen sie Erwiderung und dann, nach langen Sekunden des Wartens, spüre ich seine Hände, zögernd legen sie sich auf meinen Rücken, endlich kann ich die Augen schließen. Langsam ausatmen. Beginne ich dieser scheuen Berührung gerade zu vertrauen? Meine Hände streicheln vorsichtig weiter, eine falsche Bewegung könnte jetzt alles kaputt machen. Irgendwann halten sie inne, ich folge seinem lautlosen unsicheren Suchen, die Espressomaschine zischt durchdringend, plötzlich drückt er mich bestimmter an sich, er hat den Übergang gefunden, seine Hände bahnen sich den Weg aufwärts, umschließen meinen Hals, unsere Münder finden sich.

Ich öffne die Augen und falle direkt in den Himmel. Klares Blau strahlt mir entgegen, umrahmt von kleinen Lachfalten.

Wie jetzt zu Worten zurückfinden? Unsere Hände und Lippen haben etwas übersprungen. Ich habe nicht die Ruhe, ihm den nächsten Schritt zu überlassen. Doch Eisenberg kommt mir zuvor und rettet mich vor einem zu schnell gesprochenen Satz. Er lässt mich los und streckt mir die Hand entgegen.

»Ein wenig spät vielleicht«, lächelt er, »aber ... ich heiße Arthur.«

»Klara.«

Ich trinke einen kleinen Schluck Wein. Und noch einen. Drehe das Glas zwischen meinen Fingern.

»Du darfst Klara noch einmal küssen«, sage ich leise.

In seiner Umarmung fühle ich mich sicherer. Er verschränkt meine Arme hinter meinem Rücken, ich spüre seinen festen Griff, genieße meine Bewegungsunfähigkeit. Er küsst mich, kurz und intensiv. Dann lässt er plötzlich los, winkt Achim zu sich und fordert die Rechnung. Ich lasse ihn zahlen, will jetzt nicht über Geld streiten. Er nimmt sein Jackett vom Haken.

»Darf ich bitten?«

Er darf. Er legt seinen Arm um meine Schulter, gemeinsam verlassen wir das Lokal.

Die Masse Mann erschreckt ein wenig. Ein Berg steht vor mir. Fast erbarmungslos konfrontiert er mich mit seiner Nacktheit. Spiel mir das Lied vom Tod, denke ich und atme rückwärts, denn gegen eine kleine Katastrophe, die mein schönes Leben durcheinanderwirbeln würde, hätte ich nichts einzuwenden. Im Gegenteil, manchmal sehne ich mich nach einer riesigen Woge, einer fremden Macht, die mich an die Wand drückt. Ich lege meine Hände auf seine Brust, die mir gewaltig erscheint und im Gegensatz zu seinem Bauch unpassend muskulös wirkt. Eisenberg steht vor mir, noch kann ich seinen Vornamen nicht denken. Er steht nur da, ohne mich zu berühren. Er ist mein Gast, bleibt in meinen Wänden vorsichtig.

Ich ziehe ihn ins Bett. Die Decke ist kalt und abweisend, wartet auf die Wärme unserer Körper. Ich drücke mich an seinen ausgestreckten Leib, er spürt mein Frösteln und nimmt mich in die Arme. Meine Hände suchen seine Brust, seinen Bauch, seine Schultern, überprüfen das, was sie vor wenigen Minuten nur gesehen haben, ich beobachte meine Finger, wie sie über seine Stirn, seine Nase streifen, abwärts zu den Lippen, die er jetzt öffnet, sein Mund umschließt einen Finger, dann zwei. Er beginnt mich zu streicheln, meinen Körper zu erkunden, seine anfängliche Vorsicht hat sich verflüchtigt, ich lasse mich fallen in die Wellen, die seinen Körper rhythmisch durchziehen. Seine Hände vergraben sich in mir, erst zaghaft, um sicher zu sein, dass ich nach mehr verlange, dann immer fordernder. Ich überspringe das übliche Ritual des Balztanzes, ohne Furcht vor meiner eigenen Dringlichkeit. Meine Haare liegen auf seiner Brust, breiten sich über seinem Bauch aus, ich küsse mich nach oben, zu seinem Hals, er hält die Augen geschlossen, bleibt bei sich, gibt sich hin, aber nicht her, wir rollen und wälzen uns durch die Minuten und Stunden, ich auf ihm, neben ihm, unter ihm, atemlos, immer neue Kraft suchend. Wohlige wunderbare Ermattung.

Die Fenster sind weit geöffnet, kühle Luft legt sich auf unsere schwindeligen, feuchten Körper. Wir liegen nebeneinander, ich höre seinen Atem, höre, wie er langsam in den Schlaf gleitet.

Jeden Morgen die gleichen vertrauten Geräusche. Der Computer fährt hoch und verschluckt sich dabei immer an derselben Stelle, das rhythmisch lautlose Klappern der Tasten beim Eingeben des Passwortes, die Stimmen der Kollegen in den benachbarten Büros, die noch verschlafenen Geräusche aus der Kaffeeküche, das dumpfe Zuschlagen der Kühlschranktüren.

Ich rufe meine E-Mails ab, die meisten davon kann ich ungelesen löschen. Der Körper verlangt nach Vitaminen und Kohlehydraten. Ich weiß nicht, wie ich durch die nächsten Stunden kommen soll, meine Beine gehorchen mir nicht.

Warum fordern rauschhafte Liebesnächte solche Opfer? Die Sinne satt, der Körper matt? Ist das ausgleichende Gerechtigkeit? Gerechtigkeit wofür? Soll es verhindern, das Erlebte zu verklären, vor Blindheit schützen? Unser Körper, der sich dieser Lust hingibt – zugleich eine moralische Instanz, ein warnender Zeigefinger? Dies erscheint mir ebenso überflüssig wie Blinddarm, Bartwuchs und Blutschwämmchen.

Das Telefon klingelt. Dr. Zacharias bittet mich, den für heute Mittag angesetzten Termin um zwei Tage zu verschieben. Nichts lieber als das. Zacharias mag ich nicht. Er ist außen süß und innen bitter. Ein Neider.

Ich rufe unseren Studenten an, Andreas, unser Mädchen für alles, und bitte ihn, mir bei seiner nächsten Außentour eine Tüte Salzheringe und zwei Flaschen Möhrensaft mitzubringen. Ich erwarte eine dumme Bemerkung, aber er notiert sich meine Bestellung sachlich, ohne Kommentar, als hätte ich Bleistifte oder eine Kiste Briefumschläge bestellt.

Ich schließe die Bürotür. Vor mir liegt das Manuskript, das zu der letzten Tagung in Hamburg erstellt wurde. Die Druckfahnen müssen korrigiert werden, in zwei Tagen ist Druckstart. Die Einleitung fehlt noch, ein kurzes Vorwort, höchstens eine halbe Seite. Eisenberg taucht vor mir auf, auch nach der vergangenen Nacht denke ich ihn nur mit seinem Nachnamen herbei. Ich werde ihn nicht wiedersehen. Der Bildschirm zeigt mir den Eingang einer E-Mail an. Zacharias stört mit einer nachgeschickten devoten Entschuldigung. Ich klicke ihn in den Hintergrund. Eisenberg steht wieder am Pult, seine Sätze fließen konzentriert und gleichmäßig. Eine Erinnerung. Sein Lachen, seine Verlegenheit in Achims Kneipe. Eine Erinnerung. Seine Hände an meinem Hals. Vorbei. Es ist gut so. Später, seine Augen über mir, seine Lippen, sein angespanntes Gesicht ...

»Frau Marxen?«

Der plötzliche Durchzug wirbelt alles durcheinander. Es gibt Kollegen, die eine geschlossene Tür ignorieren. Die einfach, ohne anzuklopfen, mitten im Raum stehen.

»Vielleicht sollten Sie bei dem Wind da draußen besser die Fenster schließen«, sagt Kollege Meyer-Held und deutet auf die Blätter, die sich auf dem Boden verteilt haben.

Er ist in Eile, spricht weiter, ohne meine Antwort abzuwarten. Ich schließe die Fenster und sammle das verstreute Papier auf.

»Um neunzehn Uhr brauchen wir die Zahlen. Der Vorstand trifft sich um zwanzig Uhr.«

»Das ist nicht Ihr Ernst. Warum haben Sie mir das nicht früher gesagt?«

»Ich dachte, dass sei Ihnen bekannt.«

Seine Lieblingsverteidigung.

»Woher denn? Die Vorstandssitzungen haben noch nie in einem bestimmten Turnus stattgefunden. Das wissen Sie doch.«

»Wie weit sind Sie denn?«, fragt er, ohne sich darauf einzulassen, und befindet sich dabei schon wieder im Gehen.

»Die Zahlen sind alle eingetragen, allerdings ist der Computer in der letzten Woche abgestürzt und hat sämtliche Formeln und Verknüpfungen rausgehauen.«

Ebenso gut hätte ich das meinem Knie erklären können.

»Also bis spätestens neunzehn Uhr. Ab morgen haben Sie doch Urlaub. Sie schaffen das schon.«

Er verlässt das Büro. Sie schaffen das schon. Sein einstudierter seelenloser Versuch der Mitarbeitermotivation kann mir gestohlen bleiben. Wahrscheinlich hat er auf seinem Nachttisch einen Psychoführer liegen, der die Menschen zum besseren Verständnis in A-, B- und C-Typen klassifiziert.

Ich gehe in die Küche und gieße mir eine Tasse Kaffee ein. Eigentlich habe ich gar keine Lust auf Kaffee. Noch immer warte ich auf den Möhrensaft.

Der Bericht bedeutet Überstunden. Koffer habe ich auch noch nicht gepackt. Ich rufe Ludmila an, erkläre ihr die Situation, dass David Hockey spiele und bis zwanzig Uhr versorgt sei, ob sie aber vielleicht Jacob und Marie für zwei Stunden übernehmen könne? Natürlich, sie kann, mit ein wenig Umorganisation ihrer eigenen Kinder, aber ja, das geht schon. Meisterin der Improvisation. Ich werde es wieder gutmachen.

»Ich bin glücklich.«

»Warum bist du glücklich?«

Ich schaue in den Rückspiegel.

»Och, einfach so.«

Jacob vertieft sich wieder in sein Buch. Marie ist in ihrem Kindersitz eingeschlafen, in ihrer Hand hält sie einen angeknabberten Keks. David sitzt vorne, hat Kopfhörer auf den Ohren, seine Augen sind geschlossen, auf seinem Schoß liegt die Landkarte. Die Autobahn ist leer, ich bin froh, schon mitten in der Nacht in Frankfurt aufgebrochen zu sein, nachdem wir dort bei einer alten Freundin einen Zwischenstopp eingelegt haben. Langsam werde ich müde. Die Sonne steht noch tief, ich muss eine Sonnenbrille tragen. Ich verabscheue Sonnenbrillen, sie dämpfen die Helligkeit, das Licht, das ich so liebe, und jedes Mal bekomme ich davon üble Laune, weil ich denke, das Wetter werde schlecht.

Sanfte Hügellandschaft zieht an uns vorbei, Felder und kleine Waldstücke wechseln sich ab. In der Ferne einzelne Dörfer, Bauern, die ihre Äcker bearbeiten, immer wieder Kirchtürme, eine Reitergruppe, Wiesen, Sonnenblumenfelder.

Freunde von Ludmila haben mir schon zum zweiten Mal ihr Ferienhaus überlassen. Es befindet sich in der Nähe von Lucon. Ein kleines efeubedecktes Steinhaus, nur wenige Kilometer vom Meer entfernt. Das Grundstück ist von einer alten Natursteinmauer umgeben, im Garten wachsen Wildblumen und Kapuzinerkresse. Ein Postkartenmotiv. Zwei Wochen Gartenidylle, Sandfüße, Dünenkinder, zwei Wochen Wellenkreischen, Sonnenhaut und Schattensuche.

Mein Handy piept auf der Ablage.

Liebste, ersehne Wiedersehen und -hören und -fühlen. Arthur

Mein Fuß tritt aufs Bremspedal. Maries Kopf fällt nach vorne. David öffnet die Augen.

»Alles okay, Mams?«

»Ja, tut mir leid, ich dachte nur ...«

Seine Augen sind schon wieder geschlossen, sein Zeigefinger schlägt einen Takt, er verlangt nach keiner Erklärung. Sehen, hören, fühlen? Arthur? Ich verstehe nicht, lese die Nachricht noch einmal, bin irritiert, begreife nicht. Wirrungen. Mein Herz schleift.

Ich zünde mir eine Zigarette an und kurble das Fenster herunter. Augenblicklich wird mir schlecht von dem Qualm. Erst jetzt fällt mir auf, dass wir noch gar nicht gefrühstückt haben. Arthur. Sein Gesicht. Der erste Kuss, eingehüllt in Tom Waits rauchige Stimme. Eine heftige Welle drückt sich durch meinen Magen. Verdammt noch mal. Meine Hand fährt auf die Mitte des Lenkrads. Es hupt. Ich erschrecke. David blickt auf die Autobahn. Kein Auto, kein Laster, nur Asphalt, Felder, Licht. Er schließt wieder die Augen, schüttelt dabei unmerklich den Kopf, fällt zurück in den Rhythmus seiner Musik.

Eisenberg. Arthur. Ein Abend, eine Nacht, vorbei. Ich – Empfänger dieser Nachricht? Er – Verfasser dieses Satzes? Dieser Mann zeigt Gefühl, formuliert Sehnsucht? Sein spöttischer Mund, seine schönen Hände, das leise Lauern. Seine Stimme, die nicht in sein Gesicht gehört. Nichts an ihm passt zusammen. Eine Pyramide in der Arktis.

»Wann halten wir endlich an? Ich hab' Hunger.«

Jacobs Stimme klingt, als habe er diese Frage schon eine ganze Weile zurückgehalten. Ich kann ihn verstehen, seit Stunden sitzen wir im Auto, es wundert mich, dass wir erst eine Pinkelpause einlegen mussten. Wahrscheinlich sind ihre Kinderblasen noch auf Morgenschlaf eingestellt.

»In ungefähr einer halben Stunde sind wir in Straßburg. Kannst du noch so lange durchhalten?«

Ich reiche ihm eine Banane nach hinten.

»Kann man in Straßburg Fußball spielen?«

»Nein, aber frühstücken.«

»Ich möchte aber frühstücken und Fußball spielen.«

Seine Stimme wird langsam quengeliger, bleibt aber in gemäßigter Lautstärke, weil er auf gar keinen Fall den Schlaf seiner Schwester unterbrechen will.

»Und ich möchte frühstücken und das Straßburger Münster sehen.«

Hinter meinen entschiedenen Worten versuche ich mein schlechtes Gewissen zu verbergen, denn eine Bewegungspause wäre jetzt notwendig.

»Ist ein Münster eine Kirche?«, fragt Jacob vorausahnend.

Offenbar war meine Stimme zu entschieden.

»Ja, eine sehr berühmte ...«

»Jetzt ist Papa nicht hier und wir müssen trotzdem Kirchen gucken?«

»Nein, wir müssen nicht, aber ihr würdet mir damit eine Freude machen.«

Ein typischer Muttersatz. Jacob schweigt.

»Man kann den Turm im Münster auch besteigen«, versuche ich einen Kompromiss zu finden, »von dort hat man eine phantastische Aussicht über die Altstadt.«

Die Aussicht interessiert nicht.

»Wie viele Stufen muss man da hochsteigen?«

Er sucht meinen Blick im Rückspiegel.

»Über dreihundert, ich glaube dreihundertdreißig. «

Lieber hätte ich »über tausend« gesagt, dann wäre ich seiner Zustimmung sicher gewesen. Wieder Schweigen. Denkerstirn.

»Aber du versprichst mir, dass wir bei der nächsten Pause Fußball spielen können.«

»Versprochen.«

Mein Magen knurrt. Ich muss gegen die Müdigkeit ankämpfen. Es ist wieder still im Auto. In der Ferne eine einzelne weiße Wolke am Himmel. »Sie war sehr weiß und ungeheuer oben.« Sätze schwirren durch den Kopf, zuweilen nur Bruchstücke, herausgelöst aus ihrem Kontext. Oft vergesse ich den Verfasser. Die Wolke nicht.

Eisenberg, denke ich. Arthur.

Im ehemaligen Gerberviertel, zwischen blumengeschmückten Fachwerkhäusern, finden wir ein Straßencafé direkt am Ufer der Ill. Marie überspringt ihre schlechte Laune, weil sie Enten füttern darf, Jacob und David tunken Croissants in ihren eiskalten Kakao. Erste Urlaubsgefühle.

Wir wandern durch die Altstadt zum Straßburger Münster, ich mache die Kinder auf die herrliche Westfassade aufmerksam, sie nicken artig, rennen los, suchen den Treppenaufgang.

Auf der Aussichtsplattform sind wir fast allein. Ich bin erschöpft und außer Atem. Es ist heiß, die Sonnenanbeter sitzen in Cafés, vermeiden jede Anstrengung, die Sonnenmeider, die die Hitze nicht vertragen oder sich ihre schöne Haut nicht ruinieren wollen, sind in Geschäfte oder umliegende Wälder geflüchtet. Ich hole die Wasserflaschen aus dem Rucksack, die Kinder trinken gierig, das restliche Wasser verteile ich auf ihren Gesichtern und Haaren.

»Schön ist es hier«, sagt David, lehnt sich auf das Geländer und schaut auf die Stadt. Ich umarme ihn von hinten, inzwischen ist er einen halben Kopf größer als ich, ein Jüngling, kurz vor der männlichen Entfaltung.

»Hier oben fühlt man sich irgendwie anders«, sagt er ohne sich umzudrehen. Weil niemand in unserer Nähe ist, küsse ich ihn in den Nacken. Er lässt mich gewähren. Auch das wird bald vorbei sein. Der Ausblick ist einzigartig, die Luft klar. Jedes Mal, wenn ich auf einem Kirchturm oder auf einem Berggipfel stehe, frage ich mich, was Höhe in den Menschen auszulösen vermag. Und warum? Bei den Achttausendern lassen sich vielleicht noch chemische Prozesse zur Beantwortung heranziehen, aber auf einem Leuchtturm bleibt diese Frage ungeklärt. Geht man unten traurig los, scheint sich die Traurigkeit in der Höhe zu verstärken. Steigt man die Treppen glücklich empor, möchte man oben die ganze Welt umarmen. Alles Bedrängende zieht sich zurück, man wird milder, sanftmütiger, ist eher bereit zu verzeihen. Astronauten, die aus dem Weltall zurückkehren, berichten immer wieder, dass der Blick auf die Erde ihr Leben verändert habe.

Arthur, denke ich.

Ich mahne die Kinder zum Aufbruch. Wir haben noch einen weiten Weg vor uns.

Die Hitze im Auto ist jetzt beinahe unerträglich. Eine Klimaanlage übersteigt meine momentane Gehaltsklasse. Gestern hat mir Jacob gesagt, er wolle mir von seinem ersten selbstverdienten Geld ein Cabrio schenken. David sitzt mit nacktem Oberkörper neben mir, Marie erklärt, dass auch Lucie schwitze, und beginnt, ihre Puppe auszuziehen. Ich trete aufs Gas und beiße die Zähne zusammen.

In Fontenay machen wir eine kurze Unterbrechung, es liegt direkt am Weg. In den kühlen Klostermauern kommen die

Kinder langsam wieder zu sich. Die Einfachheit, die Logik und autoritäre Strenge dieser romanischen Baukunst lassen mich für Momente aufatmen. Keine überflüssige Geste, kein sich verirrender Gedanke. Glaube und Architektur dasselbe Ideal. Seit Jahrhunderten.

Jacob und Marie suchen einen Brunnen um sich abzukühlen, David zupft einem Gänseblümchen die Blätter aus.

»Wenn ich damals Mönch gewesen wäre, hätte ich auf jeden Fall in der Bibliothek gearbeitet.«

»Wieso gerade da?«

»Die Bibliothek und der Lesesaal waren die einzigen Räume, die beheizt werden durften. Ich finde, manchmal haben die das mit der Armut ganz schön übertrieben. Den ganzen Tag mit einer Kutte rumlaufen, die aussieht wie ein Kartoffelsack, und darunter nichts weiter als eine Wollhose und so komische Schlupfschuhe. Muss man denn wirklich leiden, um fromm zu sein?«

Ich schaue ihn an und hoffe, dass er weiterredet.

»Weißt du eigentlich, woher das Wort ›Kloster‹ kommt? Das kommt aus dem Lateinischen, ich glaube von ›claustra‹ oder ›claustrum‹ und bedeutet Riegel und Verschluss. Wenn man daran denkt, wie die Mönche hier früher gelebt haben, macht das Wort doch irgendwie Sinn.«

Ich bin überrascht, dass er so viel weiß, er spürt es an meinem Blick, eine Mischung aus Freude und Peinlichkeit huscht über sein Gesicht.

»Und kennst du auch den Unterschied zwischen einem Kloster und einer Abtei? Zisterzienserklöster, in denen mehr als zwölf Mönche lebten, wurden zu Abteien erhoben.« Er grinst mich an und legt seinen Arm um meine Schulter. »Na? Bist du jetzt stolz auf mich?«

»Ja, Sohn. Mutter ist stolz.«

»Gut so«, sagt er und beißt dem Gänseblümchen den Kopf ab.

Im Kreuzgang setzen wir uns auf eine Mauer, ein paar Meter von uns entfernt kommt eine Besuchergruppe zum Stehen. Die bieder gekleidete Reiseführerin redet mit durchdringender Stimme auf die interessiert nickenden Klostergäste ein. Plötzlich sehne ich mich nach Eisenberg und stelle mir vor, wie er sich einmischt, den einstudierten Text der schrilltönenden Dame unterbricht, sie höflich auf einen kleinen Fehler in ihrem Vortrag aufmerksam macht und so ihrem seelenlosen Abspulen ein Ende bereitet. Arthur.

»Komm, wir suchen Jacob und Marie.«

Kurz hinter Avallon erspäht Jacob neben einer verfallenen Fabrik einen kleinen Sportplatz, der aussieht, als sei er schon seit Jahren nicht mehr benutzt worden. Ich setze mich auf die Wiese, Marie legt ihren Kopf in meinen Schoß, David und Jacob spielen Fußball. Hatte ich ja versprochen.

In Onzain, einem kleinen Dorf an der Loire, finde ich neben einem bunten Krämerladen eine kleine Pension, die von einem alten Ehepaar geführt wird. Ein Tipp des ortsansässigen Tankwarts. Ich komme unangemeldet, dennoch begrüßt mich die zierliche weißhaarige Dame, als habe sie mich erwartet. Madame Pigeon, stellt sie sich vor und reicht mir die Hand.

Eine knarzende schmale Holzstiege führt uns zu dem Zimmer, in dem wir in der nächsten Nacht schlafen werden. Sie zieht die grob gewebten Vorhänge zurück, öffnet die Fenster, gelbes Abendlicht fällt auf die schweren Eichenbetten. Geklöppelte weiße Deckchen zieren Tisch und Schränke, das Rosenmuster der Tapete wird von einzelnen Ikonen und Marienbildchen unterbrochen.

»Gefällt es Ihnen?« Madame Pigeon neigt den Kopf ein wenig zur Seite. »Wohl nicht gerade das, was eine junge Frau sich vorstellt.«

Sie lächelt. In ihrem Gesicht verbergen sich Geschichten und haben sich unter ihrer beinahe durchsichtigen Haut in vielen kleinen Runzeln verdichtet.

»Es erinnert mich an das Zimmer meiner Großeltern und dort habe ich mich als Kind immer sehr wohl gefühlt. Wenn Sie erlauben, würden wir gerne bis morgen bleiben.«

Sie nickt, freut sich nach innen. Ihre hageren Finger umschließen Maries Kinderhände. Gefolgt von Jacob und David, zeigt sie uns nun stolz ihren Obst- und Gemüsegarten, zieht drei Möhren aus der Erde, rubbelt sie an ihrer Küchenschürze sauber und gibt sie den Kindern. Jacob und David spüren, dass sie in ein fremdes, ihnen unbekanntes Leben eingedrungen sind. Schüchtern nehmen sie die Möhren entgegen, als seien diese zuvor durch ihre Hände gesegnet worden.

Ich frage Madame Pigeon, ob sie mir ein kleines Bistro in der Umgebung empfehlen könne, die Kinder hätten Hunger, weit könne ich nicht mehr fahren, Marie müsse bald ins Bett. Madame Pigeon winkt energisch ab. Ihre grünen Augen leuchten aus ihrem faltigen Gesicht. Ihr Sohn komme mit den beiden Enkeln zum Abendessen. Sie deutet auf den bereits gedeckten Gartentisch. Es gebe zwar nichts Besonderes, aber man könne einfach vier Stühle dazustellen, das Essen reiche für alle. Ihre selbstverständliche Gastfreundschaft rührt mich, dennoch zögere ich einen Moment, möchte den Familienfrieden nicht stören. Doch die resolute Dame steht bereits im Gartenschuppen und reicht David die fehlenden Stühle.

Viel Zeit zum Duschen bleibt nicht. Als ich wieder in den Garten komme, pflücken die Kinder Erdbeeren für den Nachtisch. Madame Pigeons Sohn ist da, Laurent, ein drahtiger

Charakter, dunkelgrünes Leinenhemd, Jeans, barfuß. Sein Dreitagebart öffnet sich, er begrüßt mich freundlich, weiße ebenmäßige Zähne strahlen mir entgegen. Der Prototyp eines Reklamemodells, der für ein typisch französisches Produkt werben könnte.

Am Tisch sitzt eine grauhaarige korpulente Frau mit einem zum Fürchten großen Busen. Sie sieht aus, als sei sie gerade vom Melken gekommen. Madame Pigeon eilt mit einer Salatschüssel herbei, stellt mir die Großbusige als ihre Nachbarin vor, deren Mann vor einem halben Jahr gestorben sei und um die sie sich deshalb von Zeit zu Zeit etwas kümmere. Dann geht sie zur Regentonne, nimmt einen dicken Ast, der unmittelbar daneben liegt, und haut dreimal kräftig dagegen. Sie wartet einen kurzen Moment und schlägt erneut dagegen.

»Auf diese Weise ruft sie meinen Vater zum Essen«, erklärt mir Laurent grinsend. »Drei Mal klopfen bedeutet, das Essen ist fertig, der vierte Schlag sagt ihm, dass er Wein mitbringen soll.«

»Wissen Sie eigentlich, was für eine grandiose Mutter Sie haben?«

»Ja, das weiß ich. In acht Jahren feiern meine Eltern goldene Hochzeit und in den ganzen Jahren habe ich nie erlebt, dass ihre Ehe ernsthaft gefährdet gewesen wäre. Sie streiten, zum Teil sogar sehr heftig, und hungern anschließend nach Versöhnung. Auch heute noch.«

Ich nippe an meinem Wasserglas. Ein Satz, über den man still werden möchte. Warum machen Worte, die das erfüllte Leben zweier Menschen beschreiben, oft so traurig?

Monsieur Pigeon kommt durch das Gartentor. Erst jetzt begreife ich, dass er der Besitzer des Krämerladens ist. Er erinnert mich an meinen Großvater, einen gütigen alten Herrn in Cordhose und beigem Pullunder, mit dem ich oft durchs

Dorf spazierte und der immer, wenn er sprach, stehen bleiben musste. Es war ihm nicht gegeben, gleichzeitig zu gehen und zu sprechen.

Monsieur Pigeon stellt drei Flaschen Rotwein auf den Tisch, ich gehe auf ihn zu, möchte mich für die Aufdringlichkeit entschuldigen, aber ich kann in seinem Gesicht kein Anzeichen der Verwunderung erkennen. Anscheinend überrascht ihn seine Frau des öfteren mit fremden Gästen.

Madame Pigeon ruft die Kinder zum Essen. Marie ist glücklich, weil sie mit Laurents Töchtern Puppenkleider tauschen kann. Töpfe werden herumgereicht, Gläser gefüllt. Laurent zieht fachmännisch den Wein durch die Zähne, nickt seinem Vater anerkennend zu. Die Melkfrau hebt das Glas und ihren Busen, bedankt sich für die Einladung, sie schaut vergnügt und scheint ihren verstorbenen Mann nicht sehr zu vermissen. Sie verschonen mich mit höflichen Fragen, die man sonst üblicherweise an einen Gast richtet. Madame Pigeon tätschelt meine Hand und fragt, ob es mir schmecke, es schmeckt wunderbar, französische Hausmannskost, und als Beweis für ihre Kochkunst deute ich auf die Kinder, die konzentriert die Hühnerschenkel in die Sauce tauchen und lustvoll abnagen.

Ich lehne mich zurück, am liebsten möchte ich die Augen schließen und mich für einen kurzen Moment dem Stimmengewirr und dem rötlichen Licht der untergehenden Sonne hingeben. Eine Atmosphäre wie in den alten Filmen Truffauts, spannungsloses Glück, es gibt nur wenige Augenblicke im Leben, in denen alles gut ist. Laurent lächelt mich an, ich lächle zurück. Arthur, denke ich.

Arthur.

Madame Pigeon hat eine zusätzliche Matratze neben das Bett gelegt, Jacob schläft darauf, auf dem Rücken, den Kopf zur Seite, die Arme weit von sich gestreckt. Es ist schön zu sehen, wie offen Kinder schlafen, ihre jungen Körper müssen sich nicht schützen, solange sie vor Enttäuschungen bewahrt sind. Die ersten Irritationen lassen sie die Arme näher an den Körper rücken, langsam beginnen sie die Beine anzuwinkeln, erst zufällig, dann immer regelmäßiger und nach der ersten Wunde, die ihnen das Leben zufügt, nach einer verschmähten Liebe, einem empfundenen Verrat, einer bewussten oder versehentlichen Kränkung, kann man beobachten, wie sie sich allmählich zusammenrollen und im eigenen Körper Schutz suchen.

Marie liegt auf der Bettritze, die ich zuvor mit einem Handtuch ausgestopft habe. Ihre Hand schläft auf Davids Bauch. Ich setze mich auf den Fenstersims und nehme mein Buch zur Hand. Ein Psychogramm zweier Ehepaare, die sich nach Jahren der Trennung im Urlaub am Bodensee zufällig wiedertreffen. Es sind nur noch zwanzig Seiten bis zum Ende, ich habe sie mir eigens für einen ruhigen Moment aufgehoben, merke aber nach wenigen Zeilen, dass mich die angefangenen Sätze immer wieder in meine eigenen Bilder zurücktreiben. Arthur taucht auf, immer wieder Arthur, ich sehe ihn vor mir, wie er mir das rote Kissen reicht, sehe den Wissenschaftler, der seine Person hinter ruhigen fachlichen Worten verbirgt, Arthur lesend, wie er an der Parkbank auf mich wartet. Ich dränge ihn zurück, möchte wissen, wie die beiden Bodenseepaare auseinandergehen, aber er zeigt sich hartnäckig in seiner anwesenden Abwesenheit. Ich will meine keimende Sehnsucht nicht zugeben, die Hitze des Tages hat sich in den Winkeln des Zimmers versteckt, ich gehe zum Waschbecken, halte die Hände unter das kalte fließende Wasser. Noch ist seine Nachricht ohne Antwort geblieben. Ich lege mich aufs Bett, streiche Marie die Haare aus dem Gesicht. Liebster, möchte ich sagen, aber ich traue mich nicht. Dieses Wort habe ich noch nie ausgesprochen, weil die Endung -s-t-e-r keine Steigerung mehr zulässt, kein Vakuum, was noch gefüllt werden könnte.

Lieber Arthur, bin verwirrt, mit Gefühlen habe ich nicht gerechnet, K.

Am nächsten Morgen brechen wir früh auf. Madame Pigeon hat uns ein Proviantpaket vorbereitet, Marie hängt an ihrem Rockzipfel. Ich frage sie, ob wir auf der Rückreise noch einmal bei ihr übernachten dürfen. Natürlich dürfen wir, sie freue sich aufrichtig, ich solle nur einen Tag vorher anrufen, damit sie alles vorbereiten könne.

David und Jacob rennen in den Krämerladen, um sich von Monsieur Pigeon zu verabschieden. Ich verstaue unser Gepäck im Auto, sie kommen zurück, halten drei Tüten Eis in der Hand. Das Handy piept, bitte lass' es Arthur sein, denke ich und frage mich, an wen ich diese Bitte eigentlich richte. Ich schnalle Marie in ihrem Kindersitz an, frage, ob wir uns jetzt Schloss Chambord anschauen sollen, es liege nur wenige Kilometer entfernt, stoße aber auf heftige Gegenwehr, die Kinder wollen ankommen, endlich ans Meer. Madame Pigeon winkt, die Kinder winken, ich winke. Der Abschied fällt schwer.

Liebste, Verwirrung macht Dich schön. Habe ich Dich verunsichert? A.

Ich will nicht, dass mein Herz schon wieder zu klopfen beginnt, wie vor einer schweren Prüfung oder vor einer Situation, die mir Angst macht, mich bedrängt, ohne dass ich mich wehren kann. Aber mein Herz ignoriert meinen Willen. Ich bitte David, mir die Sonnenbrille aus dem Handschuhfach zu geben. Marie verlangt nach Lucie, beschwert sich bei mir, dass ich sie heute Nacht allein und nackt im Auto zurückgelassen habe.

Nein, nur auf angenehme Weise erstaunen lassen. Rückfrage – vielleicht alles »nur« erlebte Phantasie? Klara küsst Arthur.

Wieder fliegen Landschaften an uns vorbei, ich fahre der Sonne direkt entgegen. Im Rückspiegel sehe ich, wie Jacob den Kopf zurückgelegt hat, seine Augen sind geschlossen, der Fahrtwind wirbelt seine Haare durcheinander.

»Mams, wann kann man das Meer endlich riechen?«

Lucon – geschafft. Erschöpft und verschwitzt öffne ich Klappläden, Fenster und Türen. Licht und Luft durchfluten das seit Monaten unbewohnte Haus. Die Kinder schleppen ihre Rucksäcke und Spielsachen in die oberen Zimmer. Die Koffer müssen noch aus dem Auto, ich stelle sie in den Flur, bin aber zu müde, um sie sofort auszupacken. Es ist noch etwas Kaffee in der Thermoskanne, ich setze mich in den Garten und lege die Füße hoch. Der irrwitzige Versuch, punktgenau zu entspannen. Körper und Seele sind noch auf der Reise, die Seele kann die Ankunft gar nicht erkennen, der Körper spürt noch das monotone Vibrieren, den Asphalt der Autobahn.

Kinderbarfußgetrampel auf der Treppe.

»Fahren wir jetzt ans Meer?«

»Gleich, gebt mir eine halbe Stunde. Ihr könnt im Dorf nachschauen, ob die Kinder vom letzten Jahr wieder da sind. Und passt auf Marie auf.«

Davids genervter Blick.

Kaum etwas hat sich verändert, die Steinmauer beginnt jetzt auch an anderer Stelle einzufallen, sie müsste dringend nachgebessert werden. Der Efeu bedeckt inzwischen die Hälfte des Hauses, morgen sollte ich wenigstens die Fenster freischneiden, damit genug Licht ins Haus kommt. Ein rotes Fahrrad lehnt am Geräteschuppen, das war im letzten Jahr noch nicht da. Ansonsten ist alles beim Alten geblieben.

Das Haus und der Garten erinnern mich an Heinrich. An Vertrautes, Heimat, wärmende Ruhe. Man ist vor Überraschungen sicher, kann nach Hause kommen, unaufgeregt. Überall vertraute Geräusche. Erst mit Marlene sind neue Farben und Gerüche bei ihm eingezogen.

Und ich denke an Arthur, von dem ich eigentlich nichts weiß, dessen Haus ich nicht kenne, weder Farbe, Größe, noch Material bestimmen kann. In meiner Vorstellung kann ich ihn in eine kleine Kate an die Nordsee schicken oder in eine Villa an die Côte d'Azur. Merkwürdig bleibt, dass Arthur am Ende immer allein dasteht. Ohne Haus, unter freiem Himmel.

Liebste Klara, erlebte Phantasie ist phantastisch, aber womöglich keine Phantasie mehr. A.

Keine Phantasie mehr? Der Mann kommt mir zu nahe. Herz, schweig. Die Abendsonne sticht mir in den Nacken. Gerade noch angenehm wärmend, erscheint sie mir jetzt unerträglich heiß. Ich stecke meine Haare hoch, unterbreche die ersehnte kurze Ruhe, beginne Blumen zu gießen. Ebenso gut könnte ich meine Kaffeetasse von links nach rechts schieben oder eine der unzähligen Sommerfliegen fangen. Arthur. Das Wasser schwappt aus der Gießkanne. Warum bist du nicht hier, nur für einen kurzen Augenblick, um mich in die Arme zu nehmen und meine hektischen Wässerungsversuche zu stoppen. Keine Phantasie mehr?

Liebster Arthur, ich meinte, wir träumen uns auf treibendes Eiland – ohne Wirklichkeit zu teilen. Ein himmlischer und seliger Traum, aber ... Hörst Du mich stammeln? K.

Die Kinder kommen zurück, David trägt Marie auf seinen Schultern, wahrscheinlich hat sie wieder getrödelt.

»Lukas, Paul und Katharina sind schon da, die anderen Kinder kommen erst nächste Woche.«

Auftrag erledigt.

»Fahren wir jetzt?«

Ungeduld in ihren Gesichtern.

Rücklings lasse ich mich in den Sand fallen und bleibe regungslos liegen. Zerrissene Schleierwolken, Meerestosen und fernes Kindergeschrei. Dann und wann, wenn ich in den Himmel schaue, denke ich an den Tod. Hätte ich einen letzten Wunsch frei, würde ich darum bitten, mir ein Stück Himmel in den Sarg zu legen. Manchmal denke ich solche Sachen. Mädchenträume, würde Arthur wohl sagen.

Perfekte Klara, erklär Dich nicht, bleib doch ein wenig unverstanden – und stammelnd! A.

Tue ich ihm Unrecht? Ich möchte ihn küssen für seine Worte, die mich aufstöbern und nicht in Ruhe lassen. Aber kann ich mich ihm zeigen, in meiner Sehnsucht, die so zerrissen ist wie die große Schleierwolke über mir? Ich muss auf der Hut sein.

Stammeln ist schön, aber ist das schlichte Bedürfnis zu verstehen oder verstanden zu werden nicht auch menschlich? Allzu menschlich? K.

Eine Handvoll Sand rieselt durch meine Finger, die weißen Körnchen wehen zur Seite. Meine Lippen formen seinen Namen, der Atlantik reißt die beiden Silben hinweg, ich forme sie neu, ich mag seinen Namen.

Weib, erfahre Widerspruch! Worin – süße Sehnsucht – mag wohl das Ewige liegen? In der Offenbarung? Doch wohl nicht. Und »erst das Geheimnis, das ein Mann und eine Frau voreinander hüten, macht sie zum Paar«. Willst Du immer noch verstanden werden?

Nein, denke ich leise, lass' mich noch ein wenig stammelnd. Es ist schön, den Boden unter den Füßen zu verlieren. Angenehme Machtlosigkeit, die mich heiter durchströmt.

Nein, Arthur. Nein, nein, nein! Mit siebzehn jungen Jahren habe ich mir diesen Satz in meiner alten Suhrkampausgabe unterstrichen. Offenbar verliert man mit zunehmendem Alter die einfachen Dinge aus dem Blick. K.

Jacob lässt sich auf meinen Bauch fallen. Er ist kalt, Meerwasser perlt von seiner Haut, über der rechten Augenbraue kleben kleine Sandbahnen.

Liebste, halten wir es doch so – Du verhieltest Dich absichtlich unerfahren, um mir die Möglichkeit zu geben, Dich ein wenig belehren zu dürfen. A.

Jacobs Kopf ruht auf meinem Bauch, ich streiche durch seine nassen Haare.

Professor! Charmeur! Diplomat!

Seine Haare fühlen sich borstig an. Mit dem Finger fahre ich über die Linien seiner Ohrmuschel. Es kitzelt ihn, er wischt meine Hand weg.

Nur der Professor trifft zu! Du machst mich weich. Diplomat und Charmeur nur für Dich und kokettierend durchsichtig. Denn Charmeure mag ich nicht – die reden an der Wahrheit vorsätzlich vorbei. Sehnsucht spricht: bald Liebste – bald ...

Mit dem Holzboot fahren wir durch den Marais Poitevin, eine Sumpfregion am Golf von Poitou. Grünes Venedig wird diese verwunschene Landschaft auch genannt.

Marie und Jacob liegen auf dem Bauch, lassen ihre Finger durchs Wasser gleiten, ziehen Bahnen durch einen Teppich aus grünen Wasserlinsen, die so dicht auf den kleinen Kanälen schwimmen, dass man meinen könnte, man gleite über einen englischen Rasen. David stakt unseren schmalen schwarzen Kahn vorsichtig durchs Wasser. Die üppig bewachsenen Ufer spenden wohltuenden Schatten, nur vereinzelt bricht die Sonne durch das dichte Grün und veranstaltet bizarre Lichtspiele. Die Kinder sind still, sprechen kein einziges Wort, es ist, als habe sich der Friede dieser unwirklichen Landschaft in ihren rastlosen Seelen ausgebreitet. Davids Gesicht ist konzentriert. Zaghaft setzt er den Stab auf, um in der undurchsichtigen Tiefe keine schlafenden Wasserbewohner aufzuschrecken. Hat er den Kontakt zum Boden gefunden, stößt er sich kräftig ab und seine Lippen entspannen sich für einen Augenblick. Wir gleiten vorbei an herrenlosen Kähnen, die regungslos auf der Wasseroberfläche dösen.

Liebste, das Warten auf ein Wiederspüren dauert lange – zu lange. Umarme Dich zärtlich, Dein A.

Arthur, denke ich. Ich will nicht weiterdenken, nicht weitersehnen, nur der Zeit, die ich nicht anhalten kann, das Tempo nehmen, sie wie einen Film in meinem Gedächtnis speichern, um diese Augenblicke in späteren Jahren in einer verlangsamten Version nochmals betrachten zu können.

Liebster, bin in ein kleines Paradies gefallen. Hier singt der Himmel auf Erden, hier hat das Glück eine Form gefunden. Bin selig, K.

Jacob zieht seine Schuhe aus, lässt die Beine ins Wasser baumeln. Marie macht es ihm nach. Weiden, Pappeln und Erlen säumen das Ufer, schließen sich hoch über uns zusammen, wir fahren durch einen leuchtend grünen Dom, die natürlichen Geräusche der Erde und des Wassers ersetzen die Töne der Orgel.

Deine Freude stimmt mich heiter. Sei einfach glücklich. Ich bin es auch. A.

Wie groß er mich macht. Neben ihm kann ich atmen. Er mag Blumen, keine Blumensträuße.

Mit Deiner Antwort bin ich Dir in Siebenmeilenstiefeln entgegengekommen. K.

Ein Labyrinth aus zahllosen kleinen Wasserläufen, zum Teil unbefahrbar. Es gibt weder Wege noch Brücken. Einzelne weiß getünchte Bauernhäuser tauchen auf, mit blauen Schlagläden und Stockrosen vor den Fenstern und violetten Glyzinien auf den verwitterten Dachziegeln. Dann wieder dichtes, schwindelig machendes Grün. Werther winkt mir zu, gleitet vorbei, sein elysischer Pantheismus, die göttliche Natur, die so oft vorgestellte, hier kommt sie mir nahe.

Ich werde theatralisch, schaue erneut, mit dem Versuch eines versachlichten Blickes. Verklärung einer Verliebten? Nein, alles um mich herum ist so beglückend wie wenige Sekunden zuvor.

Geliebte, lass uns genau so weitermachen – wunderbares Weib. Dein im Wortsinn Ergebener

St. Pierre-d'Oléron. Silbriggraue Fische auf zerstoßenem Eis, frische Muschel- und Austernberge in Styroporkartons. Langusten und Hummer verschwenden ihr glänzendes Rosa in die sengende Hitze. Die Fischfrau sitzt vor ihrem Stand auf einem wackeligen Schemel und schützt sich unter einem Regenschirm vor der beißenden Sonne. Die Ruhe des Mittags legt sich wie ein großes heißes Tuch über den Marktplatz, ich setze mich in den Schatten einer Milchbar.

Die Kinder sind heute im Dorf geblieben, ein Nachbarsjunge feiert seinen Geburtstag mit Zauberer und Grillwürstchen im Garten.

Heute Nacht habe ich von Arthur geträumt. Zum ersten Mal. Er steht mit seinen jüngsten Töchtern am Kinderkarussell, beide halten Zuckerwatte in der Hand. Zwei blonde Mädchen mit Zöpfen. Unsere Blicken treffen sich, ich erstarre, unerwartet habe ich einen kleinen Einblick in sein anderes, sein eigentliches Leben bekommen. Einen Einblick, den ich nicht will. Meine Beine flüchten in Richtung Riesenrad. Hinter meinem Rücken spüre ich seine Erleichterung.

Ich erinnere mich an seine letzten Worte, »lass uns genau so weitermachen«. Mit der Speisekarte fächere ich mir etwas Wind zu. Es wird eng in meiner Brust. Die aufsteigende Angst, er könnte mich verschlucken, und die noch viel größere Angst, ich könnte es zulassen.

Klara, seit zwei Tagen warte ich auf ein Wort von Dir. Geht es Dir gut? A.

Von Ferne ein vorsichtiges Grollen, die ersten Anzeichen eines erlösenden Gewitters. Eine geschlossene Wolkendecke schiebt sich schwerfällig unter das brennende Blau und staut die Hitze über den Dächern der Stadt. Der Stau findet seine Fortsetzung nach innen, es ist als habe sich meine Seele in einem wilden Sprung verstaucht und dabei die Zwischenräume einer vorstellbaren Gemütsalternative verloren. Ein seelischer Bandscheibenvorfall.

Liebster, alles gerät durcheinander. Ich werde von Wortfindungsschwierigkeiten heimgesucht, Sätze lösen sich auf, Erklärungen greifen nicht mehr, K.

Der Himmel hat sich zugezogen. Ein Gewitter, kurz vor der Entladung. Das Grollen folgt in kürzeren Abständen, die Marktarbeiter decken die freistehenden Gemüse- und Obststände mit Plastikplanen ab.

Liebste, soll ernstlich alles klar, -er und damit geklärt sein? Wo bleibt das Rätselhafte? Du weißt doch – Worte zerfallen, wenn sie die Wirklichkeit nicht mehr einfangen. Ist das Deine Angst? Wogegen wehrst Du Dich?

Die ersten dicken Regentropfen klatschen auf den Asphalt. Ein herrenloser Hund gesellt sich zu mir und legt sich vor meine Füße.

Der Regen, auf den ich so gewartet habe, endlich ist er da, aber er scheint seinen Auftrag nicht verstanden zu haben. Denn plötzlich werde ich traurig, nicht verzweifelt, eher fassungslos, weil ich ein mögliches Verblassen seiner oder meiner Gefühle nicht ausblenden kann. Ich nehme das Ende meiner Zeit mit Arthur vorweg, einer Zeit, die noch gar nicht begonnen hat. Die Vorstellung schreckt mich und die Reinheit dieses Schreckens schreckt mich noch mehr.

Der Regen trommelt auf die Markise, in den Unebenheiten des Bürgersteiges sammeln sich erste Pfützen. Ich rücke mit dem Stuhl und dem Hund ein wenig nach hinten und entschließe mich, ab sofort mein Glück nicht mehr mit gedachtem Unglück zu vermischen.

Geliebter, ich wehre mich nicht. Dennoch – der Worte und der Sehnsucht genug. Mich verlangt nach Sättigung! Klara

Der Espresso ist inzwischen kalt geworden, ich rühre einen Löffel Zucker hinein, um den bitteren Geschmack ein wenig zu mildern. Der Hund hebt den Kopf, er schaut mich an, als wolle er fragen, wie es nun weitergehe. Ich bleibe ihm die Antwort schuldig und streichle ihm stattdessen durch sein graues struppiges Fell.

Kühle Luft weht durch das geöffnete Fenster. Der Himmel ist schwarz, die Sterne bleiben über der geschlossenen Wolkendecke verborgen. Ich krieche unter die Bettdecke, das Laken ist kalt. Noch immer weiß ich nicht, was geschehen ist, begreife nicht, wie Arthur es vermag, das Gefühl gebündelter Kraft und angenehmer Wehrlosigkeit in mir zu vereinen. Die Wucht, mit der es geschieht, ist mir fremd. Arthur ist wie eine Kachel, die sich nicht in mein gleichmäßig gefliestes Leben einfügen lässt.

Liebste, schläfst Du schon?

Eigentlich müsste jetzt eine Sternschnuppe vom Himmel fallen.

Nein Liebster, es denkt mit mir. Kennst Du diesen Zustand – man fühlt sich ohnmächtig, jeder Entscheidung beraubt und in dieser Ohnmacht sogleich wunderlich beflügelt? Ich habe Angst vor unserem Wiedersehen. Könntest Du auch ein zeitweilig schwaches Weib ertragen?

Ich krieche noch tiefer unter die Decke. Der Wind heult um das Haus wie ein einsamer Wolf. Irgendwo klappert ein Fensterladen.

Sei ruhig einmal schwach, ich bin es gelegentlich auch, A.

Seine äußere Erscheinung lässt die Vorstellung von Schwäche nicht zu. Vielleicht würde er einen Zustand der Schwäche zugeben, diesen aber eher als Sachverhalt formulieren, ohne dem Gefühl möglicher Verwundbarkeit einen ablesbaren Ausdruck zu verleihen. Niedergeschlagene oder unsicher flackernde Augen, ziellos nestelnde Finger, das verzweifelte Suchen nach richtigen Worten können sich in meinem Kopf selbst als konstruierte Vorstellung nicht bildhaft aufbauen.

So liebe ich es – Herkules auf den Knien, Veilchen und Herz in der Hand. Aber am nächsten Tag wieder in den Kampf ziehend! Klara

Eins – zwei – drei, ich beginne zu zählen, frage mich, wie viele Sekunden er für eine Antwort benötigt. Vierundfünfzig.

Du übertriffst Dich ein ums andere Mal – und machst mich sprachlos. Ersehne sinnenraubende Momente und küsse Dich leidenschaftlich. A.

Im Nebenzimmer höre ich Marie husten. Hoffentlich hat sie sich im Wasser nicht erkältet. Morgen werde ich besser auf sie achtgeben.

Ich muss gestehen, dass ich von dem Mann, der mich fesseln und gefangen nehmen könnte, eine gänzlich andere Vorstellung hatte. Dennoch bringst Du mein Seelenleben auf wundersame Weise ungefragt durcheinander. K.

Ich knautsche mir das Kopfkissen zurecht, weiß, dass ich auf seine Nachfrage nicht lange warten muss und lege mir die Worte für eine Antwort zurecht. Schlicht sollen sie sein.

Das meint ...?

Der Fensterladen klappert noch immer.

Eher Schlagzeuger unrasiert als Physiker rasiert. Eher Jeans verwaschen als Anzug schwarz. Eher Herz in der Hand als Seele versteckt. Jetzt ist alles anders und ich bin unsagbar glücklich.

Hoffentlich kränken ihn meine Worte nicht. Noch einmal stehe ich auf, gehe leise in das gegenüberliegende Zimmer und betrachte die drei schlafenden Kindergesichter. Vorsichtig tupfe ich David einen Kuss auf die Stirn, decke Jacob zu und setze die aus dem Bett gefallene Lucie an Maries Kopfende. Leise ziehe ich die Tür ins Schloss und ich schlüpfe wieder unter die warme Bettdecke.

Segensreiche, Sternengleiche – Du füllst mich mit Wohlgefühl. A.

Ein Walzer auf dünnem Eis. Aber lieber einmal im Leben wirbeln und irgendwann einbrechen als niemals im Leben getanzt zu haben.

Seit Tagen und Nächten trunken vor Glück, K.

Ich ziehe die Decke über meine Schultern, der Fensterladen darf weiterhin klappern. Tag- und Traumbilder beginnen sich langsam zu vermischen, die Augen fallen mir zu.

Wie schön, dass es so anmutige Frauen gibt – und dass ich Dich erfahre. Schlaf gut, Liebste. Ich bedecke Dich mit Küssen und nehme Dich mit in die Nacht.

Reges Treiben im alten Hafen von La Rochelle. Touristen flanieren entlang der Kaimauer, bleiben beeindruckt vor den beiden imposanten Wehrtürmen stehen, beobachten ankommende Boote oder dösen in einem der zahlreichen Cafés vor sich hin.

Wir gehen in eine größere Straße, die vom Wasser wegführt. Die Häuserreihen öffnen sich in schmuckvollen Arkaden. Jacob ist auf der Suche nach Plastiksoldaten.

»Bitte Mams. Ich verspreche dir auch, dass am Ende immer nur die Guten gewinnen.«

Während meine Augen versuchen, sich an die grellen Plastikmassen in den Regalen zu gewöhnen, stelle ich mir vor, wie Arthur mich überfällt und sich zielstrebig zwischen mich drängt, ohne sich mit gut gemeinter Rücksicht aufzuhalten. Wie sehr es mich nach ihm verlangt.

Jacob hält mir strahlend eine große Tüte voller Plastikpanzer vor die Nase.

»Guck mal, ist auch gar nicht teuer.«

Ile de Noirmoitier. Der steinige Nordteil der Insel, eine zerklüftete Felsenküste, zum Baden zu gefährlich, aber ideal zum Muschelsuchen. Souvenirs für die Kinderzimmer, die auf der Rückreise im Auto mörderisch stinken werden. Die Kinder lechzen nach Abkühlung, wir fahren weiter zu den südlichen Stränden, vorbei an ausgedehnten Salinenfeldern, durch den Bois de la Chaize mit seinen Seekiefern, Pinien und Mimosen.

Lieber Arthur, auf einen Menschen wie Dich war ich nicht vorbereitet. Etwas in mir hat sich verrückt. Es wäre dumm zu leugnen, dass die Erwartungen hoch seien. Ich weiß, ich werde Dich suchen, und habe Angst, Dich nicht zu finden.

Kinderklamotten und Sandalen fliegen mir um die Ohren. Der Rucksack wird nach Badehosen und Taucherbrillen durchsucht. David knallt mir einen Entschuldigungskuss auf meine vorwurfsvolle Stirn.

Diese Angst habe ich auch. Tiefen Kuss dafür. Und – sei ruhig ein wenig ver-rückt. Es ist wunderbar, Dich so zu erleben.

Die Parkgebühren unterhalb der Dune du Pilat sind so exorbitant hoch, dass ich geneigt bin, auf der Stelle wieder umzudrehen und nach Lucon zurückzufahren. Den noch unausgesprochenen vehementen Einspruch der Kinder bereits in den Ohren, schlucke ich meinen inneren Protest hinunter, bezahle artig den vom lächelnden Pförtner genannten Wucherpreis und lotse die Kinder den Pfad entlang, der uns zur Düne führen soll. Links und rechts ist der Weg von kleinen weißen Holzbuden begrenzt. Konsumgeschädigten bietet sich keine Fluchtmöglichkeit. Bunte Tücher und Sommerkleider flattern in der Sonne, Windspiele drehen sich oder ziehen Spiralen in die Luft, der süße Duft von frischem Popcorn weht mir entgegen, Mobilés und Gummischlangen hängen von den Markisen.

Balzac hat gesagt, Einsamkeit sei schön, dass aber jemand da sein müsse, der einem sage, dass Einsamkeit schön sei – meine Einsamkeit ... ist schön. Umarme Dich zärtlich, Arthur

Langsam steige ich die Treppen zur Düne empor. Oben angelangt werde ich von einer atemberaubenden Aussicht empfangen.

Fünf muskulöse und braungebrannte Jungkerle surfen auf Holzbrettern die steile Rückseite der Düne hinunter. Die Kinder sind gefesselt von ihren akrobatischen Bewegungen und weil ich weiß, dass ihre Faszination noch eine Weile andauern wird, deute ich auf das Ende des langen Dünenkamms, wo sie mich finden können. Sie nicken, haben mich schon vergessen.

Nur noch drei Mal schlafen, Arthur. Nur noch drei Mal.

Wenn uns im Leben die Liebe begegnet, nicht irgendeine Liebe, sondern jene, von der wir erschreckt glauben, dass ihr Verlust uns jeden lebensspendenden Sinn rauben werde, und wenn wir solche Sätze nicht mehr im Konjunktiv denken und damit aller Hoffnung beraubt sind, fragen wir uns, wer oder was wir vorher waren, vor dieser Liebe, die uns zu einem anderen Menschen gemacht hat. Wenn wir uns bemühen, darüber eine Aussage zu treffen, werden wir zwangsläufig vergleichen und dabei feststellen, dass uns auch vorher alle Farben menschlicher Empfindungen bekannt waren. Nur unser Schritt war fester und sicherer. Plötzlich sind wir verwundbar, wir haben etwas zu verlieren, von dem wir vorher nicht wussten, wie groß es sein kann, und es scheint dieses Mehr zu sein, das dem Vergangenen seine Bedeutung nimmt.

In wenigen Minuten wird er vor mir stehen, die Wohnung ist aufgeräumt, das Bett frisch bezogen, der Kühlschrank auf alles vorbereitet. Ich sitze auf der Terrasse, mit einem Buch in den Händen, das ich nicht lese. Es ist mir unangenehm, dass er mitten am Tag kommt, da ist das Licht so hell. Das lang ersehnte Wiedersehen, plötzlich ist es nahe und ich wünsche mir, ich könnte noch etwas länger warten, das Ungewisse noch ein wenig ungewiss lassen.

Das Telefon läutet, der stets freundlichen Stimme meiner Nachbarin begegne ich kurz angebunden. Ich möchte Arthur nicht mit dem Hörer am Ohr empfangen. Während sich das

Ende des Telefonats andeutet, klingelt es schon wieder, diesmal an der Haustür.

Ich höre seine gleichmäßigen Schritte, er hat den ersten Stock erreicht, gleich wird er um die Ecke biegen. Damals als er wegging, habe ich ihn verabschiedet, für immer. Jetzt begegnen wir uns neu, nachdem wir Verborgenes preisgegeben haben, ohne dabei in die Augen des anderen geschaut, ohne ein Geständnis durch einen Blick, eine Umarmung bezeugt zu haben.

Da steht er. Er füllt beinahe den ganzen Türrahmen aus.

»Arthur ...«

Er bleibt auf der Schwelle stehen und seine Vorsicht verschluckt die Worte, die er mir entgegenlächelt. In der Hand baumelt seine alte Ledertasche. Unsicher steht er vor mir, als warte er auf ein Zeichen. Wie befangen er ist. Und wie schön, dass er sich darin lässt. Wir schauen uns an. Warum kann sich das Geschriebene der vergangenen Wochen keinen Weg in das Sichtbare bahnen? Die Scham ist zu groß, zu plötzlich die ersehnte Nähe.

Ich nehme ihm die Tasche aus der Hand und lasse sie fallen. Noch immer steht er nur da und schaut mich an wie ein unbeschirmter Gast, der nicht weiß, ob er ohne meine Aufforderung eintreten darf.

»Komm«, sage ich leise und ziehe ihn in meine Umarmung. Da stehen wir, still, zaghaft und ein wenig fremd und nur langsam, ganz langsam kommen unter den zögernden Bewegungen meiner Hände die Erinnerungen an die Formen seines Körpers zurück. Da ist die kleine Runzel über seinem Nasenbein und der klare Haaransatz seiner Stirn, seine tief liegenden Augen unter den kräftigen Brauen. Meine Finger streichen vorsichtig über seinen Mund, sie brauchen Zeit, ich brauche Zeit. Arthurs Augen sind geschlossen, langsam öffne ich die obersten Knöpfe seines Hemdes, meine Hand ruht auf seiner großen runden Schulter, sie ruht und sucht, sie weilt und will weiter, seine Stirn senkt sich langsam als suche sie Halt, ich spüre seine Wange, wie sie an meiner vorbeistreift, seine Lippen berühren meinen Hals, unentschlossen, auch sie wollen ruhen und doch einer Unruhe folgen, langsam weiter und immer weiter. Mit sanftem Druck schiebt er mich jetzt in den Flur, tritt rücklings die Tür ins Schloss, ein Knall, der die Vorsicht verschluckt, und plötzlich sind vier Hände und zwanzig Finger und vier Lippen nicht genug, um einander zu begegnen. Und unter seinen Küssen möchte ich, dass die Uhr im Arbeitszimmer aufhört zu ticken, der Sekundenzähler soll stillstehen, alles können wir haltbar machen, Erbsen, Pizza und menschliche Zellen können wir einfrieren und Michelangelos Fresken in der Sixtinischen Kapelle sind dank aufwendiger Restaurationen noch heute zu bewundern. Alles können wir konservieren, nur die Zeit ist gnadenlos, eine Sekunde stirbt in die nächste hinein und mit Fotos und Filmen versuchen wir, die vergangenen Minuten und Jahre zu erhalten, als Beweise halten wir sie in den Händen, um sicher zu sein, dass wir uns nicht getäuscht haben, dass die Zeit, die vergangene, wirklich existiert hat. Und weil die Sekunden unter seinen Küssen nur so dahinjagen, möchte ich bewusstlos werden, Sprache und Gedanken vernichten, nur noch in einem großen Taumel wortlos empfinden, aber in seiner wilden Umarmung beginnt mein Kopf zu rasen, ich möchte die Fremdheit, die auftauchen wird, wenn wir uns aus der Sicherheit der Umarmung lösen, ich möchte sie fortküssen, denn noch haben wir kein einziges Wort miteinander gesprochen. Wie kann ich die Furcht verscheuchen, die sich unter meine Küsse schiebt?

Ich winde mich aus seinen Armen, er lässt sofort los, an der Hand ziehe ich ihn auf die Terrasse.

»Setz dich.«

Er folgt meiner Aufforderung und ich rücke meinen Stuhl so, dass ich ihm mit etwas Abstand gegenübersitze.

Jede Berührung möchte ich jetzt vermeiden, meiner Furcht nicht länger ausweichen. Lieber vom Turm springen als stundenlanger Höhenangst ausgesetzt sein. Meine Hände liegen im Schoß, eine Hand hält die andere. Er schaut mich an und wartet. Ich schaue zurück. Er lächelt. Ich pflücke eine abgeblühte Margerite und schnippe sie über die Brüstung. Er versucht seine Unsicherheit hinter einem spitzbübischen Gesicht zu verbergen. Er spürt, dass ich seinem Ausdruck nicht glaube, aber er hält durch. Warum hilft er mir nicht?

»Möchtest du vielleicht einen Kaffee, einen Espresso oder ein Glas Wasser?«

Schon stehe ich auf und warte auf eine Bestellung, die ich in die Küche tragen könnte.

»Oder willst du dich erst einen Moment ausruhen oder vielleicht duschen?«

Die Worte hasten mir aus dem Mund. Er schüttelt den Kopf und zieht mich an der Hand wieder auf meinen Stuhl zurück.

»Was dann?«

»Dich anschauen.«

Er legt meine Hand in meinen Schoß zurück. Seine Blicke entblößen, es ist, als schaue er mir direkt unter den Rock. Ich ziehe eine Zigarette aus der Packung, die auf dem Tisch neben mir liegt, greife nach dem Feuerzeug, betrachte die Flamme, werfe Zigarette und Feuerzeug auf den Tisch zurück.

»Ich will jetzt gar nicht rauchen.«

Er lächelt. Mein Blick wandert über sein weißes aufgeknöpftes Hemd. Er hat nur wenige Haare auf der Brust, sein Hals ist so breit und kräftig, als könne er seehundgleich einen ganzen Hering verschlucken.

»Entschuldigung«, sage ich leise, »ich bin so aufgeregt.«

Mit dem Rücken seines Zeigefingers streicht er über meine Hand.

»Das bin ich auch, Klara. Was hast du erwartet?«

Wir haben uns für eine Fahrt in die Königsheide entschieden. Das Verdeck ist unten, die Sonne steht senkrecht, ich bin froh, dass er wenigstens auf ein Navigationssystem verzichtet hat, so dass ich die sprachlose Verwirrung mit Richtungsanweisungen unterbrechen kann. Hin und wieder schaue ich nach links, studiere sein Profil und wenn er meint, dass ich genug gesehen habe, schaut er zurück. Für eine Sekunde kreuzen sich unsere Blicke wie zwei Autos, die einen Unfall gerade noch verhindern konnten. Na, sagt er dann, mehr nicht, einfach nur Na und lächelt dabei. Dann fordert die Straße wieder seine Aufmerksamkeit.

»An der nächsten Ampel rechts.«

Ich lotse ihn auf einen versteckten Waldparkplatz, er stellt den Motor ab, sein Handy klingelt, er schaut auf das Display.

»Entschuldigung, es dauert nicht lange.«

Offenbar misst er dem Anruf Bedeutung bei, sonst würde er das Gespräch nicht annehmen. Nicht jetzt, nachdem wir mehrere Wochen auf diesen Tag gewartet haben. Ich steige aus und gehe einige Meter in den Wald hinein. Er soll sicher sein kann, dass ich seine Worte nicht hören kann. Da stehe ich nun wie eine schön dekorierte Geburtstagstorte, die den Wunsch nach Aufmerksamkeit ein wenig aufschieben muss, weil das Geburtstagskind noch anderweitig beschäftigt ist. Ich setze mich auf einen umgefallenen Baumstamm, vereinzelte kleine Sonnenflecken hüpfen fröhlich über den Waldboden. Ich sehe Arthur, an einem Ohr hält er das Handy, den freien Arm streckt er hoch in die Luft, reckt sich weit nach hinten. Seine Bewegungen haben die Zurückhaltung der letzten Stunde verloren, aus Arthur ist wieder Eisenberg geworden. Jetzt lacht er laut, hängt seinen Arm aus dem Auto und trommelt mit der Handfläche auf die Autotür. Mit der Schuhspitze scharre ich durch die Fichtennadeln. Er winkt mir zu, ich winke zurück. Es wird nicht einfach werden. Dann ist das Gespräch zu Ende, er wirft die Autotür zu, im Gehen lässt er das Handy in seine Hosentasche gleiten.

»Tut mir leid, das war ein alter Freund, dem man übel mitgespielt hat. Hin und wieder braucht er meine seelische Unterstützung.«

»Macht doch nichts.«

Wie es sich wohl anfühlt, wenn er einer in Not geratenen Seele Beistand leistet?

»Ich bin ein guter Tröster«, sagt er, als habe er meine Gedanken erraten. Er legt seinen Arm um meine Schulter und drückt mich fest an seine Seite. Ich schweige. »Das kannst du dir wohl gar nicht vorstellen, ich meine ..., dass ich Trost spenden kann?«

Ich beobachte unsere Schritte. Im Wald ist es ganz still, die Tiere halten Mittagsschlaf. Nur die Baumkronen bewegen sich langsam hin und her.

»Ich traue dir sanfte Gedanken zu – nein, ich weiß darum«, verbessere ich mich und lächle ihn an, »aber ich kann mir deine Stimme dazu nicht vorstellen.«

Ohne darauf einzugehen, erzählt er mir die Geschichte seines Freundes und dessen chronisch kranker Tochter, über den Erbteil, den er für ihre Pflege so dringend bräuchte, und über seine Geschwister, die ihm dieses Geld nun streitig machen. Er redet und redet, als wolle er sich in eine Art Sicherheit reden, bleibt eng am Thema, wechselt nur die Fälle und erzählt mir jetzt von anderen Erbstreitigkeiten. Fürchtet er die

Stille? Fürchtet er, dass ich sie nutzen könnte, um ihn durch ein Wort oder eine kleine Geste an die Sehnsucht der vergangenen Wochen zu erinnern? Ich lege meinen Kopf an seine Schulter und schließe die Augen. Langsam dränge ich den Inhalt aus seinen Worten, nur noch der Klang seiner Stimme bleibt übrig und ich nehme ihn wieder mit zurück nach Frankreich, in die vielen Landschaften des gemeinsamen Glücks. Ich schlendere mit ihm durch die Straßen von La Rochelle, wir sitzen in einem schattigen Café in der Nähe des alten Hafens und fahren durch Pinienwälder und kleine Dörfer, hin und wieder halten wir mitten auf der Straße, weil wir uns küssen müssen, dann der Blick bis zum Horizont, die Wellen des Atlantiks sind gewaltig, immer wieder werfen sie mich um und spülen mich an den Strand, er nimmt mich an die Hand, zieht mich hinter sich her, immer weiter ins Meer hinaus, ich fürchte mich ein wenig, die Strömung ist stark, ich habe keinen Boden mehr unter den Füßen, aber er ist ja da und dann sitzen wir auf der Dune du Pilat, trinken Wein, ich habe Brot und Käse mitgebracht und ...

»Schau mal, da hinten am See ist ein kleines Lokal. Wie wär's mit einem Kaffee?«

»Das ist kein See, eher ein Tümpel. Einige Berliner nennen das Café ›Tümpeltrost‹, weil der ehemalige Besitzer, ein leicht debiler alter Mann, immer mit dem Tümpel sprach und sich um sein Wohlergehen sorgte. Kannst du dir das vorstellen? Im Herbst fischte er jeden Abend die Blätter von der Wasseroberfläche und im Winter zerhackte er die zugefrorene Eisfläche, damit der Tümpel besser atmen könne.«

Ich spüre, wie mich Arthur von der Seite anschaut.

»Und im Frühling setzte er Karpfen und Frösche darin aus, um ihn vor möglicher Einsamkeit zu schützen.«

»Du magst merkwürdige Geschichten.«

»Ja.«

Ich weiß, dass er dafür keine Begründung braucht.

Wir steigen die Holzstufen zur Veranda empor. Ein kurzer kleiner Schmerz lässt meine Hand vom Geländer zurückzucken.

»Was ist?«

»Nichts weiter. Nur ein kleiner Splitter.«

Wir setzen uns unter einen Sonnenschirm. Arthur nimmt seine Brille aus der Brusttasche und beäugt meinen Mittelfinger.

»Der muss raus«, stellt er fachmännisch fest.

Er verschwindet im Lokal. Beim Kellner bestelle ich zwei Tassen Kaffee und zweimal Apfelkuchen mit Sahne. Arthur kommt zurück und hält triumphierend eine Nadel in die Luft.

»Na, dann wollen wir mal.«

Seine Stimme frohlockt. Das macht ihn verdächtig.

»Nein!«

Ich verstecke meine Hand zwischen den Beinen.

»Klara, ich bitte dich.«

»Ich hasse Nadeln. Der Splitter geht irgendwann auch von alleine raus.«

»Nein, tut er nicht. Dafür steckt er viel zu tief unter der Haut. Schau ihn dir doch selbst an.«

Ich halte mir den Finger unter die Nase und noch bevor ich seine Diagnose bestätigen kann, hat Arthur meine Hand geschnappt und hält sie in seiner gefangen.

»Bitte lass mich los.«

»Nein.«

»Wieso? Es handelt sich um keinen Notfall! Du musst dich nicht als mein Retter aufspielen.«

»Du gönnst mir aber auch gar nichts.«

»Lass mich jetzt bitte los.«

»Erst wenn der Splitter draußen ist. Hör mal, ich bin Vater von vier Kindern. Meinst du, ich mache das zum ersten Mal? Und jetzt sei ruhig und halte still. Du bekommst deine Hand gleich wieder.«

Es ist sinnlos, mich weiter gegen sein Vorhaben aufzulehnen.

»Mir wird schlecht.«

»Dann mach' die Augen zu oder schau auf den See.«

»Auf den Tümpel.«

Arthur lächelt.

Ich schaue auf die Wasseroberfläche, beginne die Seerosen zu zählen. Lieber würde ich die Augen schließen, aber so viel Schwäche möchte ich nicht zugeben. Arthur sitzt konzentriert über meinen Finger gebeugt. Der Kellner stellt Kaffee und Kuchen auf den Tisch und fragt, ob wir vielleicht ein Pflaster benötigen. Arthur verneint dankend, ohne mich zu fragen. Stück für Stück arbeitet er sich vorsichtig unter der Haut entlang, ohne mir weh zu tun. Langsam beginne ich ihm zu vertrauen und die Furcht vor der kleinen spitzen Nadel zu verlieren. Ohne es zu wollen, akzeptiere ich ihn nun doch als meinen Retter, der mich vor einem wandernden Splitter oder gar einer möglichen Blutvergiftung bewahrt. Allmählich fange ich an, sein zaghaftes Herumdoktern zu genießen, und frage mich, was mich daran berührt, dass er sich so liebevoll um meinen Finger kümmert.

»Fertig.«

Er nimmt meinen Finger in den Mund und saugt daran. Augenblicklich überläuft mich ein kleiner Schauer.

»Weitermachen«, sage ich leise.

Er gibt sich entrüstet.

»Hier vor allen Leuten?«

Weit und breit ist kein Mensch zu sehen.

»Nicht aufhören.«

»Frauen wollen doch immer nur das eine«, höre ich ihn undeutlich sagen, denn immer noch lutscht er an meinem Finger.

Langsam gleitet seine Hand unter meinen Rock, mit sanftem Druck öffnet er meine übereinandergeschlagenen Beine, ich ziehe meinen Finger aus seinem Mund, beginne Arthur zu küssen, seine Hand wandert vorsichtig weiter, zaghaft beginnt sein Finger zu kreisen, ich schlinge meine Arme um seinen Hals, brauche Halt, er spürt, dass meine Anspannung langsam wächst, ich beginne die Luft anzuhalten und mich auf seinen Finger zu konzentrieren.

»So, jetzt ist es aber wirklich genug«, sagt er mit gespielter Halbstrenge als ermahne er ein nimmersattes Kind, es sei nicht notwendig, auch noch die zweite Tafel Schokolade anzubrechen.

Er streicht meinen Rock zurecht. Ordentlich und sittsam liegt der geglättete Stoff auf meinen Beinen. Er rückt seinen Stuhl näher an den Tisch heran und widmet sich dem Apfelkuchen.

Ich bin fassungslos.

»Du kannst doch jetzt nicht einfach aufhören.«

Mit der Gabel hält er mir ein Stück Kuchen vor den Mund. Ich schiebe sie zur Seite. Er spürt meine Bestürzung.

»Klara«, sagt er jetzt und macht dabei eine kleine Pause, »ich habe so lange auf deine unruhig flatternden Augen gewartet. Ich will sie nicht an einen selig befriedigten Blick verlieren. Noch nicht.«

Ich kann seine Sätze nicht geschmeichelt annehmen.

»Du wirfst mich ins Wasser und lässt mich nicht vom Haken?«, frage ich ihn und in meiner Stimme schwingt ein »Du wagst es« mit. So weit lasse ich ihn nicht kommen.

»Nicht vom Haken lassen, das gefällt dir doch, oder?«
»Du willst dir meinen Blick passend machen? Vielleicht solltest du dann ein wenig besser dosieren.«

»Geht es dir besser? Das letzte Mal, als du vom Klo kamst, sahst du aus, als wärest du der Sonne begegnet.«
»Und wie sehe ich jetzt aus?«
Arthur dreht mich ins Licht, damit er mich besser betrachten kann.
»Nun, um bei den Gestirnen zu bleiben«, sagt er in dem Ton eines Arztes, der mit prüfender Stirn die Verfassung seines Patienten beurteilt, »wie ... wie eine Sternschnuppe, die vom Himmel gefallen ist, ohne dass sie dabei jemand beobachtet hat.«
Ich setze mich neben ihn, pule eine Rosine aus dem Apfelkuchen und vermeide jeden Blickkontakt. Warum bin ich so gekränkt? Vielleicht wollte Arthur nur ein wenig spielen. Aber er hat seinen Spielkoffer zur falschen Zeit aufgeklappt. Man schießt nicht auf Hasen während der Schonzeit. Fühlt sich Arthur nur auf der Jagd sicher? Weiß er nicht, wie man nach anstrengendem Weidwerk die Jagdausrüstung ablegt?
»So fühle ich mich auch«, antworte ich ihm endlich, ohne ihn anzuschauen, »wie eine Sternschnuppe, die umsonst vom Himmel gefallen ist. Entschuldige mich einen Moment. Ich bin gleich wieder da.«
Ich gehe die Stufen hinunter zum Tümpel, setze mich hinter einen Baum, so dass Arthur mich nicht sehen kann, ziehe die Schuhe aus und tauche die Füße ins Wasser. Eine blaue Libelle setzt sich auf eine Seerose, lässt sich von der Sonne wärmen und in diesem Moment beneide ich dieses kleine schimmernde Insekt, das von der Welt und von der Liebe nichts weiß. Ahnungslos sitzt es auf seiner Seeroseninsel und irgend-

wann lässt irgendein unsichtbarer Impuls es in irgendeine Richtung fliegen.

Meine Welt verliert Farbe.

In kurzen Zügen atme ich die Kraft ein, die ich noch für den Rückweg zum Auto brauche. So soll Arthur mich nicht sehen. Ich ziehe meine Schuhe an und gehe zurück zur Veranda.

»Alles wieder in Ordnung?«, fragt Arthur lächelnd und nimmt meine Hand.

Wie alle luxuriösen Hotelzimmer wirkt auch dieses jungfräulich. Stets hat man das Gefühl, der erste Gast eines Raumes zu sein. Auf dem Schreibtisch steht eine Lilie, daneben liegt eine kleine Packung Pralinen. Ein freundlicher Willkommensgruß. Im Eiskühler schwimmt eine Flasche Champagner. Ich bin nicht sicher, ob Arthur sie bestellt hat oder ob ich sie der Höflichkeit des Hotels zuschreiben soll. Ich stehe am Fenster und schaue auf den Gendarmenmarkt. Arthur hat mich gebeten, heute Nacht mit ihm im Hilton zu verbringen und hinzugefügt, dass wir uns nach der langen Zeit der Trennung ein wenig Luxus gönnen sollten. Morgen werden wir auf dem gleichen Kongress sein, Arthur arbeitet über Hochtemperatursupraleitungen. Morgen präsentiert er die ersten Ergebnisse. Er hat mir erklärt, dass seine Weiterentwicklung der bekannten Bisko-Verbindungen ermöglichen wird, wirtschaftlich verlustlose Leiter im Bereich von mehreren tausend Kilometern herzustellen. Damit wäre endlich eine Anbindung eines Solarkraftwerkes in der Sahara an europäische Metropolen realisierbar. So hat er es erklärt und ich habe nur wortlos genickt. Ich bin nicht sonderlich glücklich, dass wir uns beruflich begegnen werden, aber dem einzigen Kollegen im Institut, der für mich hätte einspringen können, werden morgen zwei Weisheitszähne gezogen.

Im Bademantel fahre ich mit dem Aufzug in den Wellnessbereich. Milchmolkebad, Ganzkörperpeeling, Cleopatra Body Treatment und eine Scen Tao-Steinmassage werden angeboten.

»Badeschlappen, die Dame?«

Der hotelfachtrainierte Charme des Wellnessboys. Ich lehne dankend ab und entscheide mich für den altbewährten finnischen Saunagang.

Es ist Abend, die Gäste strömen durch die Stadt, haben sich in Restaurants oder an der Hotelbar versammelt. Arthur sitzt mit sechs Physikerkollegen irgendwo in Berlin Mitte, bereitet den morgigen Kongress vor und lässt sich kulinarisch verwöhnen. Geschäftsessen nennt man das, hat er mir grinsend erklärt und unter Küssen versichert, wie gerne er den Abend mit mir verbracht hätte, sich in diesem Fall aber nicht habe »ausklinken« können. Nach den vergangenen Stunden bin ich froh, ein wenig allein zu sein. Allein womit?

Nach dem dritten Saunagang verlasse ich den Wellnessbereich, nicht ohne vorher dem schwitzenden Saunaboy ein hotelgasttrainiertes Es-war-schön-bei-Ihnen-Lächeln zu schenken. Er dankt meiner Aufmerksamkeit mit einer angedeuteten Verbeugung.

Der Aufzug surrt mich in die fünfte Etage. Aus der Minibar nehme ich mir eine Packung Nüsse, entkorke den Champagner und lasse mich aufs Bett fallen. Der rechte Finger zappt durch das Abendprogramm. Ulrich Wickert wünscht mir eine geruhsame Nacht und kündigt »Die zwölf Geschworenen« im Spätprogramm an. Ich stecke mir die feuchten Haare hoch. Kaum ist der Vorspann gelaufen, sitzen die Herren bereits im Beratungssaal zusammen. Nach Minuten scheint der Ausgang klar und das Todesurteil offenbar besiegelt. Im gleichen Tempo wie der Champagnerpegel in meiner Flasche sinkt, steigen Animosität und Voreingenommenheit gegenüber dem Angeklagten. Und ich denke an Arthur, den ich innerlich anklage und bezichtige. Sprechen meine Indizien wirklich gegen ihn? Bin nicht auch ich es, die ihn passend machen will? Und war die traurige Enttäuschung vielleicht notwendig und der Tanz in den luftigen französischen Sommerwolken nur ein schöner gelber Traum? Prinzen reiten nicht durch Berlin.

Ich schalte den Fernseher aus, putze mir die Zähne und schlüpfe zurück unter die warme Bettdecke. Sommerwolken gehören in den Himmel. Ich sollte ein wenig nachsichtiger sein. Vielleicht ist Arthur ein Erdenmensch, der nur heimlich in den Himmel schaut.

Die Chipkarte surrt leise im Türschloss.

»Bist du noch wach?«

Seine Stimme flüstert.

»Nein, ich träume«, flüstere ich zurück.

Arthur setzt sich auf die Bettkante. Er befreit sich von seiner Krawatte und gibt mir einen leichten Kuss auf die Stirn.

»Dann träum' weiter. Aber nicht einschlafen, ich bin gleich bei dir.«

Seine Augen und seine Stimme sind erschreckend wach, offenbar war sein Abend erfolgreich. Er sieht aus, als hielte er alle Trümpfe in der Hand.

Ich grabe mich tiefer in die weiche Bettwäsche. Die Klospülung rauscht, jetzt höre ich das Brausen der Dusche und das hohle, manchmal quietschende Geräusch seiner Füße in der Kabine. Gleich wird er bei mir sein, seine nackte Haut auf meinen warmen Körper legen. Ich spüre Unbehagen in den Beinen, die nicht wissen, wem sie sich öffnen werden, und gleichzeitig das Verlangen, den Geliebten aus Lucon und La Rochelle endlich zu umschlingen und zu atmen. Der Wasserhahn im Waschbecken läuft, zaghaft beginne ich mich zu streicheln, meinen Körper aus seiner Uneindeutigkeit zu befreien. Wahrscheinlich putzt er sich die Zähne. Ein kurzes Gurgeln bestätigt meine Vermutung. Die Badezimmertür geht auf, Arthur lässt sich nackt in seine Betthälfte fallen und zieht mich mit einem einzigen festen Ruck an seinen eiskalt geduschten Körper. Übermütig hält er mich gepackt, sein Mund öffnet meine erschrockenen Lippen und macht sich sofort an meinem Busen zu schaffen. Er ist aufgeräumt und freut sich augenscheinlich, in wenigen Minuten seine Kraft in mir zu versprühen.

»Bist du wahnsinnig? Was erlaubst du dir eigentlich? Glaubst du im Ernst, dass ich dich so will?«

Ich flüchte zurück in meine Betthälfte, das Verlangen ist dahin. Ihm gehört mein Rücken. Die Stunden in der Königsheide glichen Abschürfungen, die ich noch hätte verpflastern können, aber das hier beginnt heftiger zu bluten und ich bin zu bestürzt, um mich in diesem Moment angemessen verarzten zu können.

»Ich wusste nicht, dass du so empfindlich bist, ich wollte dich nicht vergraulen«, höre ich hinter meinem Rücken, den er jetzt vorsichtig zu streicheln beginnt, »ich dachte, du würdest mich gerne wärmen.«

»Mein Gott, darum geht es doch gar nicht.«

Ich drehe mich wieder zurück, er legt seinen Kopf auf mein Kopfkissen und schaut mich an. Für einen kurzen Moment darf er mein Gesicht sehen. Arthur, denke ich nur, denn weiter kann ich nicht denken und mehr darf Arthur auch nicht sehen. Wir liegen nebeneinander, schauen an die Decke und schweigen.

»Ich weiß«, sagt er.

Der automatische Hotelweckservice klingelt mich aus dem Schlaf, ich höre wie Arthur den Hörer abnimmt und sofort wieder leise auflegt. Die Ereignisse des letzten Tages stoßen mich brutal in die morgendliche Wirklichkeit. Ich will in Ruhe gelassen werden von den festgeschriebenen und bloß gedachten Bildern, vor mir selbst und vor Arthur, der fremd und groß die andere Betthälfte einnimmt wie eine grob gewebte Leinentischdecke, die versehentlich auf ein kleines Biedermeiertischchen gelegt wurde. Ich möchte in ein anderes Zimmer flüchten, eine andere Stadt, in der man Hoffnungen wie bunte Luftballons in dornenfreie Blütenbüsche hängen kann. Wenn ich die Augen öffne, sehe ich den Nachttisch mit der hoteltypischen Designerlampe und dem eleganten Radiowecker. Die Fernbedienung und das Buch vom letzten Abend liegen noch daneben, ich kenne die benennbare Wirklichkeit der Dinge und hinter den geschlossenen Lidern sehne ich mich nach ihrem Gegenteil.

»Du sollst nicht mit einem schlechten Gefühl in den Tag gehen«, höre ich Arthur hinter mir leise sagen, während seine warme Morgenhand unter meine Bettdecke schleicht und auf meiner Hüfte ruhen bleibt.

Bevor ich mich frage, wie er dies zu ändern gedenkt, wundere ich mich über seine schlichte Wortwahl. Ich bin sicher, hätte ich die Worte »schlechtes Gefühl« in den Mund genommen, hätte er mich mit einem aufgesetzt bekifften Wir-haben-uns-alle-lieb-Gesicht gefragt, ob es nicht auch ein wenig genauer ginge. Mein Schweigen hält seinen guten Willen nicht auf, ich spüre seinen runden schlafwarmen Bauch in meinem Rücken, sein Atem wärmt meinen Nacken, seine Finger umkreisen meinen Nabel. Eine empfindliche Stelle, aber das kann er nicht wissen. Zartgrüne Hoffnung beginnt wieder unsicher zu klopfen, sie hofft auf einen Blick, der sagt, dass alles wieder gut sei, oder ein erlösendes Wort, das alle Irritationen durch die geöffneten Fenster schickt.

Und dann schläft er mit mir, zaghaft und vorsichtig wie mit einer Kranken, der durch die kleinste Erschütterung Schmerz zugefügt werden könnte. Er lässt mich nicht aus den Augen, möchte nichts falsch machen, seine Zärtlichkeiten sind ein wenig ungelenk, dabei hätte er mich mit einer einzigen tiefen Umarmung retten können. Wieso fällt ihm als Bezeugung der Nähe nur der Beischlaf ein? Doch sind nicht gerade seine umständlichen und in ihrer Ernsthaftigkeit etwas unbeholfenen körperlichen Bemühungen ein Indiz für seine Wahrhaftigkeit?

»Geht es dir besser?«

Er fragt, als habe er mich soeben einer Behandlung unterzogen.

»Ja«, antworte ich wie ein Kind, das gelernt hat, dankbar zu sein, und auch ihm scheint meine Antwort zu brav und zu schnell gesprochen.

»Deine Artigkeit in allen Ehren«, sagt er und setzt sich aufrecht hin, »aber an ihrer Glaubwürdigkeit solltest du noch ein wenig arbeiten.«

Er schaut zum Fenster hinaus, obwohl es dort nichts zu sehen gibt und plötzlich komme ich mir vor wie eine verdrossene und verhärmte Frau, deren Herz einem verbeulten Klumpen gleicht, weil sie nicht sofort ihren Willen bekommen hat. Von hinten schlinge ich meinen Arm um seinen Bauch. Sein Rücken sieht traurig aus. Arthur nimmt meine Hand und küsst sie.

»Sei nicht so streng mit mir«, sagt er und lächelt uns in eine andere Richtung, »ich bin nur Professor für Physik. Auf allen anderen Gebieten stecke ich noch in der Promotion.«

»Angeber«, sage ich und bin froh, den kleinen verbeulten Klumpen mit seiner Hilfe jetzt einfach weglachen zu können.

»Friede?«, frage ich und erinnere mich, dass er mir dieses Angebot auch schon einmal gemacht hat.

»Aber immer«, antwortet er und zieht mich unter die Dusche.

Die Türen der Sitzungssäle sind geschlossen. Im Hotelfoyer ist es still, ich setze mich an die Bar und bestelle einen doppelten Espresso. Körper und Gedanken stehen noch im Stau, mein Kopf fühlt sich an wie ein Fußball nach einem Meisterschaftsspiel.

Im Dunstkreis meiner Wahrnehmung landet eine Biene auf einem der zahlreichen Terrassenstühle. Hinter der Scheibe kann ich beobachten, wie sie auf der weißen Polsterauflage unsichtbaren Duftbahnen folgt. Leider war das Personal schneller, ist seiner sofortigen Abräumpflicht nachgekommen und hat die vom Frühstück übriggebliebenen Honig- und Marmeladenreste entweder heimlich selbst gegessen oder der kücheneigenen Abfalltonne zugeführt. Ich frage mich, was diese kleine Biene hier überhaupt sucht. Wenn ich Biene wäre, würde ich meinen spitzen Rüssel auf irgendeinem norddeutschen Rapsfeld in eine gelbe Blüte stecken oder einfach an die Ostsee fliegen, wo es doch viel schöner ist als hier.

Eine Hand legt sich auf meine Schulter und dreht mich auf dem Barhocker aus meinen überflüssig summenden Gedanken.

»Klara, meine Liebe«, strahlt Dr. Arnold.

Mit diesen Worten fängt er immer an.

Ich freue mich, ihn zu sehen. Sein alter Trenchcoat hängt über seiner Schulter, den braunen Speckhut legt er auf die Theke.

»Übrigens, Zacharias ist auf der Suche nach Ihnen. Er sitzt im Restaurant und frühstückt.«

»Frühstücken wollte ich auch«, antworte ich ihm, »aber als ich sein Gesicht sah, habe ich mich für einen Espresso an der Bar entschieden.«

»Kann ich verstehen, Zacharias auf nüchternen Magen ist wie ein Salzhering auf einem Honigbrötchen.« Er schnäuzt sich die Nase. »Was führt Sie hierher? Überflüssige Frage ... Arbeit natürlich.«

»Ja, ich muss ...«

»Lassen Sie uns nicht über Arbeit sprechen«, unterbricht er mich und stopft sein Taschentuch in die Hosentasche, »es gibt so viel aufregendere Dinge im Leben, vor allem, wenn einen nur noch die durchschnittlichen Lebensjahre eines Hundes erwarten. Vielleicht habe ich Glück und bekomme von dem Herrn da oben« – er deutet mit dem Daumen an die Decke – »noch die Lebensjahre eines Rauhaardackels geschenkt. Mit ein wenig Glück und bei guter Haltung werden diese Viecher uralt.«

Mein Handy piept, Arnold unterbricht den Anlauf seiner Ausführungen.

»Schauen Sie ruhig nach.«

»Nein, das hat Zeit. Erzählen Sie weiter.«

Arnold beharrt.

»Frauen sind, wenn ihr Handy dieses grässliche Geräusch von sich gegeben hat, in aller Regel als Gesprächspartner unbrauchbar. Ich kenne das von meinen Töchtern.«

Er tritt ein wenig zur Seite und bestellt sich an der Bar eine heiße Milch mit Honig. Ich krame in meinem Rucksack, das Display leuchtet auf, ich beobachte Arnold, wie er mit einer Zuckertüte leise über die Theke streift und auf seine Bestellung wartet.

Rapunzel, steck' die Haare hoch! A.

Obwohl leichter Groll noch sein dunkles Unwesen in mir treibt, belustigt mich der Imperativ seiner Nachricht. Nur eine Wand von mir getrennt sitzt er auf dem Podium und während er Fragen beantwortet und sein Mund wissenschaftliche Sätze formuliert, tippt er unter dem Tisch auffordernde Buchstaben an Rapunzel. Arnold blickt auf, kommt wieder näher und stellt das dampfende weiße Getränk vor sich ab.

»Sehen Sie, jetzt freuen Sie sich.«

Mit dem Zeigefinger kratze ich den nicht vorhandenen Dreck aus den Fugen der Tischplatte.

»Ach Klara«, sagt er und seufzt zur inhaltlichen Unterstützung, »ich bin ein glücklicher alter Mann, aber was gäbe ich darum, noch einmal an der Stelle dieses jungen Mannes zu sein.«

Er sieht meinen fragenden Blick.

»An der Stelle des jungen Mannes, dem Sie erlauben, Sie glücklich zu machen«, fügt er hinzu.

»Sie schmeicheln«, sage ich mit einer Stimme, die nicht fragt, sondern feststellt.

»Nein«, sagt er und blickt mich mit seinen grünen Augen freundlich an, »das ist die Melancholie des Alters.«

Er nimmt sein Glas, pustet hinein und stellt es wieder ab, ohne davon zu trinken.

»Woher wissen Sie, dass es ein Mann war, der mir diese Nachricht geschickt hat?«

»Das ..., das ist die Erfahrung des Alters.«

Für einen kleinen Moment schweigen wir.

»Wobei wir wieder beim Thema wären«, versuche ich ihn vorsichtig zurückzulenken.

Arnold schaut mich fragend an.

»Beim Alter ..., beim Rauhaardackel«, helfe ich ihm auf die Sprünge.

Sofort fällt er wieder in seine mir vertraute Fahrigkeit zurück.

»Ja richtig. Was wollte ich Ihnen gleich noch erzählen? Ja richtig, meine Frau schlug mir also zur Verzögerung unseres gemeinsamen Alterungsprozesses einen Aufenthalt auf einer Schönheitsfarm vor. Aber im Ernst – können Sie sich meine Person auf so einer dämlichen Farm vorstellen? Wohl kaum. Deshalb erfülle ich mir jetzt einen alten Traum und freue mich auf eine Wüstentour durch den Sinai. Meine beiden Töchter begleiten mich, und dann sind da noch zwei Beduinenführer und sieben Kamele. Es hat zwar einige Überredungskünste gekostet, schließlich musste ich meine Frau noch davon überzeugen, dass sie auch ohne mich jünger werden darf. Außerdem weiß ich gar nicht, ob meine alten Knochen eine solche Tour durchstehen. Aber meine Älteste ist Ärztin und wird mich zur Not schon wieder gebrauchsklar machen.«

Er lacht und schildert mir nun im Einzelnen die zu erwartenden Strapazen mit unkoordinierten Handbewegungen. Ab und zu stelle ich Arnold eine Zwischenfrage, unterdessen hat er sich warm geredet, und während mein Gesicht seinen Ausführungen folgt, frage ich mich, ob Arthur sich über meine hochgesteckten Haare wirklich freuen würde oder ob er insgeheim auf Ablehnung hofft. Doch das glaube ich nicht. Nur Zwangsemanzen verweigern sich an dieser Stelle. Sie spielen nicht gerne, sind wenig geschmeidig. Unauffällig krame ich nach einer Haarspange in meinem Rucksack. Ich fühle sie in meiner Hand, zwischen den Fingern springt sie auf, ich drehe mir einen Zopf und stecke ihn hoch, denn die Belustigung siegt und ich habe das Gefühl, dass in dieser Form von Artigkeit auch etwas verspielt Kokettes liegen könnte.

»Und wo werden Sie übernachten?«, frage ich Arnold.

»In Zelten und unter freiem Himmel. Darauf freue ich mich am meisten. Auf die Nächte, auf den Sternenhimmel. Und auf die endlose Stille, die man in der Nacht besser hören kann als am Tag.«

Die Saaltüren gehen auf, allmählich füllt sich das Foyer mit aufsteigendem Zigarettenqualm und diversen Handymelodien. Ich halte Ausschau nach Professor Staudinger, mit dem ich nach der Pause verabredet bin. Arthur taucht auf, hinter ihm zwei Fotografen. Ich wusste nicht, dass heute auch die Presse dabei ist. Anscheinend haben sie aber die gewünschten Bilder schon im Kasten, denn sie räumen ihre Kameras und Objektive in einen Koffer und gesellen sich unauffällig zu dem reichlich gedeckten Kuchenbuffet.

So sieht er also aus. Eisenberg, der umstrittene Wissenschaftler, ein öffentlicher Mensch, zur Besichtigung freigegeben. Neben ihm stehen Kollegen, die seine Aufmerksamkeit suchen, weiter weg solche, die sich durch seine Schärfe in ihrer Eitelkeit verletzt sehen. Sie bilden kleine Grüppchen und vergewissern sich gegenseitig ihres Einverständnisses. Man ist da einer Meinung, ein außergewöhnlicher Kopf, aber ein klein wenig mehr Bescheidenheit stünde ihm doch gut zu Gesichte.

»Da ist ja mein Freund Eisenberg.«

Arnold hat Arthur erst jetzt entdeckt und sein Gesicht zeigt aufrichtige Freude. Arthur schaut sich suchend um. Ich hoffe, dass seine Suche mir gilt.

»Eisenberg, kommen Sie«, ruft Arnold und fuchtelt mit seinen langen dünnen Armen in der Luft.

Arthur bahnt sich einen Weg durch den überfüllten Raum und kommt in seinem gedrosselten Porschetempo auf uns zu. Jetzt Zähne zusammenbeißen und Hände in die Hosentaschen, zur Sicherheit, denn am liebsten würde ich ihm entgegenlaufen und mich auf der Stelle an ihm vergehen. Arnold streckt ihm die Hand entgegen.

Arthur lächelt.

»Die Dame zuerst.«

Ich schaffe es gerade noch, mein offizielles Begrüßungsgesicht aufzulegen.

»Hallo Professor Eisenberg. Wie schön, Sie wiederzusehen.«

»Frau Marxen. Gut sehen Sie aus. Haben Sie eine neue Frisur? Steht Ihnen ausgezeichnet. Ein schönes Gesicht muss auch gezeigt werden.«

Ich entziehe Arthur meine Hand.

»Danke für das nette Kompliment. Das sagt mein Liebster übrigens auch«, füge ich lächelnd hinzu, denn ich merke, dass ich das kleine Spiel in den Griff bekomme.

»Dann darf ich Ihnen gratulieren, Männer mit gutem Geschmack sind selten.«

»Ganz schön forsch der Herr«, mischt sich Arnold jetzt wieder ein, »großer Mann, große Klappe, immer vorneweg ...«, lacht er und haut ihm freundschaftlich auf die Schulter.

»Erzählen Sie mehr«, fordere ich Arnold auf.

Arthur verschränkt die Arme vor der Brust und schaut amüsiert von einem zum anderen.

Einen Moment lang blickt Arnold mich fragend an, dann legt er den Kopf ein wenig schief und mustert Arthur.

»Nun, unbeugsam würde ich sagen, mitunter ein wenig zu laut, nicht korrumpierbar, harmoniefeindlich, unge...«

»Hören Sie auf«, winkt Arthur ab, »das ist ja nicht zum Aushalten, ich ...«

»Was ist mit Frauen?«

Ich wende mich an Arnold und ärgere mich sofort, dass ich so unvorsichtig vorgeprescht bin. Jetzt kann ich nicht mehr zurück.

»Achtung«, warnt Arthur und zieht die Augenbrauen hoch, »Sie spielen mit der Gefahr einer ehrlichen Antwort.«

»Sonst hätte ich nicht gefragt.«

»So hartnäckig kenne ich Sie ja gar nicht, Klara«, sagt Arnold erstaunt. »Und seien Sie achtsam. Eisenberg könnte dies als Interesse an seiner Person auslegen.«

Arthur grinst.

»Dann lassen wir ihm doch die Freude«, sage ich und rücke ein wenig näher an Arnold heran. »Sie sind mir noch eine Antwort schuldig.«

»Seien Sie mir nicht böse«, sagt Arnold und trinkt einen Schluck Milch, »aus Befangenheitsgründen möchte ich die Antwort lieber verweigern.«

»Sehr diplomatisch«, lobt ihn Arthur, ohne dass ich eine Spur der Erleichterung an ihm feststellen kann, »da haben Sie gekonnt Ihren Kopf aus der Schlinge gezogen. Bei Gefahr einfach Aussage verweigern. Recht so.«

Arnold schaut mich an, als habe er mir schlechte Hausaufgaben geliefert.

»Warum bist du heute nicht ein einziges Mal in den Vortragssaal gekommen?«

Sorgfältig breitet Arthur die Serviette auf seinem Schoß aus. Er spricht versteckt und in seiner Stimme liegt eine zarte Enttäuschung.

Es sind die letzten Stunden unseres Wiedersehens. Noch heute Abend bricht er auf, weil er morgen früh in Frankfurt sein muss. Wir sitzen in einem kleinen französischen Restaurant, das nur acht Tische hat und in Berlin zu meinen Lieblingsplätzen gehört. Die Chefin, eine zierliche Dame mittleren Alters mit kurzen schwarzen Haaren, informiert uns über Traube, Jahrgang und Anbaugebiet des gewählten Weines, während sie Arthur das Etikett in angemessenem Abstand präsentiert. Sie gießt einen kleinen Schluck in sein Glas und tritt einen Schritt zurück. Ich beobachte, wie er den Wein kostet, und ich frage mich, welches Wort er jetzt wohl verwendet, um seine Zustimmung auszudrücken, denn es sind immer dieselben Vokabeln, die man an dieser Stelle zu hören bekommt. Arthur nickt nur und bedankt sich lächelnd. Die Dame füllt unsere Gläser. Arthur wartet, bis sie gegangen ist, dann hebt er das Glas und schaut mich an. Ich schaue zurück, ohne das Glas meinerseits zu erheben. Ich kann den Abend noch nicht eröffnen.

»Arthur«, sage ich und er stellt sein Glas wieder ab. Er spürt, dass ich noch etwas vorwegschicken möchte. Solche Situationen sind ihm unangenehm.

»Brieftäublein, ick hör' dir trapsen«, sagt er deshalb.

»Arthur«, sage ich noch einmal, ohne auf sein Täublein einzugehen, »ich möchte nur, dass du weißt, dass ich eigentlich vorhatte, mir deinen Vortrag anzuhören, aber der gestrige Tag war so ...«

»... so anders als du ihn dir während der letzten Wochen vorgestellt hast.«

Er merkt, dass es mir schwerfällt, darüber zu sprechen.

»Ja«, versuche ich es weiter, obwohl ich mich wie ein kleines Mädchen mit Pferdeschwanz und Kniestrümpfen fühle, das vor der versammelten Klasse seinen Text vergessen hat, »ich war wütend und verletzt« – wie ich es hasse, dieses Wort. Verletzt, verletzt. Ich bin verletzt, du bist verletzt, er ist verletzt, wir alle sind verletzt. Hätte ich besser »gekränkt« sagen sollen? Aber ich habe keine Zeit darüber nachzudenken. Gesagt ist gesagt.

»Aber ...«, fahre ich also fort, »darum geht es gar nicht. Ich wollte dich nicht sehen, weil ...«

Arthur legt zum Zeichen, dass es nun genug sei, seinen Zeigefinger auf meinen Mund.

»Qui s'excuse, s'accuse«, sagt er ruhig und schaut mich an. Vergeblich suche ich die weiße Tischdecke nach einer Unebenheit ab.

»Klara, schau mich an. Bitte entschuldige dich nicht.« Er trinkt langsam einen Schluck Wasser. »Ich will, dass es dir gutgeht. Sei da, aber mach dir keine Gedanken um mich, ich bitte dich.«

Das kann ich nicht. Wie sehr hat es mich in der Beziehung zu Männern immer nach diesem Satz verlangt. Und jetzt kann ich nicht. Meine Gedanken werden ganz leise, so als ob sie sich in letzter Sekunde selbst verbieten könnten. Und weil die Gefahr einer sichtbaren Betroffenheit zu groß ist, zwinge ich mich, an die Berliner Stadtautobahn und an Katzendärme zu denken. Ich nehme mir vor, später zu fühlen, wenn er weg ist und ich allein in meinem Bett liege.

Seine ausgestreckten Finger suchen zwischen den wartenden Tellern, den Bestecken und Gläsern den Weg zu meiner Hand.

»Versuch's erst gar nicht.«

»Was meinst du?«, frage ich ihn, weil ich mir nicht sicher bin, ob er damit an seinen letzten Satz anknüpft.

Mit dem Zeigefinger kreist er über meinen Handrücken.

»Du versuchst gerade deine Gefühle zu vertagen.«

Ich weiß nicht, wo ich hinschauen soll. Er weiß um die Genauigkeit seiner Diagnose, denn er schaut nicht hoch, wahrscheinlich, um mich nicht zu beschämen.

»Im Übrigen musst du dich nicht erklären. Ich weiß, warum du nicht gekommen bist.«

Noch immer kreist sein rechter Finger über meinen Handrücken.

»Pardon, die Vorspeise.« Die Dame des Hauses steht mit zwei Tellern neben unserem Tisch. »Philo aux tétragones pour madame et voilà – langoustines aux citrons pour monsieur. Bon appétit.«

Arthur hebt sein Weinglas und lächelt mich an.

»Stößt du jetzt mit mir an oder gibt es noch irgendeinen Brand, den wir vorher löschen müssen?«

Ich schweige, aber ich kann ihn nicht länger warten lassen. Er ist bestimmt schon ganz vertrocknet.

»Auf die Feuerwehr.«

Die Gläser klirren leise. Warum ist die Feuerwehr nie da, wenn ich brenne?

»Schmeckt dieser Wein nicht einzigartig?«

Arthur strahlt. Er schmeckt in der Tat besonders, jedenfalls habe ich noch nie einen vergleichbaren Wein getrunken. Er erinnert an Erde, vulkanische Erde. Aber ich sage es nicht, denn dieser Vergleich erscheint mir zu manieriert.

»Wie flüssiger Stein«, sagt Arthur.

»Stimmt«, sage ich und koste noch einmal, »aber wie schmeckt flüssiger Stein?«

»Wie dieser Wein«, erwidert er und nimmt sein Besteck. »Du siehst, manchmal sind Antworten ganz einfach.« Geschickt streift er die Langustinos vom Spieß. »Du solltest nicht so viel grübeln.«

Ach Arthur, denke ich und weiß nicht, ob ich ihn beneiden soll.

»Nett ist es hier, kommst du öfter hierher?«

»Nein, nur in besonderen Fällen.«

»Dann bin ich ein besonderer Fall?«

Ja und nochmals ja. Wortlos lächle ich ihn an. Wie eine sentimentale Lawine scheine ich auf ihn zuzurollen.

»Arthur ... ich ...«

»Dreh dich mal um Klara, die Bilder, die hinter dir hängen ... sie gefallen mir.«

Die Bilder, die hinter mir hängen, interessieren mich genauso sehr wie ein Eimer Knäckebrot. Warum lenkt er in solchen Momenten ab?

»Sie gefallen mir wirklich. Du könntest sie dir wenigstens mal anschauen.«

»Arthur«, sage ich und ich muss achtgeben, dass meine Stimme nicht Achterbahn fährt, »Arthur«, wiederhole ich leise und beobachte das Wasser in meinem Glas, das kleine Bläschen gleichmäßig an die Oberfläche treibt, »ich habe mir deinen Vortrag heute nicht angehört, weil ich Angst hatte, dass ich trotz der letzten Nacht stolz auf dich sein könnte. Verstehst du, ich wollte einfach nicht stolz auf dich sein.«

Arthur hebt vorsichtig den Kopf. Langsam legt er Messer und Gabel auf den Tellerrand. Alles an ihm ist jetzt still. Er schaut mich an und ich schaue zurück. Ich darf ihn betrachten, er lässt sich lesen. Schicht für Schicht hobeln sich meine Augen vorsichtig tiefer. Sein Blick ist so ernst, dass es wehtut. Er schaut mich an wie eine Skulptur, die man allein in einem großen Museum betrachtet. Ohne aufzustehen, geht er um mich herum, ohne mich zu berühren, fasst er mich an. Er schweigt und ich begreife, dass er Worte, die er in reinen Augenblicken in seinem Herzen trägt, in meiner Gegenwart nicht aussprechen wird.

»Darf ich dich küssen?«, frage ich ihn.

»Das wäre schön«, sagt er leise.

Schon möchte ich um den Tisch laufen, aber ich bleibe sitzen und trinke noch einen Schluck Wein.

»Es war schön, dass wir noch ein paar Stunden für uns hatten, ich glaube, wir ...«

Arthur sucht meine Hand.

»Das war nicht schön, sondern notwendig.« Er schaut mich an, vorsichtig mischt sich ein Lächeln unter seinen Ernst. »Küsst du mich jetzt?«

Im Institut ist es noch ruhig. Die meisten Kollegen sind kinderlos und kommen deshalb später. Im Schneidersitz sitze ich auf dem Boden. Theresa kniet hinter mir mit einer großen Papierschere in der Hand. Ich spüre ihr Zögern.

»Was ist, wenn jemand hereinkommt? Schließlich hockst du halbnackt auf einem Stück Zeitung.«

»Es ist doch erst halb neun, die anderen kommen frühestens in einer halben Stunde.«

Trotzdem stehe ich auf, male ein Einbahnstraßenschild auf einen Zettel und klebe ihn vor die Tür. Theresa scheint beruhigt. Die ersten Haare fallen, wahrscheinlich knabbert sie sich jetzt auf der Unterlippe. Das tut sie immer, wenn sie sich konzentriert.

»Warum soll ich die Haare eigentlich abschneiden? Ich wäre glücklich, wenn meine so lang wären.«

Draußen drückt der Sturm gegen die Fensterscheiben. Mir fallen noch die Augen zu, ich brauche dringend einen Kaffee.

»Die Haare sind zu lang, um sie vernünftig hochzustecken«

»Du hast sie dir aber doch noch nie hochgesteckt.«

Die Zeiten ändern sich, denke ich, spreche diesen oberschlauen Satz aber nicht aus, in den man sich in der Regel flüchtet, wenn man zu bequem ist, eine anstehende oder bereits vollzogene Veränderung zu begründen.

Drei Wochen sind seit dem letzten Wiedersehen mit Arthur vergangen. Inzwischen ist es Herbst geworden, er wirbelt bunte Blätter durch meinen Kopf und durch den Park, die Chronologie unserer Begegnungen ist in meiner Erinnerung lückenlos und präsent, die Empfindungen darin sind schön und auf angenehme Weise widersprüchlich. Provisorisch versuche ich mich einzurichten, mich an die immer wieder auftauchenden Bilder zu gewöhnen und während ich die schmerzhaften Augenblicke wie gelesene Bücher in mein Bücherregal räume, etwas abseits, aber dennoch sichtbar, so staple ich die schönen Momente wie Briketts vor meinem Ofen. Sie sollen mich im bevorstehenden Winter wärmen.

Das Telefon klingelt.

»Nicht bewegen.«

Theresa reicht mir den Hörer.

»Hallo Mams, kann ich mich heute Nachmittag mit Dennis verabreden? Wir wollen schwimmen gehen.«

»Es ist halb neun, junger Mann. Wieso bist du nicht im Unterricht?«

»Ich bin mit dem Handy vor die Tür gegangen.«

»Hätte das nicht bis zur Pause Zeit gehabt?«

»Die reden da drinnen gerade über die Aufgaben des Bundesgrenzschutzes. Echt spannend.«

»Was ist mit den Hausaufgaben?«

»Mache ich mit Dennis zusammen. Versprochen.«

Ich sehe David vor mir, wie er wahrscheinlich im langen leeren Gang auf der Fensterbank hockt und mit dem Handy am Ohr auf den leeren Schulhof schaut. Jetzt wartet er auf meine Antwort. Erst durch die Trennung von Stimme und Gesicht begreife ich, wie häufig das Sichtbare der Gefahr erliegt, übersehen zu werden. Davids entfernte Stimme macht das Selbstverständliche fremd und neu und holt das Besondere aus dem Vertrauten. Seine temporeiche Entwicklung braucht eine Abwesenheit, einen Bruch in der Beobachtung, um sie begreifen zu können.

»Dann sei aber pünktlich um acht zu Hause. Ich fahre nachher noch mit Marie in die Videothek und besorge Forrest Gump.«

»Cool!«

Weil er allein auf dem Schulflur steht, schickt er mir zum Abschied einen geräuschvollen Kuss durch den Hörer.

»Ich bin gleich fertig«, sagt Theresa, nachdem sie den Hörer aufgelegt hat.

Dunkle Wolken verschlucken das Licht. Sie schaltet die Deckenbeleuchtung ein, der Sturm wird immer heftiger.

Die Müdigkeit ist unerträglich, sie darf nicht gewinnen. Ich fasse noch einmal zusammen – gleich der Termin mit Feiber, um elf Besprechung mit dem Institutsleiter, mit etwas Glück schaffe ich noch die Bearbeitung der letzten beiden Interviews, abends dann mit Marie die restlichen Geschenke für Jacobs Geburtstag besorgen.

Mit Schrecken stelle ich fest, dass auch Arthur in zwei Wochen Geburtstag hat und ich noch immer nicht weiß, was ich ihm schenken soll. Wie gerne würde ich mich in seinem Leben umschauen und eine kleine Lücke entdecken, die ich füllen könnte. Nie werde ich erfahren, ob sein Schreibtisch aus Holz oder Glas, ob er aufgeräumt oder mit Papierstapeln belegt ist, an der Auswahl seiner Bücher werde ich nicht feststellen können, womit er sich neben seiner wissenschaftlichen Arbeit beschäftigt. Zeit würde ich ihm gerne schenken, zwei Tage Rom, Prag, Wien oder Lissabon, achtundvierzig Stunden Arthur und Klara, aber es ist unmöglich, unabgesprochen über seinen Terminkalender zu verfügen.

Theresa zieht mit dem Kamm gleichmäßige Bahnen durch meine Haare um zu kontrollieren, ob ihr ein gerader Schnitt gelungen ist. Die Bilder, fällt es mir plötzlich ein. Das ist es. Die einzige Situation, in der Arthur mir gesagt hat, dass ihm etwas gefallen habe. Die Bilder in dem französischen Restaurant, die ich mir damals nicht angeschaut habe, weil ...

Es klopft an der Tür, schnell schlüpfe ich in meinen Pulli.

»Ja bitte?«

Andreas steckt den Kopf herein und grinst.

»Dr. Feiber wartet am Empfang auf dich.«

»Der Oberkorrekte. Man sollte ihm einmal erklären, dass Zufrühkommen ebenso unhöflich ist wie eine Verspätung.«

»Keine Sorge, bin eh gleich fertig, nur noch ein paar Spitzen nachschneiden.«

»Andreas, kannst du ihn bitte in die Bibliothek setzen und ihn mit Kaffee und Keksen beschäftigen? Sag ihm, dass ich gleich bei ihm bin.«

Gemeinsam räumen Theresa und ich das Zeitungspapier zusammen. Während ich die vorbereiteten Fragebögen ausdrucke, binde ich mir die Haare zu einem Pferdeschwanz zusammen, suche meine Schuhe und renne in die Bibliothek.

»Bitte entschuldigen Sie, dass ich Sie habe warten lassen.«

Feiber steht mit der Kaffeetasse und schief gelegtem Kopf vor einem Bücherregal.

»Ich muss mich entschuldigen. Ich habe zur Sicherheit einen Zug früher genommen, bei der Bahn muss man ja immer mit Verspätungen rechnen.«

Ich gieße mir eine Tasse Kaffee ein und schiebe mir einen Keks in den Mund, weil ich noch nicht gefrühstückt habe.

»Bitte setzen Sie sich doch.«

Feiber setzt sich an den großen blankpolierten Konferenztisch und kramt in seinem Aktenkoffer. Wonach sucht er? Ich will ihm heute nur Fragen zu seiner Person stellen, die Antworten müsste er doch eigentlich im Kopf haben. Ich betrachte ihn, seine Haut hat augenscheinlich wenig Sonne gesehen, der Stress hat sich in Form von kleinen Pickeln und einem unübersehbaren Furunkel am linken Nasenflügel einen Weg nach draußen gesucht. Ein Wissenschaftler, der aussieht wie ein Verwaltungsbeamter oder ein Busfahrer, ein zuverlässiger Staatsbürger, darin besteht kein Zweifel, zuverlässig wie der Bordcomputer einer Linienmaschine. Auf seinem Jackett entdecke ich einige Schuppen. Das Leben ist ungerecht. Ich stelle ihm die ersten Fragen, er beantwortet sie schlicht und wahrheitsgetreu, ein Mensch, der nur selten Adjektive verwendet, bei keiner Frage unternimmt er den Versuch, seine Person in ein besseres Licht zu rücken. Während er antwortet, hält er sich mit den Augen an dem Ordner fest, der vor ihm liegt. Ich wette, dass er noch Jungfrau ist.

»Möchten Sie vielleicht noch eine Tasse Kaffee?«, versuche ich ihn ein wenig aus dem offiziellen Rahmen zu locken und es ihm auf diese Weise etwas zu erleichtern.

»Nein danke.«

Er schiebt seine Tasse zur Seite, als habe er Angst, dass ich seine Ablehnung einfach ignorieren könnte. Wahrscheinlich hat ihn Mutti vor zu viel Koffein gewarnt, denke ich und frage mich, ob es für solche Seelen überhaupt eine Rettung geben kann. Mein Handy klingelt. Feiber blickt erleichtert auf.

»Hallo Mama, kannst du mir bitte etwas im Internet heraussuchen? Ich muss einen Aufsatz über die Erdhummel schreiben. Und wenn's geht, ein paar Bilder dazu? Aber auf dem Farbdrucker, sonst sieht das im Heft so langweilig aus.«

»Ich werde es versuchen, ich kann jetzt nicht länger reden. Bin gerade in einer Besprechung.«

»Schon gut.«

Jacobs Stimme klingt vergnügt. Offenbar hat er Pause und spielt Fußball, zumindest lassen die Hintergrundgeräusche darauf schließen.

Ich wende mich wieder Feiber zu, er glättet gerade ein Eselsohr. Ich bin froh, dass er auch die nächsten Fragen kurz und knapp beantwortet, das erspart mir bei der schriftlichen Ausarbeitung viel Zeit. Es ist leichter, einen Christbaum zu schmücken als einen geschmückten Christbaum zu stutzen. Er atmet sichtbar auf, als er die letzte Frage beantwortet hat, und ich überlege, was ihn derart unter Druck gesetzt haben könnte. Dass er Angst vor Frauen hat, ist offensichtlich, aber ich habe ihn mit Samthandschuhen angefasst, anstatt auf der Hupe zu stehen. Vielleicht hat er dieses unterdrückte Bedürfnis aber gespürt, vielleicht hatte er auch die Befürchtung, dass ich bei meiner Vorbereitung eine Lücke in seiner Biographie entdeckt haben könnte, eine versteckte Leiche im Keller. Ich reiche ihm seinen Mantel und meine Hand zum Abschied, er schaut kurz auf, die Höflichkeit siegt über die Scheu und in diesem Moment merke ich, dass meine Vermutung genau in die falsche Richtung gelaufen ist. Sein Blick ist nicht furchtsam, er schaut mich an, als müsse er Abbitte leisten. Mit den Augen versucht er sich zu entschuldigen, dass er nicht mein Interesse gefunden hat, nichts, was meine ganze Aufmerksamkeit fordern konnte, vielleicht hat er in der letzten halben Stunde gespürt, dass sein Leben so langweilig ist wie eine Packung Tempotücher, ein leidenschaftsloses Leben, gerade und lückenlos, ein Leben, das kein Geheimnis birgt, keine Umwege und keine Sprünge. Ich begleite ihn zum Aufzug. Er tut mir beinahe leid.

In der Kaffeeküche suche ich eine Scheibe Käse im Kühlschrank und balanciere eine Tasse Buttermilch in mein Büro. Fünf E-Mails und drei Anrufe auf der Mailbox, sie müssen sich gedulden. Ich rufe die Auskunft an, erkundige mich nach der Telefonnummer des kleinen französischen Restaurants und lasse mich direkt verbinden. Ich schildere der Chefin mein

Anliegen. Leider könne sie über die Bilder nicht verfügen, sie seien nur eine Leihgabe gewesen. Sie spricht von Bildern, also müssen es mindestens zwei sein, ich habe sie ja nicht gesehen, weiß also auch nicht, um welches Format es sich dabei handelt. Allerdings kann ich ihr das nicht sagen. Wer kauft schon ungesehene Bilder? Der Künstler arbeite in Potsdam, sagt sie und gibt mir seine Adresse.

»Frau Marxen, es ist bereits fünf nach elf. Wir warten auf Sie!«

»Ich habe es nicht vergessen. Ich komme sofort.«

Ich raffe meine Unterlagen zusammen und eile wieder zurück in die Bibliothek, die gleichzeitig als Besprechungszimmer dient. Wie nicht anders erwartet, empfängt mich der vorwurfsvolle Blick des Institutsleiters.

»Sorry, ich hatte Zacharias am Apparat.«

Eine Notlüge, die mir ohne Gewissensbisse über die Lippen geht und von der ich weiß, dass sie mich für jedes Zuspätkommen entschuldigt. Sein Nicken ist knapp und sachlich, denn Zacharias ist ein anerkannt schwieriger Fall. Zeisig setzt seine Lesebrille auf die Nasenspitze, die jetzt gar nicht ihren Zweck erfüllt, denn er lehnt sich zurück und blickt in die Runde. Stets benötigt er ein paar Sekunden absoluter Stille, die augenscheinlich dazu dienen soll, die Aufmerksamkeit zu bündeln und ungeteilt auf sich zu konzentrieren. Erst dann fühlt er sich gut. Ein kleines Ritual, das wir ihm gerne gönnen. Er beginnt, uns die nächsten Projekte vorzustellen, und obwohl die meisten bereits bekannt sind, präsentiert er sie uns wieder so, als hörten wir sie jetzt zum ersten Mal. Würde Arthur sich diesen ewigen Terror von Wiederholung gefallen lassen?

Arthur. Immer wieder sucht mich während der letzten Wochen das gleiche Bild heim. Eigentlich kein Bild, vielmehr die Vergrößerung eines fotographischen Ausschnitts – Arthurs große ruhende Hand auf meinem ausgestreckten Bauch. Ohne Bewegung lebendig. Beängstigend schön.

Ich denke zurück an den Splitter am Tümpeltrost, den Arthur mir behutsam entfernt hat und die darauffolgende Verletzung, in der er mich im Regen stehen ließ, ohne einen Schirm aufzuspannen, und ich frage mich, für welche Situationen er einen Schirm bereithält. Ich denke an die Nacht, in der mich seine kalte Haut überfallen hat, und den entschuldigenden Beischlaf am nächsten Morgen und an Rapunzel, die ihr Haar hochsteckte, und an Arthurs schweigsame Ernsthaftigkeit am letzten Abend, an die wortlose Stille, in der er mich schauen ließ. Wäre nicht hier der richtige Zeitpunkt, um diese Geschichte zu beenden? Noch wäre ...

»Frau Marxen, bekommen Sie dieses Projekt gestemmt?«

Zeisig präferiert das Wort »gestemmt«. Es soll den wohlgeschätzten Mitarbeiter anregen, Unmögliches möglich zu machen. Wie durchsichtig das alles ist, denke ich.

»Kommt darauf an ... Eine angemessene Erhöhung des Budgets würde die Durchführung des Projektes enorm erleichtern. Beziehungsweise die professionelle Arbeit, die Sie fordern, überhaupt erst ermöglichen.«

Wie geschwollen ich schon rede. Warum kann ich nicht Justizopfer aus Gefängnissen holen, in Somalia einen Brunnen bauen oder Kinder aus Mutterbäuchen ziehen?

Zeisig legt seine Brille ab und beugt sich nach vorne, um den folgenden Satz eindringlicher zu gestalten.

»Professionell arbeiten Sie, liebe Frau Marxen, wenn Sie mit dem vorhandenen Budget das Optimale erreichen.«

Zufrieden lehnt er sich wieder zurück, als habe er seinem letzten Satz ein Siegel aufgedrückt und wippt mit dem Sessel.

»Also mit einem für C&A gefüllten Geldbeutel bei Chanel einkaufen?«

Die anderen Kollegen grinsen.

»Ich sehe, wir haben uns verstanden«, sagt Zeisig mit einer Stimme, die keine weitere Diskussion duldet.

Ich schweige, die anderen sammeln ihre Unterlagen zusammen und erheben sich. Auch ich stehe auf, schiebe meinen Stuhl an den Tisch.

»Dr. Zeisig«, sage ich leise zu ihm, als ich bereits in der Tür bin, »ich möchte Sie nicht ärgern und auch nicht unbedingt das letzte Wort haben, aber gehen Sie bitte nicht einfach davon aus, dass Schweigen auch immer Einverständnis meint.«

Das habe ich in den letzten Wochen gelernt, denke ich, verlasse die Bibliothek und spüre Arthurs Hand auf meinem Bauch.

Ich haste die Stufen empor, ohne einen Blick in den traurigen Hinterhof zu werfen. Normalerweise tue ich das immer. Nicht um mich unnötigerweise zu deprimieren, sondern weil ich weiß, wie einfach es wäre, ihn aus seiner Trostlosigkeit zu befreien. Jedes Mal hoffe ich, dass ein Bewohner seinen Balkon mit roten und gelben Blumen schmückt, im Winter ein Vogelhäuschen oder im Sommer ein Planschbecken für die Kinder aufstellt. Aber heute rennen diese Gedanken an dem Hinterhof vorbei. Gerade hat Arthur aus dem Auto angerufen und gesagt, dass er in zwei Stunden in Berlin sei und nach einer kurzen Pause, in der mir nur die Geräusche des Motors ins Ohr drangen, hinzugefügt, dass er sich freue. Mehr hat er nicht gesagt. Nur – ich freue mich.

Die Tüte mit den Lebensmitteln schneidet in die Finger. Nach der dritten Etage werde ich langsamer. Ich denke an Arthurs Gesicht, das mich anschaut und schweigt. Seine Stimme, seine Gebärden, sein Gang – alles an ihm scheint gedrosselt. Seine überschüssige, scheinbar mühelos unterdrückte Kraft erzeugt in mir eine aufregende Beunruhigung und oft weiß ich nicht, ob mich seine Zurückhaltung stören oder betören soll. Ich kann diese Frage nicht beantworten. Es ist eine Mischung aus beidem, obwohl mir dies unmöglich scheint. Wie gerne würde ich manchmal einen Ausbruch in ihm provozieren, eine Entgleisung, die ihn verraten könnte, eine Schwäche sehen, eine Erschöpfung, die ihn menschlicher erscheinen ließe. Doch dann stelle ich mir jene Menschen vor, die ihre Gefühle viel zu schnell wie einen Teppich vor mir ausrollen. Denen es nicht reicht, mir ihr ausgebreitetes Muster zu zeigen, die es mir auch noch in allen Einzelheiten erklären, so dass am Ende nichts mehr bleibt, keine Fragen, keine Neugierde.

Die Tür ist angelehnt.

»Komm rein, ich bin im Bad.«

Ich ziehe meinen Mantel aus und lege ihn vorsichtig auf den bereits vorhandenen Jackenturm. Ludmila steht gebückt im Bad und sortiert Wäsche. Ich umarme sie von hinten, glücklich, sie endlich wieder in meiner Nähe zu wissen. Sie schraubt sich sofort empor, umschlingt mich, ohne mich vorher anzuschauen. Zwei Wochen hat sie in Padua gedolmetscht. Jetzt endlich blüht mir inmitten bunter Wäscheberge ihr vertrauter Geruch entgegen.

»Arthur kommt gleich, ich habe nicht viel Zeit«, flüstere ich ihr ins Ohr und hoffe, dass mich die Geborgenheit ihrer Umarmung in den nächsten Stunden nicht verlässt.

»Dann komm.«

Wir gehen in die Küche, sie rückt zwei Stühle ins Licht und kramt in ihrem Rucksack nach einer Pinzette. Wie immer muss sie dafür den gesamten Inhalt auskippen. Zwischen Handy, Tampons, Notizbüchern, Stiften und diversen Kosmetikutensilien entdecke ich die Pinzette zuerst. Sie zieht ihren Stuhl eng an meinen heran und mustert mich streng.

»Augen zu.«

Mit dem Zeigefinger streicht sie über meine Brauen, dann spüre ich einen zarten Kuss auf meinen Augenlidern. Erst rechts, dann links.

»Entspann dich.«

»Wie denn? In zwei Stunden ist Arthur da, wie soll ich denn da entspannt sein?«

Hinter meinen geschlossenen Lidern sehe ich sie lächeln. Sie beginnt zu zupfen, mit schneller und sicherer Hand, und während meine Brauen wieder eine gleichmäßige Form erhalten, erzähle ich ihr in wenigen Worten von meiner letzten Begegnung mit Arthur. Ich beschränke mich allein auf die Beschreibung der Geschehnisse. Meine Hoffnungen und Befürchtungen entnimmt sie meiner Stimmlage und den Pausen, Erklärungen braucht sie nicht.

Dann bin ich mit meiner Geschichte am Ende. Ludmila zupft weiter, manchmal spüre ich ihren Atem.

»Heiß kalt heiß kalt. Das klingt nach Erlebnisduschen und nach Angst vor lauwarmem Wasser«, stellt sie zusammenfassend fest.

Langsam setzt die Dämmerung ein. Sie dreht mein Gesicht ins noch vorhandene Licht. Eigentlich müsste sie jetzt irgendeinen vernünftigen Satz sagen. Das tut sie immer, wenn sie zu viel spürt.

»Du solltest dir wenigstens zeitweise angenehme Temperaturen gönnen. Selbst ein starkes Herz hält auf Dauer diese Kneippmethoden nicht aus.«

Manchmal glaubt sie wirklich, ein wenig Realismus würde uns nützen – gewissermaßen prophylaktisch – gegen das flutende Bedürfnis nach extremen Lebenstemperaturen.

»Du kannst die Augen aufmachen. Ich bin fertig.«

Sie gießt sich einen Kaffee ein.

»Möchtest du einen?«, fragt sie und hebt dabei ihre Tasse, »ich habe auch noch ein Stück Mandelkuchen im Kühlschrank.«

Aber ich habe keine Ruhe mehr, mir scheint, als habe ich vor Arthurs Ankunft noch eine unendliche Reihe von Dingen zu erledigen. Die Kaffeetasse in der Hand, lehnt sie mit dem Hintern an der Spüle und beobachtet mich.

»Hau schon ab«, lächelt sie und reicht mir meinen Rucksack.

Wir gehen zur Haustür.

»Aber komm wieder«, fügt sie hinzu.

»Ich komme immer wieder.«

»Ich weiß.«

Ich nehme sie in den Arm und plötzlich fallen die Worte aus ihr heraus wie Münzen aus einem Spielzeugautomaten. Sie redet und redet und sagt, dass ich auf mich aufpassen und mein Herz nur verleihen solle um zu sehen, wie Arthur damit umgehe. Die Angst vor kitschigen Sätzen lässt sie leise sprechen. Und dass ich mein Herz nicht verlieren dürfe, ich sei so schlecht im Wiederfinden.

Ich drücke sie an den Schultern vorsichtig von mir weg.

»Ludmila, was ist los? So habe ich dich noch nie reden hören. Du sprichst wie Kassandra. Willst du mich warnen?«

Mit dem Fuß zeichnet sie Linien auf den Teppichboden. Dann schaut sie mich an.

»Wenn du so willst ... Ja.«

»Warum machst du dir Sorgen? Zugegeben, ich bin durcheinander, aber auch glücklich. Merkst du das nicht?«

Ludmila öffnet die Tür.

»Das ist es ja. Ich habe dich noch nie so glücklich gesehen.«

Es ist bereits dunkel, als es an der Haustür klingelt.

»Kommst du runter?«, fragt Arthur durch die Sprechanlage, »ich warte vor der Haustür.«

Seine Stimme klingt müde. Ich lösche in allen Zimmern das Licht und wundere mich, warum er nicht hochkommt und sein Gepäck ablädt. Vielleicht hat er großen Hunger. Ich werfe mir den Schal um den Hals und den Rucksack über den Rücken, ziehe die Tür ins Schloss und fühle mich wie ein aufgeregt flatternder Jungvogel, so unsagbar freue ich mich, ihn in wenigen Sekunden endlich wiederzusehen. Da steht er, nur noch eine Treppe entfernt, ich springe die Stufen hinunter, reiße die Tür auf und meine Arme schlingen sich um seinen Hals. Arthur. Endlich. Er kann nicht zurückweichen, er steht mit dem Rücken direkt an der Hauswand, aber ich merke, wie er erschrickt, er fühlt sich an wie ein Pflaumenbaum, der einem Orkan standhalten muss. Beinahe möchte ich mich bei ihm entschuldigen, aber noch rechtzeitig beschließe ich, dass er das aushalten muss.

Wir gehen zum Auto, eine kleine Enttäuschung geht mit. Er hält mir die Tür auf, wartet, bis ich eingestiegen bin, und drückt die Tür leise hinter mir zu. Obwohl ich es nicht zugeben will, spüre ich, wie die zarte Enttäuschung durch diese höfliche Geste der alten Schule, die die Achtung der Person in der äußeren Form sichert, ein wenig gemildert wird. Arthur startet den Motor, seine linke Hand ruht auf dem Steuer, mit der rechten Hand sucht er einen Sender im Radio. Wird Arthur mir jemals seine Freude zeigen? Glückliche Augen, einen beseelten Blick? Manchmal wünsche ich mir, dass wir zusammengehören wie Pfeffer und Salz, aber bei nüchterner Betrachtung, wenn mich die Melancholie verlässt, erscheint mir der Vergleich doch sehr albern. Sehnen ist nicht Mangel. Das Endes des Sehnens ist Mangel. Ach Arthur, denke ich und traue mich nicht, meine Hand auf die linke Seite zu schieben. Erst jetzt merke ich, dass wir noch immer in der Parklücke stehen.

»Worauf wartest du?«

»Auf deine Anweisungen.«

»Auf welche Anweisungen?«

Arthur ist kein Mensch, der auf Anweisungen wartet.

»Italienisch, japanisch, französisch, thailändisch – wo sollen wir essen gehen?«

Ich antworte nicht. Dafür küsse ich ihn. Seine Lippen schmecken nach reifen Pflaumen. Ein harter Stamm kann doch süße Früchte tragen, denke ich und beschließe, mich fortan an den Pflaumenbaum zu gewöhnen.

Wir entscheiden uns für den Griechen in Kreuzberg. Arthur hängt die feine Hotelküche zum Hals raus und auch ich habe keine Lust, mir nach jeder Zigarette den Aschenbecher austauschen zu lassen. Er fährt los, ich schaue aus dem Fenster. Gerne wäre ich jetzt noch ein wenig im Zustand der Vorfreude, zu plötzlich ist seine körperliche Anwesenheit. Die Stille ist beengend, doch Arthur scheint sie gar nicht zu spüren. Er fährt schnell und entspannt, seine Fingerspitzen bewegen sich am Lenkrad zu einem Jazztitel. Erstaunlich, dass er in der Kakophonie der Klänge überhaupt einen Rhythmus entdeckt.

Wir betreten den großen weißgetünchten Raum, der mich schon viele Abende beherbergt hat und in diesem Moment angenehme Vertrautheit schenkt. Die spartanische Einrichtung des Restaurants, einfache Holztische und Holzstühle, weiße Wände mit schlichten Bildern, die hohe Decke, hat mit der Einrichtung deutscher Griechenlokale nicht viel gemein. Kosta, dem langjährigen Besitzer, ist es von jeher gelungen, ein bestimmtes Publikum an sich zu binden und unliebsame Gäste auf seine feine unaggressive Art zu verbannen. Die deutsche Spießigkeit findet hier keinen Platz. Dafür ist die Decke zu hoch, der Raum nicht in gemütliche Ecknischen mit Korblampen unterteilt, das Licht zu hell und das Essen zu teuer. Sie geht zwei Straßen weiter zu Diogenes, der gediegene Behaglichkeit zu günstigen Preisen verspricht und auch hält.

Ich setze mich mit dem Gesicht zur Wand. Arthur ist mein Gast, also darf er in den Raum schauen. Doch in diesem Moment fällt mir auf, dass ich fortan wohl immer auf die Wand schauen muss, da die Besuche stets einseitig und die zeitlichen Abstände so groß sein werden, dass sie eine Auflösung meines Gastgeberbewusstseins zu verhindern wissen.

Die Kellnerin, eine junge dünne Frau mit ebenso dünnen blonden Haaren, schwarz lackierten Fingernägeln und einem Glitzerstein im linken Nasenflügel, legt zwei Speisekarten auf den Tisch und fragt, ob sie uns schon etwas zu trinken bringen dürfe. Arthur blättert im hinteren Teil der Speisekarte.

»Können Sie uns einen Wein empfehlen?«

»Tut mir leid, mit Weinen kenne ich mich leider überhaupt nicht aus.«

Ihre Verlegenheit lässt sie einen Ich-bin-nur-die-Aushilfe-Blick aufsetzen.

»Aber dieser Wein«, versucht sie sich dann doch zu retten und zeigt mit dem Finger in die Karte, »dieser Wein hat eine Auszeichnung bekommen.«

Arthur hält sie für Sekunden in ihrer aufsteigenden Unruhe gefangen.

»Von wem?«

Ich spüre, wie die junge Frau sich vor lauter Bedrängnis am liebsten in den Boden schrauben würde.

»Vielleicht vom Bürgermeister?«, fragt sie vorsichtig, weil sie glaubt, sie müsse auf Arthurs Frage antworten.

Arthur sieht mein gesenktes Grinsen.

»Was meinst du, Klara?«

»Ich finde, wir sollten den Bürgermeisterwein nehmen«, antworte ich schnell, um die Situation zu beenden und ihr weitere Peinlichkeiten zu ersparen.

Erleichtert zieht sie ab, ich schaue in Arthurs Gesicht. Er schmunzelt, weil es mir nicht gelingt, mein amüsiertes Gesicht hinter einem vorwurfsvollen Blick zu verbergen.

»Was möchtest du essen?«

»Fisch, nur bitte keinen Lachs.«

»Fisch«, murmelt er und gleitet mit dem Finger über die Karte.

»Was hältst du von der gegrillten Dorade für zwei Personen?«

»Perfekt«, sage ich, weil ich gehofft habe, dass er die Dorade vorschlägt, »und als Vorspeise Dolmadakia in warmer Limonensauce?«

»Was immer Gnädigste wünschen.«

Er legt seine Hand auf die Brust und verneigt sich vor mir.

Neben uns sitzt ein Paar mittleren Alters. Ihr schmaler blasser Blick sammelt sich über der Salatschüssel. Die Strähne, die ihr ins Gesicht fällt, streicht sie immer wieder hinters Ohr. Ihr Gegenüber sieht sie an. Beobachtet ihr Kauen.

Arthur zieht meine Hand zu sich hinüber und legt sie flach vor sich auf die Tischdecke, mit dem Handrücken nach oben. Er verschränkt seine Arme auf dem Tisch und betrachtet sie. Dann streicht er langsam von oben nach unten über jeden einzelnen meiner Finger und schnippt am Ende, da wo der Nagel aufhört, mit seinem Mittelfinger leise auf die Tischdecke. Ob ihm meine Hände gefallen? Seine Bewegung erinnert mich an ein Spiel, das wir als Kinder »Flohspiel« nannten – ein Fliegenpilz aus Holz, dessen roten Hut man abnahm und dann versuchte, die bunten runden Plastikplättchen in den hohlen Pilzstamm zu schnippen.

»Geht es dir gut?«, fragt er ohne aufzuschauen und sein Fingerschnippspiel zu unterbrechen.

»Ja«, antworte ich und lasse meine freie Hand zwischen meinen übereinandergeschlagenen Beinen verschwinden, »ja, ich glaube schon.«

Jetzt blickt er auf und ich schaue, da er unmittelbar unter einem angestrahlten Aquarell sitzt, direkt in seine angeleuchteten blauen Augen. Enzianblau, denke ich. Er zieht die Brauen hoch.

»Das weiß man doch. Ich meine ..., ob es einem gutgeht oder nicht.«

Seine hochgezogenen Brauen erwarten eine Antwort.

»Kennst du das nicht – sich widerstreitende Empfindungen?«

Arthur überlegt nicht lange, er scheint Antworten nicht zu suchen, sondern einfach bei sich zu haben. Wie ein rotes Tuch, das unbenutzt in der Tasche liegt und darauf wartet, herausgezaubert zu werden.

»Nein, in aller Regel weiß ich, wie es mir geht. Widerstreitende Überlegungen ja, Standpunkte und Sachverhalte, die ich gegeneinander abwäge, um zu einem Urteil zu kommen, aber auch das geht gewöhnlich recht schnell.«

Er trinkt einen Schluck Wein und bricht ein Stück Olivenbrot ab.

»Du sprichst wie ein Richter«, sage ich und beobachte die Art und Weise, wie er das Weinglas wieder abstellt.

»Schreckt dich das? Ein Mensch, der es wagt, Aussagesätze zu formulieren, ohne das Gegenteil dieser Aussage gleich mitzudenken oder sofort ein ›Wenngleich‹ anzubieten?«

»Nein, es schreckt mich nicht, solange damit kein Anspruch auf Unfehlbarkeit verbunden ist.«

Arthur streicht sich etwas Butter auf sein Olivenbrot.

»Unfehlbarkeit ist langweilig«, sagt er laut und fordert damit die Aufmerksamkeit unserer Tischnachbarn.

»Mich interessieren die möglichen Vorteile oder Auswirkungen einer angenommenen Unfehlbarkeit nicht«, fährt er fort, »spannend aber ist doch die psychische Befindlichkeit desjenigen, den wir uns als unfehlbar vorstellen. Was meinst du, wie würde sich so einer fühlen?«

»Er wäre geschlagen.«

Arthur nickt kauend.

»Womit?«

»Mit dem Schicksal des Unfehlbaren«, sage ich und gieße etwas Wein nach.

»Warum? Damit hätte er doch alle Macht dieser Welt.«

Ich spüre, wie er versucht mich auf eine falsche Fährte zu locken. Langsam beginnt mir diese kleine Debatte zu gefallen.

»Ja, aber das wäre eine Macht, die nichts bedeutet, weil ihr keine Anstrengung, kein Abwägen und kein Einsatz vorausgeht.«

»Und weiter?«

Arthur kreist mit seiner rechten Hand in der Luft, als wolle er damit meine Gedanken beschleunigen.

»Die Ergebnisse blieben für ihn persönlich folgenlos, da Unfehlbarkeit ihn von aller Verantwortung freispräche. Es gäbe für ihn niemals negative Konsequenzen. Aber auch keinen persönlichen Erfolg. Also auch keine Anerkennung.«

»Und? Was wäre die Folge?«

»Langeweile. Unerträgliche, tödliche Langeweile.«

Arthurs schluckt das letzte Stück Olivenbrot herunter.

»Sag' ich doch, Unfehlbarkeit ist langweilig.«

Unsere Tischnachbarn scheinen sich im Laufe ihrer Zweisamkeit alle Geheimnisse gebeichtet zu haben und warten nun auf Außenreize. Schon eine ganze Weile haben sie Arthur verstohlen beobachtet und hoffen auf weitere unterhaltsame Ablenkung. Arthur blickt jetzt unverhohlen zurück, die Frau wendet ihren Blick sofort ab und beginnt die Salatblätter auf ihrem Teller zu zerkleinern.

»Kann ich Ihnen irgendwie helfen?«, spricht Arthur den Mann nun direkt an, »brauchen Sie vielleicht Salz oder Pfeffer oder möchten Sie mich einmal anfassen?«

Der Mann schaut erschrocken und sein erschrockener Blick wendet sich hilfesuchend an mich.

»Hör auf, Arthur«, sage ich leise.

»Warum«, fragt er vergnügt zurück, »die Herrschaften scheinen doch Anschluss zu suchen.«

»Bitte entschuldigen Sie«, sagt der Mann mit einer belegten Stimme, denn er hat schon eine ganze Weile nicht gesprochen. Er räuspert sich, »ich wollte Sie nicht belästigen, wirklich nicht.«

Sei nicht herzlos Arthur, denke ich. Er sieht meinen bittenden Blick.

»Sie haben mich nicht belästigt«, sagt Arthur einlenkend, »ich hatte nur den Eindruck, dass Sie sich beide ein wenig langweilen.«

Die Frau hält inne, vergisst ihre Salatblätter, als habe Arthur einen entscheidenden und lang gefürchteten Satz ausgesprochen. Hätte sie nicht so große Angst, ich bin sicher, sie würde Arthur jetzt dankbar anlächeln, und ich frage mich, ob das denn gar kein Ende nimmt, und auch Arthur spürt, was hier gerade passiert, denn er steht auf, geht um den Tisch und küsst mich.

»Entschuldige mich für einen Moment, ich bin gleich wieder da.«

Ich trinke einen Schluck Wein.

»Er ist nicht immer so«, sage ich zu dem angeschossenen und verwundeten Pärchen neben mir und die Frau mit den leeren traurigen Augen nickt nachdenklich.

Um weitere Satzwechsel zu vermeiden, stehe ich auf und gehe zur Toilette. Als ich wiederkomme, leuchtet das Display meines Handys: »Bombe. Mein Engel, ich vermisse Dich und hoffe, dass es Dir mit Arthur gutgeht. Ich will nie ohne Dich sein. In der Tat keine neue Feststellung, aber einmal zum Mitschreiben für den Abhördienst. Ich umarme Dich, Ludmila.«

Ich schaue nach draußen. Bunte Reklameschriften leuchten in die Dunkelheit und ich stelle mir vor, was sie gerade macht. Wahrscheinlich liegt sie mit ihren Kindern im Wohnzimmer auf dem Fußboden und sieht sich ein Video an oder sie sitzt mit Wein und Nüssen vor der roten Wand an ihrem Schreibtisch und arbeitet an einer Übersetzung. Eine Straßenbahn fährt vorbei und plötzlich sehe ich Arthur. Er steht draußen auf dem Bürgersteig, mit dem Handy am Ohr. Passanten gehen an ihm vorbei, er steht mit dem Rücken zu mir, jetzt dreht er sich zur Seite und geht ein paar Schritte, sein Gesicht ist entspannt, seine Lippen formen Sätze, die ich nicht hören kann, und das ist gut so, denn es ist der entfernte Blick auf ihn, der mich warm berührt und auf seltsame Weise glücklich macht.

Ich fische einen Zahnstocher aus dem Holzbehälter und stochere im Olivenbrot. Vor ein paar Wochen habe ich ihm geschrieben, ich wüsste, dass ich ihn suchen werde, aber Angst hätte, ihn nicht zu finden. Die Angst habe er auch, hat er geantwortet und jetzt frage ich mich, was es überhaupt bedeutet, einen Menschen zu finden. Ersetzen wir die Vorstellung durch Erfahrung und macht Erfahrung den zu Erfahrenden kleiner oder größer? Ich schaue wieder hinaus, als könnte ich in Arthurs telefonierender Gestalt eine Antwort darauf finden. Der helle weiße Raum spiegelt sich in den Scheiben, immer noch geht er langsam auf und ab. Dann stehen seine Lippen still, er dreht sich in meine Richtung und schaut mich an. Sein Blick ist offen und klar. Ohne zu suchen, in vollkommener Ruhe schaut er mich an, wie man sonst nur jemanden anschaut, der nichts davon weiß. Meine Hand steht still, hört auf zu stochern, die Scheibe scheint jede Peinlichkeit zu schlucken und ich betrachte diesen Mann, der da draußen steht und schaut und vielleicht sieht und alle meine Gedanken anhält.

Ein Glas fällt um, die Frau neben mir, die bis jetzt stumm über ihrem Teller gesessen und nur in großen Abständen, als habe sie von der Zeit nicht mehr viel zu erwarten, die Gabel zum Mund geführt hat, sie schaut bestürzt.

»Nicht so schlimm, Liebling. Alles in Ordnung«, versucht ihr Mann sie zu beruhigen und legt seine Hand auf ihren Arm. Er schaut sich hilfesuchend um. Ich winke zur Theke und deute auf das umgefallene Glas. Die schwarz gelackten Fingernägel suchen einen Lappen und beseitigen das kleine Malheur.

Arthurs kühle Hand legt sich von hinten um meinen Nacken.

»Bitte entschuldige, dass ich dich so lange habe warten lassen. Ich musste mit Antonia telefonieren. Sie war heute Nachmittag beim Zahnarzt und hatte schreckliche Angst davor.«

»Und? Geht es ihr jetzt besser?«

»Ja. Sie hat mir die Praxis sehr detailliert geschildert und mir anschließend erklärt, sie werde den Mann im weißen Kittel jetzt öfter besuchen.«

Ich nippe am Weinglas und spüre, wie der Hunger in meinem Magen allmählich Blasen schlägt.

»Dann scheint der Mann im weißen Kittel ja großen Eindruck auf sie gemacht zu haben.«

»Der Grund ist wohl eher ein anderer. Der liebe Onkel Doktor hat ihr nach der Behandlung einen Fisch geschenkt.«

»Aus Holz oder Plastik, du meinst einen Spielzeugfisch?«

»Nein, einen echten. Nach ihrer Beschreibung handelt es sich um ein Guppymännchen. Unser Zahnarzt hat im Wartezimmer ein Aquarium, das vor Fischen beinahe überquillt ... Raffinierter Fuchs, auf diese Weise dezimiert er seinen Fischbestand und bindet kleine Patienten an sich. Bei meinem nächsten Besuch setze ich ihm einen ausgewachsenen Karpfen in seinen Fischpool.«

»Das nennt man geschäftsschädigend«, sage ich und muss lachen, weil ich Arthur diese Aktion ohne weiteres zutraue.

»Wieso?«, entgegnet er belustigt, »Interesse sollte man doch ohne Bestechung wecken können. Ich habe dir schließlich auch kein Bonbon geschenkt, um auf mich aufmerksam zu machen.«

»Das war auch nicht nötig«, sage ich viel zu schnell und ärgere mich, dass ich den letzten Satz ausgesprochen habe, anstatt ihm auf sein Bonbon die passende Antwort zu geben.

Meiner Hand verbiete ich, die Brotstocherei wieder aufzunehmen. Gerne würde ich ihm einen strafenden Blick hinterherschicken, aber dafür war mein letzter Satz zu ehrlich, und ich bringe es nicht fertig, mich nachträglich hinter meinem versehentlichen Geständnis zu verstecken. Oft sind es gerade die leisen oder versehentlichen Worte, die die Gefahr bergen, über alle Maßen zärtlichkeitsweckend zu sein, und ich habe das Gefühl, Arthur damit in ein Zimmer ohne Türen zu schicken. Das macht mich befangen.

»Wir sollten gehen«, sagt die Frau neben mir.

Ich schaue zu ihr hinüber. Es ist das erste Mal, dass ihre Stimme spricht.

»Möchtest du nicht doch noch etwas?«, fragt der Mann, »ein Dessert vielleicht?«

»Nein danke, ich bin müde ... und ich habe genug.«

Der Mann faltet seine Serviette zusammen und legt sie neben den Teller.

»Du hast recht. Es ist ja auch schon spät.«

»Das meine ich nicht«, sagt sie leise und schließt ihre Handtasche.

Ich bin froh, dass die beiden endlich gehen, denn ihr langes trauriges Schweigen hat sich ungewollt über die angrenzenden Nachbartische geschoben.

»Wir sollten bleiben«, sagt Arthur, während er die Kerzen und Gläser etwas beiseite rückt, weil er sieht, dass ein großer Fischteller an unseren Tisch getragen wird. Offenbar traut sich die dünnhaarige Blonde nicht mehr in Arthurs Nähe, denn jetzt kommt Kostas Frau selbst. Mit zwei Geschirrtüchern hält sie den dampfenden Teller und zeigt uns die matt glänzende Dorade. Seit vielen Jahren bin ich ihr Gast, ohne ihren Namen zu kennen. Alle nennen sie nur »Kostas Frau«. Sie nickt mir freundlich zu, wie immer, wenn sie mich sieht. Noch nie haben wir ein persönliches Wort gewechselt, Vertraulichkeiten bleibt sie unauffällig fern. Sie stellt die weiße Platte mit der nach Rosmarin duftenden Dorade auf den Tisch. Arthur lächelt die alte Dame an, bedankt sich höflich und fragt, ob sie uns noch eine Flasche Wasser bringen könne.

»Gern«, antwortet sie und nickt dabei unmerklich.

Ich sehe Arthur, wie er der Bewegung ihrer dunklen griechischen Augen folgt. Er reicht ihr die leere Wasserflasche an, sie füllt unsere Gläser mit Wein und stellt am Nachbartisch die leeren Teller übereinander. Eine Gabel rutscht hinunter und klirrt auf den Boden. Arthur bückt sich und gibt sie ihr zurück. Sie bedankt sich lächelnd. Er spielt mit seinem Weinglas und beobachtet, wie sich ihr alter schmaler Körper in die Küche bewegt. Dann ist sie verschwunden, noch immer hält er das Weinglas, ohne daraus zu trinken. Sein Blick bleibt an der Küchentür hängen.

»Arthur«, sage ich nach einer Weile, weil die Dorade so verführerisch duftet und deute auf den großen weißen Teller.

Er zieht die Platte mit dem Fisch zu sich heran und schiebt gleichzeitig seinen leeren Teller in die Mitte des Tisches. Einen kurzen Moment betrachtet er die Dorade, dann entfernt er mit dem Besteck die gerösteten Rosmarinzweige, die den glänzenden Fischrücken dekorieren, und legt sie zur Seite. Vorsichtig durchtrennt er das Fleisch unterhalb der Kiemen und an der Schwanzflosse. Ich beobachte seine Hände, die behutsam und sicher vorgehen, als hätten sie nie eine andere Aufgabe erfüllt. Mit dem Fischmesser hebt er vorsichtig das Mittelstück entlang der Rückenflossen an. Die Bewegungen seiner Hände verraten keine Hingabe, es ist vielmehr eine merkwürdige Ernsthaftigkeit, die sie führt, als wollten sie sagen, dass es keinen Unterschied mache, ob sie einem Chirurgen oder einem Fischhändler gehörten. Ich folge ihren behutsamen Bewegungen, die vornehm sind und intelligent. Es ist, als sei es Arthur nicht gelungen, den schönen Teil seiner Seele darin zu verbergen. In seinen Händen endet das Versteckspiel und ich möchte an das glauben, was ich in dieser äußeren Vollkommenheit sehe. Ich weiß, dass es sein Ernst ist, der mich gefährdet, und ich denke an ihn, während er vor mir sitzt und ich seine Hände beobachte, die immer noch ruhig und konzentriert arbeiten. Und dann, ganz langsam, verlasse ich seine Hände und klettere an ihm empor, ganz langsam als könnte ich über etwas Fremdes stolpern, über eine seiner vielen Gleichzeitigkeiten. Der schwarze Rollkragenpullover verleiht seinem Hals eine ungewöhnlich schmale Form, ich sehe seine Augen, die jetzt dunkler erscheinen, weil sie dem Licht ausweichen, seine angespannten Lippen, seine schlanke kräftige Nase. Ich zerlege sein Gesicht in viele kleine Einzelheiten und dann schließe ich die Augen, denn ich möchte einen Schritt weichen, ich möchte die Details jetzt verlassen und ihn ganz sehen. Und dann schaue ich und sehe ihn, Arthur, der mein Schauen nicht bemerkt, und ich begreife, dass diese Minuten mein Leben verändern, dass nichts mehr sein wird wie es war, und bestürzt über diese Macht, die wie eine riesige Welle jedes Abwägen, jedes Vielleicht und jede Entscheidung hinter sich lässt, möchte ich die Hände vors Gesicht schlagen, aber dann könnte ich Arthur nicht mehr sehen und das wäre kaum zu ertragen. Und mein Herz, das von anderen Organen fest umschlossen ist und das deshalb nicht größer werden kann, dieses pochende Herz widersetzt sich allen natürlichen Gesetzen, denn ich merke, wie es sich räumlich in mir ausbreitet und ohne meine Einwilligung viel zu schnell wächst, wie ein kleiner Embryo, der sich nicht an die vorgeschriebene Wachstumszeit hält, sondern den Leib der Mutter in wenigen Minuten zu einer schönen runden Kugel formt, und so verharre ich ganz still, weil ich nicht weiß, was mit mir passiert und keinen Namen dafür habe.

Arthur legt drei Kartoffeln und eine Zitronenscheibe neben den fertig filetierten Fisch und reicht mir den Teller. Danke, sage ich nur, weil ich befürchte, dass sich mein Herz jeden Moment nach außen wölben und auf die weiße Tischdecke legen könnte. Was gäbe ich darum, jetzt einige Minuten allein zu sein. Weg von diesem Mann, der in wenigen Sekunden aufschauen wird. Ich habe Angst, das Besteck zu nehmen, die Bewegung der Gabel zum Mund könnte mich verraten, also beschließe ich testweise zu lächeln. Mit gesenktem Kopf lächle ich das Stück Fisch auf meinem Teller an, jede Sekunde erwarte ich ein Guten Appetit oder ein Lass es dir schmecken. Arthurs Hand legt sich auf meine. Ich erschrecke.

»Klara, alles in Ordnung?«

Mein Lächeln klebt auf dem Fisch.

»Du starrst auf deinen Teller, als läge dort etwas, was da nicht hingehört.«

Was da nicht hingehört ...

»Doch, mit meinem Teller ist alles in Ordnung.«

Arthur runzelt die Stirn. Offenbar ist mein Lächeln inzwischen eingefroren. Er schiebt den Teller zur Seite.

»Komm mal her«, sagt er und zieht mich um den Tisch herum.

Damit habe ich nicht gerechnet. Arthur ist kein Mann, der in der Öffentlichkeit Zärtlichkeiten austauscht.

»Nicht doch, der Fisch wird ja ganz kalt«, versuche ich mich zu wehren, weil ich befürchte, dass ich mich in Arthurs Umarmung auflösen könnte.

Er zieht mich auf seinen Schoß, jetzt fühlt er sich nicht mehr an wie ein Pflaumenbaum. Mein Kopf schmiegt sich in seine Halskuhle, ich spüre seine Lippen an meiner Stirn. Er verdeckt mein Gesicht, als wolle er mich vor fremden Blicken schützen.

»Arthur«, flüstere ich, bereit zu reden, ihm unzensierte Worte zu schenken, »Arthur«, flüstere ich noch einmal und verstumme.

Es geht nicht. Ich kann nicht. Meine Hand liegt matt auf seinem schwarzen Pullover, darunter spüre ich die Wölbung seines Bauches. Aber auch diese Wölbung mag ich, ich liebe seinen großen schweren Körper. Nichts will ich anders, vor allem nicht, dass er mich je wieder loslässt. Ich spüre Arthurs warme Hand auf meinem Rücken.

»Was ist?«, fragt er leise und zögert einen Augenblick, »möchtest du ...«

Ohne hochzuschauen lege ich ihm den Finger auf die Lippen. Ich weiß nicht, was Arthur gesehen hat. Zu groß ist die Angst vor falschen oder zu schönen Worten. Mein Kopf möchte sein Versteck nicht verlassen, nur noch ein bisschen Ruhe, wach und ohne Gedanken. Ich fühle mich wie ein sanft schwankendes Papierschiffchen und während ich schwanke, taucht wieder dieses Zimmer auf, es ist immer das gleiche, ein Zimmer ohne Haus, mit großen Fenstern und geöffneten Flügeltüren, darin eine Frau, ohne Umarmung, im Licht geborgen.

Die Nacht ist sternenklar, kühle Luft fließt durch das geöffnete Fenster und legt sich auf unsere Haut, die keinen Anfang findet. Langsam gewöhnen sich meine Augen an die Dunkelheit. Ich sehe Arthurs Silhouette, er liegt auf dem Rücken und seine Augen sind geschlossen. Meine Hand streicht über seine Schulter und bleibt auf seiner Brust liegen, ängstlich, die Ruhe aufzulösen, die sich wie eine große warme Decke auf uns gelegt hat. Wie still es ist. Ich lasse mich von ihr zudecken, von dieser Stille, die mich wie warmer Nebel umhüllt. Ich bin aus dem kreisenden Flugzeug gestürzt, die Liebe fragt nicht, ob man bereit sei, Zweifel sind ihr zutiefst wesensfremd. Ich befinde mich im freien Fall und von jeder Entscheidung befreit, die inneren Verhandlungen sind an ihr Ende gekommen. Die Ruhe gibt mir eine zweite Haut, ich schließe die Augen, nichts bewegt meine Glieder. Es war, als hätt der Himmel die Erde still geküsst ... Wie kleine monotone Wellen rollen Bilder durch meine Gedanken, die nicht mehr meine sind, nur noch von einer stillen fremden Macht gedacht werden. Die Wellen ziehen ihren kräuselnden Schaum zurück und verschwinden lautlos im Meer und rollen wieder ans Ufer, ... es war als hätt der Himmel die Erde still geküsst ... immer die gleichen Silben, die immer die gleichen Worte ergeben, sie machen mich ganz benommen. Arthurs Hand ruht auf meinen Bauch, beginnt zu kosen, meine Arme legen sich nach hinten und dehnen den Körper, als wolle meine Haut seiner streichelnden Hand eine unendliche Fläche bieten. Die Ziffern der Zeit lösen sich auf, es gibt nichts mehr zu zählen, seine tastenden Finger berühren mein splitternacktes Herz und es tut so weh, ein wundersamer Schmerz, nach dem ich mich so lange gesehnt habe. Mit seinen Händen streift er alle Erinnerungen ab, als hätte es nie etwas anderes gegeben als diesen Moment. Ich fühle mich wie eine Frau ohne Geschichte, allenfalls mit einer kurzen Vorgeschichte, einer Einleitung, die keinen anderen Sinn hatte, als in diesen Augenblick zu gelangen. Meine Sehnsucht liebkost, umarmt und küsst in immer tieferer Wortlosigkeit, eine Sehnsucht, die in ihrer Erfüllung wächst. Arthurs Leib bedeckt jetzt meinen ganzen Körper, ich fühle den Druck warmer lebendiger Erde, ich ergebe mich in die fließenden übergangslosen Bewegungen. Ich erwarte ihn, aber Arthur hält inne und sein wacher ernster Blick streicht mir die Haare aus dem Gesicht, seine Augen betrachten mich, ich fühle mich wie gegen das Licht gehalten, er legt seine Lippen auf meine ohne zu küssen und irgendwann beginnen meine zu zittern, er beruhigt sie und ich habe Angst zu weinen, seine Lippen und sein Atem spielen sanft mit meinem Gesicht, es ist, als küsse er alle Bedeutungslosigkeit aus dieser Welt und ich halte den Atem an. Langsam beginnt mein Körper zu atmen, ein Rhythmus, der sich selbst gehört. Ein unbekanntes Verlangen bewegt meine Arme und Beine und Hände, mein Körper dehnt und reckt sich, um sogleich zusammenzusinken und sich dann erneut aufzubäumen, es ist als bestünde mein ganzer Leib aus Arthur, ich spüre ihn überall, ohne auf ihn zu achten, ohne Rücksicht, ich weiß nur, dass er mich hält und mit mir meine Sehnsucht, die mich immer weiter treibt, ich gebe mich in seine Hände, will mich dieser großen fremden Macht ausliefern, die mich umschlingt und irgendwann wieder freigibt, die mich streichelt, mich fallen lässt und wieder hochhebt, ich will mich verschwenden, meinen Schutz abgeben, meine Verantwortung, meine Aufsicht, ich falle trunken in den Takt seiner Vorgaben, die mich fortspülen und wieder zurückholen und mich schwemmen und treiben und jede Vorsicht verschlucken.

Dann ist es still. Erst das ferne Geräusch heulender Sirenen holt mich nach einer Zeit der bewusstlosen Erschöpfung zurück in dieses Zimmer, auf dieses Laken, zurück zu Arthur, und ich weiß nicht, wie lange meine Erschöpfung schon andauert, die sich gedankenlos auf seinem Bauch ausbreitet. Arthurs Hände streichen über meinen feuchten Rücken, mein Kopf liegt auf seiner Brust und die Ruhe ist groß und warm und ich wünsche mir, dass sich so der Tod anfühlt, groß und warm und ohne Angst. Arthur streicht mir die Haare aus dem Gesicht und ich fühle mich beschützt, bewacht von seinen Händen, die an meinem Kopf ruhen, von seinem schweren Körper, der jetzt unter mir liegt, von seiner breiten Brust, die sich hebt und senkt, und von seinen Worten, die er nicht spricht.

Eisblaue Luft füllt meine Lungen. Ich wickle den Schal enger um den Hals und vergrabe meine Hände in den Manteltaschen. Heute Morgen hat es noch geregnet, jetzt scheint die Sonne den Nachmittag in eine heile Welt getaucht zu haben. Regentropfen glitzern in den kahlen Bäumen, ein Kinderlachen tobt über die Uferwege und Schwäne gleiten ungeduldig über das von Laub bedeckte Wasser. Wochenendväter, denen der anstehende Abschied vom geliebten Kind schon traurig im Gesicht steht, und Großeltern mit ihren Enkeln spazieren am Ufer des Wannsees, Mütter mit ihren pausbackigen Kindern und verliebte Pärchen genießen den klaren sonnenhellen Wintertag. Auch ich bin in Begleitung, allein und dennoch umarmt. Die Bilder unseres letzten Abends und der letzten gemeinsamen Nacht wiederholen sich immer wieder und ich weiß, dass nicht mehr ich es bin, die das Leben führt. Das Leben hat mich an seine unsichtbare Hand genommen und mich beruhigt, als wollte es mir sagen, dass auch Kraniche im Winter nach Süden ziehen ohne zu fragen, ob sie in die richtige Richtung fliegen.

Ich gehe an einer jungen Frau vorbei. Sie sitzt auf einer Bank und liest ein Buch. Sie sitzt genau in der Mitte, wahrscheinlich will sie verhindern, dass andere Spaziergänger sich neben sie setzen und sie bei ihrer Lektüre stören. In ihrem Ausdruck erinnert sie mich an meine eigene Ablehnung der letzten Jahre. Wie oft fühlte ich mich belästigt oder gestört, wollte fremden Hoffnungen nicht genügen und sie nicht enttäuschen. Erst jetzt, als ich an der jungen lesenden Frau vorbeigehe, fällt mir auf, dass ich, seit Arthur in meinem Leben ist, nicht mehr in der Mitte meines Bettes schlafe. Abends, wenn ich mein Buch zugeklappt und das Licht gelöscht habe, schlafe ich auf der rechten Seite ein und wache am Morgen auf der rechten Seite wieder auf. Das zweite Kopfkissen hat einen Besitzer bekommen und wartet auf der linken Seite.

Jeden Tag ruft Arthur an, oftmals schon sehr früh, wenn die Sonne tief steht und der Tag noch ganz neu ist. Häufig vermischt sich seine Stimme mit kreischenden Zügen, die in irgendwelche Bahnhöfe einfahren, oder mit den Durchsagen am Flughafen. Ich freue mich, seine Stimme zu hören, wenngleich auch die Gespräche oft mühsam sind. Immer wieder entstehen Pausen, die wir nicht zu füllen wissen. Er vermeidet Worte der Sehnsucht, seine Sätze und mein Weiterfragen scheinen mir oft sachlich, mitunter sogar belanglos und in schwachen Minuten bin ich deshalb ganz irritiert. Doch dann beruhige ich mich wieder, stelle mir sein Gesicht vor und weiß, dass die Pausen zu uns gehören. An vielen Tagen höre ich mehrmals seine Stimme. Zuweilen ruft er an, nur wenige Minuten nachdem wir den Hörer aufgelegt haben, und dann tut er so, als habe das erste Gespräch gar nicht stattgefunden. Und abends höre ich ihn mit einem Einkaufswagen durch die Metro klappern, wenn er einen Großeinkauf für seine Familie macht. Er erzählt mir, welche Lebensmittel er gerade in den Wagen legt, wie er damit dieses oder jenes Gericht zubereitet. Dann höre ich, wie er einem kurzsichtigen alten Herrn bei der Suche nach Kirschjoghurts hilft. Bist du noch da, fragt er, als er die Suche erfolgreich beendet hat. Ja, antworte ich, ich bin noch da, dabei hätte ich viel lieber seinem Gespräch mit dem alten Mann gelauscht, als mich selbst um Worte zu bemühen.

Ein roter Ball rollt mir vor die Füße. Ein kleiner Junge mit Nickelbrille und Pudelmütze bleibt einige Meter vor mir stehen und streckt seine Arme aus.

»Schießen oder werfen?«, frage ich ihn.

»Was kannst du besser?«

Ich höre, dass er ein wenig lispelt.

»Beides nicht gut. Du kannst es dir aussuchen.«

»Dann schieß.«

Der Ball landet direkt in seinen Armen.

»Danke. Ich glaube, du bist nett.«

Er läuft zurück zu seinen Eltern. Ich setze mich auf eine Bank, schlage den Mantel über die Beine und ziehe meinen Schal fester um den Hals.

Ich schließe die Augen, die Sonne wärmt mein Gesicht, ich muss auf nichts mehr achtgeben und mit jedem Atemzug lasse ich mein Herz fliegen, immer weiter und höher und auf seinem Flug nimmt es die Angst vor dem großen Sturz unter seine Flügel und streut sie wie weiße Asche über das sonntägliche Winterland.

Ich weiß nicht, wie lange ich so gesessen habe, etwas hat meinen rechten Fuß berührt, ich schrecke auf, ein alter Herr mit einem weißen Stock steht vor mir.

»Darf ich mich zu Ihnen setzen?«, fragt er höflich und nimmt seinen Hut ab.

Seine blinden Augen versteckt er hinter einer dunklen Brille. Ich schaue auf die Uhr, es ist schon zwanzig vor vier. Ich muss mich beeilen.

»Aber natürlich.«

An seinem Arm baumelt eine weiße Stofftasche, ich nehme sie ihm ab, lege sie neben ihn auf die Bank und verabschiede mich.

»Ich habe Sie vertrieben«, mutmaßt er und setzt seinen Hut wieder auf sein schütteres Haar.

»Nein. Aber ohne Sie hätte ich wahrscheinlich einen Termin verpasst. In zwanzig Minuten muss ich in Potsdam sein. Ich habe hier eine ganze Weile vor mich hin geträumt und darüber die Zeit vergessen.«

»Dann habe ich Sie ja doch vertrieben«, sagt er und legt seine Hände in den Schoß, »nicht von der Bank ... aber aus Ihren Träumen.« Er lächelt. »Tut mir leid, haben Sie denn wenigstens zu Ende geträumt?«

»Nein«, antworte ich und würde mich am liebsten wieder zu ihm setzen.

»Und?« Er macht eine kleine Pause. »War es ein schöner Traum?«

Seine knochige alte Hand zittert ein wenig.

»Ja«, sage ich, »ein schöner Traum.«

Er reicht mir die Hand, als hätten wir schon nähere Bekanntschaft geschlossen.

»Dann ist es auch gut, dass Sie ihn nicht zu Ende geträumt haben«, sagt er und legt seine Hand wieder in seinen Schoß, als hätte sie dort ihren gewohnten Platz. »Ich wünsche Ihnen alles Gute«, verabschiedet er mich und neigt zur Verbeugung den Kopf.

»Das wünsche ich Ihnen auch.«

Ich hoffe, dass er mein Lächeln hören kann.

Das schmiedeeiserne Tor vor der weiß getünchten Gründerzeitvilla ist geschlossen. Schon befürchte ich, mich verfahren zu haben. Zur Sicherheit suche ich im Handschuhfach nach der Adresse. Straße und Hausnummer stimmen, mit einer so luxuriösen Behausung habe ich nicht gerechnet. Ein wenig bestürzt denke ich an die Preise der Bilder, die ein solches Wohnen ermöglichen. Mein Klingeln ruft aufgeregt kläffende Hunde herbei. Drei Mischlinge von unterschiedlicher

Größe, augenscheinlich keine Wachhunde, denn schwanzwedelnd springen sie an den schwarzen Gitterstäben hoch und versuchen sich gegenseitig zu verdrängen. Ihr Äußeres verrät sie als Mitbringsel aus Teneriffa oder Gomera. Die Haustür öffnet sich, von weitem sehe ich eine große schwere Gestalt. Sie pfeift die Hunde zurück und wenige Sekunden später steht ein Mann in einem schwarzen, etwas zu eng sitzenden Anzug vor mir. Wie ein Künstler sieht er nicht gerade aus, eher wie ein Ringkämpfer in zwangsverordnetem Ausgehstaat. Die kurz rasierten grauen Haare lassen sein Gesicht noch runder erscheinen. Eine schwarze Krawatte mit kleinen barocken Goldrauschengeln hängt lose um seinen Hals.

»Max Moser. Kommen Sie rein.«

Er gibt mir die Hand, in seiner anderen baumelt ein verblühter Rosenstrauß. Er führt mich durch den Vorgarten ins Haus und wirft dabei den Strauß in die Mülltonne.

Die abgenutzten Holzdielen im Wohnzimmer sind übersät mit alten Zeitungen, Schuhen und kleinen Plastiktieren. Die Seite, die zum hinteren Teil des Gartens führt, ist vollständig verglast. Vor dem Fenster steht ein Flügel, aufgeschlagene Partituren, einzelne Notenblätter und zwei Oboen liegen darauf. An den Wänden hängen Fotographien von Orchesterproben und international bekannten Dirigenten. Nirgends finde ich einen Hinweis darauf, dass auch ein Maler dieses Haus bewohnt.

»Meine Herzdame spielt bei den Berliner Philharmonikern. Mein Arbeitsplatz ist da hinten.«

Mit dem Kopf deutet er in den Garten. Kinderschritte flitzen eine Treppe hinunter. Ein dunkelgelocktes wirbelwindiges Mädchen kommt um die Ecke gerannt. Dabei fällt ein Stuhl um.

»Zur Erreichung ihres gewünschten Ziels bevorzugt sie in der Regel die Luftlinie«, erklärt ihr Vater und erst jetzt begreife ich den Sinn der aufgeschlitzten Tennisbälle, die auf allen scharfen Ecken der Möbel stecken.

»Papa, ich krieg den blöden Knoten nicht auf.«

Moser kauert sich auf den Boden, um sie von ihrem Schuh zu befreien.

»Hallo«, sagt sie außer Atem und bemüht, ihrer Stimme einen erwachsenen Ton zu verleihen, »ich bin Anna. Du willst dir bestimmt Papas Bilder anschauen.« Sie streicht sich dabei die Haare aus der Stirn und sucht meinen Blick. »Manche Bilder sind echt unheimlich. Früher, als ich noch nicht auf der Welt war, hat er nur Knochen gemalt, aber heute ...«

»Klara, verschwinde! Du musst noch unter die Dusche, wir müssen bald los.«

Klara schaut ihn beleidigt an.

»Warum schickst du mich immer weg, wenn Leute deine Bilder angucken wollen? Ich will doch nur ...«

»Es reicht. Geh hoch und mach dich fertig. Wir kommen sonst nie los. Entschuldigen Sie«, wendet er sich wieder an mich, »in einer Stunde läuten diese Scheißglocken, meine Schwägerin feiert heute Hochzeit. Hochzeit ... Pah!«

Er öffnet die Terrassentür, wir gehen durch den Garten auf ein Gewächshaus zu, das von einer riesigen Kastanie überragt wird. Plötzlich erscheint mir der Einblick, den er mir gleich gewähren wird, zu privat. Ich weiß nicht, worin sich diese Vorsicht begründet, es wäre mir lieber gewesen, wenn er die beiden Bilder vorab geholt und sie mir in der Küche oder im Wohnzimmer gezeigt hätte. Aber wir stehen bereits in dem gläsernen Raum und der Geruch von Farben und Lösungsmitteln schlägt mir entgegen. In der Mitte des Raumes stehen drei Staffeleien, auf zwei Tapeziertischen bilden Farbdosen, Spanplatten verschiedener Größe, Pinsel, leere Blechbüchsen und Farbpaletten ein einheitliches Chaos. Eine fremde Welt, die dennoch jedes Klischee eines vorgestellten Malerdaseins bedient. Ich möchte nicht weiterschauen, ihm nicht seine Zeit stehlen und dann mit leeren Händen gehen, denn angesichts dieses selbstverständlichen und unaufdringlichen Reichtums, den er sich durch seine Bilder geschaffen hat, verstärkt sich meine anfängliche Befürchtung, die beiden Bilder gar nicht bezahlen zu können. Ich schaue zurück zur Villa, einige Fenster sind beleuchtet, die Hunde jagen durch den Garten.

»Alles, was Sie hier sehen, habe ich geerbt. Ohne dieses Erbe würde ich wahrscheinlich in irgendeinem dunklen Hinterhof hocken und mich von Bohnensuppe ernähren.« Er hält mir eine Metalldose mit Kräuterbonbons hin. »Machen Sie sich also keine Gedanken wegen ...«

»... wegen des Geldes«, beende ich seinen Satz, denn auch ihm ist dieses Thema offensichtlich unangenehm. Moser schaltet das Licht an. Drei nackte Glühbirnen baumeln von der Decke und holen die gleichmäßige Unordnung der Gegenstände augenblicklich aus der farbdämpfenden Dunkelheit. Der große gläserne Raum wirkt wie für eine Filmszene präpariert – der volle Aschenbecher auf dem blassgrauverdreckten Kühlschrank, die Holzkiste mit den leeren Rotweinflaschen auf dem holprigen Betonboden und das Skelett hinter dem Tapeziertisch, über dessen Schlüsselbein ein farbverschmierter Lappen hängt, jenes Skelett, das Moser wahrscheinlich den Knochenstudien seiner früheren Jahre diente. Doch hinter dieser homogenen Unordnung entdecke ich etwas, das sich jeder Zusammenfügung widersetzt. Die Bilder scheinen nicht aus der Hand eines einzelnen Malers zu stammen. Den einen Teil hätte man für expressionistisch halten können – rohe Pinselstriche, scharf konturierte Formen, verstärkt durch schwarze Umrisslinien, eindeutige kräftige Farben. Jedoch mit dem Verzicht auf die Darstellung des Unbewussten, des Traumhaften und Alogischen. Der andere Teil der Bilder, vorwiegend auf Holz gemalt, zeigt sich in warmen Mischfarben, vorwiegend Gelb-, Orange- und Rottönen, ruhenden abstrakten Formen mit fließenden Übergängen und einer beinahe unnatürlichen Leuchtkraft. Ohne Dreidimensionalität treten einige Flächen hervor, andere treten zurück, durch einen speziellen Lack scheinen sie zu schwimmen und miteinander zu kommunizieren.

Himmel und Hades, denke ich und meine Augen wandern zwischen diesen geteilten Welten hin und her. Ich vermute, dass er die für den Betrachter naheliegenden Fragen schon zu oft beantworten musste und schweige deshalb, zumal ich das Gefühl habe, dass der Riss, der durch seine Bilder geht, keine Fragen mehr an ihn stellt.

»Das eine geht nicht ohne das andere, ich ...«

»Sie müssen mir das nicht erklären«, unterbreche ich ihn schnell ohne ihn anzuschauen.

»Ich weiß, aber Sie sind die Erste, die nicht gefragt hat.«

Eine ganze Weile stehen wir da und aus dem alten großen Haus tönen Oboenklänge durch den beginnenden Abend.

Wenn er sich nicht verspätet, müsste es genau in siebenundzwanzig Stunden und elf Minuten an meiner Haustür klingeln. Am liebsten würde ich jetzt ins Bett und sogleich in einen tiefen Traum fallen, in bunten Bildern die Zeit überspringen, die mich noch von Arthur trennt und von meiner aufgeregten Nervosität befreien könnte. Aber ich möchte ihn nicht in den sichtbaren Fährten meines Alltags empfangen. Die Aktivitäten der Kinder und meine fehlende Aufräumlust ziehen deutliche Spuren durch die ganze Wohnung. Sportklamotten weisen mir den Weg von der Diele in die Kinderzimmer, das Leergut der letzten Woche belegt zwei Drittel des Küchenschranks. Sämtliche Informationen, die David zu Napoleon finden konnte, breiten sich auf Tisch und Boden aus, dazwischen finde ich immer wieder kleine Zettel, auf die er Fantasyfiguren gemalt hat.

Gerade bin ich aus dem Institut gekommen, es ist bereits dunkel, mit dem kalten Kaffee von heute morgen und einem Honigbrot bereite ich innerlich die Überwindung meiner Putzaversion vor. Napoleon beobachtet diesen Prozess mit starrgezeichnetem Blick. Mit dem Unterarm schiebe ich alle Artikel auf einen Haufen zusammen und lege die Füße auf den Tisch, um die kurze Verschnaufpause etwas offizieller zu gestalten. Ein Nachbarskind übt chromatische Tonleitern auf dem Klavier und verspielt sich jedes Mal an der gleichen Stelle.

Liebster, möchte die Minuten verdichten, die Sekunden halbieren. Obwohl die Zeit bis zur nächsten Umarmung jetzt überschaubar wird, erscheinst Du mir plötzlich so weit weg. K.

Meine treue Erstlingspalme weiß um ihre Sonderrechte und erbittet ein kurzes Duschbad. Mit einem Blick auf ihr dicht verstaubtes Grüngrau gebe ich ihrer Bitte nach und schleppe sie in die dafür viel zu kleine Duschkabine. Kaltes Wasser durchtränkt die Erde und rieselt über ihre Blätter. Ihre alte Farbe kehrt wieder zurück. Sie dankt.

... in weiter Ferne so nah ..., A.

Seine Worte machen mich glücklich und beschleunigen mein Tempo, meiner Nervosität gebe ich den Namen Vorfreude, die Aversion ist einem fremden Eifer gewichen. Geschirr, Wäscheberge und Staub verschwinden unter meinen ruhelosen Händen.

Nur die Kalkflecken im Bad, die sich in den letzten Jahren ungehindert auf den stumpfen Kacheln verbreiten durften, versagen sich hartnäckig meinem Angriff. Geeignete Entfernungsmittel befinden sich in Baumärkten und Drogerien, jedenfalls nicht bei mir.

Das ungewohnt essigsaubere Bad und der eigene Anblick im Spiegel lassen mich für einen Augenblick innehalten. Das Hemd hängt halb aus der Hose, die hochgesteckten Haare befinden sich im Zustand der Auflösung. Erste graue Haare, noch vereinzelt, aber doch nicht mehr zu leugnen. Lachfalten links und rechts der Augen. Aber Lachfalten auf der Stirn? Reste von Palmenerde kleben in meinem Gesicht. Übertreibe ich den Aufwand nicht ein wenig? Arthur wird kommen, seine alte schwarze Tasche im Flur fallen lassen, wir werden essen gehen und erst in der Nacht wiederkommen, wenn die wieder ergrünte Palme und der Kühlschrank schon schlafen. Meinen Aufwand wird er gar nicht bemerken. Dennoch.

Vor zehn Minuten hat Arthur angerufen, er hat die Autobahnausfahrt erreicht, gleich wird er da sein. Ich schicke einen prüfenden Blick durch die Zimmer wie ein Hoteldirektor, der einen letzten Kontrollgang macht, um zu prüfen, ob das Personal gewissenhaft gearbeitet hat, und dabei mit einem scharfen Blick für kleine Fehler letzte Korrekturen durchführt, bevor der hohe Gast eintrifft. Mein Handy piept, »schau mal von der Terrasse«, und während er parkt, winkt er mir schon entgegen. Noch bevor er die Klingel erreicht hat, betätige ich den Türöffner, erst höre ich das Summen der Haustür und dann seine gleichmäßigen Schritte. Fast ist er oben, ich warte in der Diele, muss mich zügeln. Denke an den Pflaumenbaum.

Da steht er. Sein Gesicht ist müde, aber er lächelt. Jedes Mal muss ich mich an das vertraute Gesicht neu gewöhnen. An das Gesicht, das vorsichtig bleibt und nicht einlädt und von dem ich doch weiß, dass es mein Gesicht ist, neben dem ich gehen und aufwachen und einschlafen möchte. Er lässt seine Tasche fallen und schließt seine Arme hinter meinem Rücken zusammen. Wie lange habe ich auf diesen Moment gewartet. Und so stehen wir eine unendliche Zeit da, fest umschlungen und regungslos, wie zwei Echsen, die auf einen äußeren Reiz warten, um darin eine neue Bewegung zu begründen. Irgendwann beginnt meine Nase vorsichtig an seinem Hemdkragen zu stöbern, meine Hände reisen über seinen breiten Rücken, auf Zehenspitzen suchen meine Lippen seine Halskuhle. Seine Arme bleiben hinter meinem Rücken verschränkt, meiner zaghaften Einladung kann ich keine Reaktion entlocken, und ein wenig irritiert frage ich mich, ob er sich vielleicht in einem Zustand extremer Erschöpfung befindet, seine Bewegungslosigkeit dauert mir zu lange. Wo sind seine Augen? Wo sein Mund? Vorsichtig horche ich nach Spuren in seinem Körper. Unter seinem Anzug bleibt sein Herzschlag verborgen. Sein Atem ist regelmäßig und ruhig. Viel zu ruhig. Woher nimmt er diese Ruhe, wenn er mich in den Armen hält? Manchmal scheint es mir, als verberge sich hinter dem unbeugsamen Kämpfer eine schüchterne Seele. In der Öffentlichkeit bedarf Arthur keines Schutzes. Er weiß, dass er hier alle Tore halten wird. Er kalkuliert Ablehnung ein und wächst an seinen Neidern. Aber in meinen Armen weiß er sich nicht zu verhalten, sein Körper findet keine eigene Sprache. Es ist als würde er mit einer aufbegehrenden Lust damit die Gesetze seiner oder meiner Intimität überschreiten. Aber unterliegt Intimität irgendwelchen Gesetzen? Ich will nicht wahrhaben, dass er offene Leidenschaft als stillos empfinden könnte. Nur Tiere fallen übereinander her, wahrscheinlich würde er mir das entgegnen. Aber ich traue dieser vordergründigen Ruhe nicht, ich spüre eine tief vergrabene Gier, die aus all seinen scheuverstopften Poren spricht. Er kämpft mit Stil, verletzt und beleidigt mit Stil. Und er liebt mit Stil. Entgleisungen jeder Art verachtet er. Wenn wir gleich die Wohnung verlassen und uns im Restaurant gegenübersitzen und Wein und Brot und Oliven uns trennen, darf er der andere sein, meinetwegen auch eine Mischung aus beiden, aber jetzt, in der Umarmung, will ich nur den einen, der Stil und Anstand und Form vergisst.

Langsam stellen meine Hände ihre Suche ein. Mein Kopf ruht an seiner Brust und schon beginne ich nach ersten Worten zu fahnden. Reglos ziehe ich mich in seiner Umarmung zurück, langsam und behutsam, als könnte ich mich dabei verletzen. Meine Lungen füllen sich mit Atem, ich halte inne, schließe die Augen, atme aus und wieder ein, atme mich zurück, heraus aus seiner Umarmung und versuche mich selbst zu wärmen. Und wie so oft, wenn ich auf der Flucht bin, erscheint ein zunächst unscharfes Bild, das sich hinter meinen geschlossenen Lidern allmählich zusammenfügt – eine kleine Kirche im Bergell, die ich vor vielen Jahren besuchte, als die Kinder noch nicht auf der Welt waren. Ich sehe sie wieder, diese kleine Gebirgskirche, die in ihrer Stille keines verirrten Wanderers bedarf, so vollkommen steht sie da, sie braucht keine fremden Seelen und ich fliehe aus dem Schneegestöber in den Innenraum, in dem sich Ruhe und Weihrauch und gemurmelte Liturgien schichten, und während ich auf der schmalen Kirchenbank sitze und begreife, dass ich nie so sein werde wie diese kleine Kirche, die weit ab von allen Menschen, stolz und ohne Einsamkeit sich selbst genügt und von innen wärmt, in diesem Moment spüre ich, wie sich Arthur aus der Umarmung löst und seine Hände zu kosen beginnen, als wolle er mich aus der Ferne zurückholen. Zögernd öffne ich die Hände und schaue hoch. Über dem Altar hängt ein einfaches geschnitztes Kreuz, das helle Schneelicht wirft Lichtkegel durch die Fenster. Arthurs warme Hand legt sich auf meine Wange und drückt meinen Kopf fester an seine Brust, aber noch will ich nicht fort, ich bleibe auf der Kirchenbank sitzen und hole tief Luft, weil der Weihrauch einen angenehmen Schwindel erzeugt. Ich spüre Arthurs Lippen auf meinem Haar und sein regelmäßiger Atem verstärkt meinen Schwindel. Ich schlage den Kragen meines Mantels hoch und öffne die Kirchentür einen Spalt, der beißende kalte Wind treibt die Schneeflocken beinahe waagerecht. Ich trete hinaus und da steht Arthur. Ich weiß nicht, woher er kommt und wie er mich in dieser weiten weißen Einsamkeit gefunden hat, aber ich freue mich und verschlucke mein Glück, um ihn nicht in Verlegenheit zu bringen. Mit seinem Zeigefinger hebt er mein Kinn, ich weiß, dass er mich jetzt anschaut, aber ich halte die Augen geschlossen, ich weiß nicht, ob der Mann im Schneesturm vor der kleinen Gebirgskirche der gleiche ist wie der, der mir hier in meiner aufgeräumten Wohnung mit dem Finger über die Lippen streicht. Ich habe Angst, dass der Mann, der allein durchs Gebirge gewandert ist, um mich zu finden, nur das Bild meines in die Erfüllung fliehenden Wunsches ist. Und dann spüre ich ihn, wie der Hauch eines vorbeifliegenden Schmetterlings berühren mich seine Lippen und ich wünsche mir, dass er noch einmal zurückfliegt und sich auf meinen geschlossenen Mund setzt und ich spüre Arthurs Lippen, die jetzt schweigend auf meinen Lippen ruhen und nach einer Weile wortlos zu sprechen beginnen. Langsam bleibt sein zaghaft wachsendes Begehren hinter seiner Vorsicht zurück und so kommen ihm meine Hände zu Hilfe, umschließen seinen Kopf und halten seine Lippen auf meinen gefangen und verschaffen uns gegenseitige Sicherheit und so küssen wir uns Fragen und Antworten zu, ohne Buchstaben und Silben und plötzlich sind die Fragen keine Fragen mehr. Warum kann er mich nicht einfach verschlucken? Dann wäre ich in ihm, direkt unter seinem Herzen. Seine Lippen wandern zurück zu meinem Mund und ich erwidere seine Küsse, als hinge mein Leben davon ab, und dann, ohne dass ein Entschluss vorausging, lasse ich plötzlich von ihm ab und ziehe ihn an der Hand ins Wohnzimmer. Ich bin ebenso erstaunt wie er, weiß nicht, welchem inneren Impuls ich gefolgt bin.

»Da«, sage ich und deute auf den Arbeitstisch, »das ist für dich.«

Er braucht nur wenige Sekunden, um sich zu fangen. Ich spüre sein Zögern, die Situation ist ihm unangenehm. Seinen Geburtstag hat er längst vergessen. Ohne zu wissen, was sich in dem Packpapier mit der roten Schleife befindet, scheint er peinlich berührt. Er versucht seine Rührung zu verbergen.

Unsicher bleibt er vor dem Tisch stehen. Ich ziehe den Stuhl zurück, damit er sich setzt. Er zieht die Schleife auf, schlägt das Papier zurück und legt die Bilder nebeneinander. Ich stehe hinter dem Stuhl, um ihn nicht in seiner Reaktion zu überwachen. Er soll eine mögliche Enttäuschung nicht vor mir verbergen müssen. Ich frage ihn nicht, ob er die Bilder wiedererkennt, schließlich ist es einige Wochen her, seit er sie nur flüchtig gesehen hat. Arthur ist ganz still und bewegt sich nicht. Ich weiß nicht, was in ihm vorgeht, vielleicht gefallen ihm die Bilder gar nicht und er hat sie damals nur erwähnt, um von meiner unangenehmen Frage abzulenken. Ich blicke auf seine kurzen dichten Haare und lege meine Hände auf seine Schultern. Muss ich seiner Erinnerung auf die Sprünge helfen? Ich möchte ihn nicht beleidigen.

»Das sind die Bilder aus dem französischen Restaurant, in dem wir im Spätsommer nach dem Kongress gegessen haben«, sage ich sehr vorsichtig.

Unter mir sehe ich ihn langsam nicken.

»Danke«, sagt er nach einer Weile und spricht dieses einfache kleine Wort wie eine verbotene Liebeserklärung. Dann lehnt er seinen Kopf zurück, zurück an meinen Bauch und schließt die Augen.

Die kurze Fahrt ins Restaurant nutzt Arthur, um das unsichere Ufer der Gefühle zu verlassen. Die Brücke, die ans andere Ufer führt, hat er schnell gefunden. Er hält meine Hand, als wolle er verhindern, dass ich ihm bei der Überquerung abhanden komme. Die wenigen Worte, die er spricht, sind liebevoll, aber sein Körper verrät eine gewisse Unternehmenslust. Sein linkes Bein wippt, sein rechter Fuß jagt uns zwischen Leuchtreklamen hindurch, vorbei an Straßenbahnen und frierenden Passanten. Ich schaue ihn an, sehe seinen spitz geformten Mund, der sich neckische Worte verbietet, und denke an ein Chamäleon. Er zwinkert mir zu, versucht mich zu seiner Komplizin zu machen.

»Woran denkst du?«, fragt er.

Er stellt die Temperatur etwas höher, weil er sieht, dass ich mir die Ärmel über die Handgelenke ziehe.

»An Reptilien.«

Sein Blick wird ernst.

»Verstehe«, erwidert er in einem entschuldigenden Ton, der mir sagen soll, es sei natürlich das Nächstliegende, dass Frauen, die mit ihrem Geliebten durch die Nacht brausen, an Reptilien denken. Gegen meinen Willen muss ich lächeln.

»Nicht lächeln ... Das schadet deiner bezaubernden Strenge.«

Während er parkt, versuche ich zur Überprüfung seiner Aussage einen fremden, neutralen Blick auf mich zu werfen, stelle mir mein Gesicht und meine Haltung vor, stelle mir vor, wie ich hier neben Arthur auf dem Beifahrersitz hocke, ein wenig verkrampft und verletzt durch den plötzlichen Stimmungswechsel. Gerade noch lag sein Kopf an meinem Bauch, meine Hand auf seiner Stirn, jetzt blickt er mich vergnügt an, bereit, die Spielfläche des Nachtlebens zu betreten. Ich spüre sein Bedürfnis, mich aus dem Zuschauerraum auf die Bretter der Bühne zu locken. Ich versuche mich ein wenig zu entspannen und in den nächtlichen Luststrudel ziehen zu lassen. Wie immer, wenn ich eine Veränderung willentlich herbeiführen will, drücke ich den hinteren Teil der Zunge gegen die Gaumenplatte und spanne die Halsmuskeln an. Auf diese Weise entsteht ein wunderbares Rauschen in den Ohren, tatsächlich spüre ich ein leichtes Kribbeln im Kopf, ich lasse es wachsen, bis unzählig kleine Tausendfüßler durch mein Inneres kitzeln. Mein Hirn summt, der Motor verstummt. Arthur zieht den Schlüssel aus dem Zündschloss. Ich küsse ihn auf die Wange.

»Komm«, sage ich und strahle mein strahlendstes Lächeln.

Arthur schaut mich mit Augen an, die wissen, dass sie gerade etwas verpasst haben.

»Komm«, sage ich noch einmal.

Wir betreten das Lokal. Matisse-, Klee- und Kandinskydrucke hängen auf verwaschenem Gelb, alle Gegenstände des Inventars sind in dezentem Taubenblau gehalten. Die tragenden Pfeiler, die dem Lokal einen Hallencharakter verleihen, die Kerzen in den Jugendstilleuchtern, die Aschenbecher, Blumenvasen und die Holzverkleidung der Bar sind ebenso taubenblau wie die bis zum Boden reichenden Schürzen der Kellner. Erst bei der farblichen Bestimmung der Personaloberbekleidung scheint der Einfluss des Besitzers zu enden.

Der einzig freie Tisch ist reserviert, ich entdecke eine Lücke an der Bar. Arthur nimmt mir meinen roten Mantel ab und hängt ihn an den Pfeiler, dessen Blau nun empfindlich gestört wird. Intellektuelle Verführungsmusik legt sich in die unbestuhlten Zwischenräume. Musik, die jeder erwartet und keiner kennt. Gleichmäßiges Stimmengewirr, Alkohol, gediegene Gespräche über Politik, Sex und Kindererziehung. Die Dreißigergrenze ist überschritten, man weiß sich zu benehmen. Neben Arthur sitzt eine aufwendig drapierte Blondine, die aussieht, als sei sie gerade versetzt worden. Ersatzweise tröstet sie sich mit einem Cocktail und stülpt ihre Lippen zur oralen Befriedigung über einen Strohhalm.

Arthur trinkt sein Bier, als wolle er eine leere Batterie wieder aufladen, und ich überlege, wie er diese Energie wohl nutzen wird.

»Keine Sorge, ich lasse Schneewittchen in Ruhe«, grinst er. »Beruhigt dich das?«

Ich nicke.

»Komm zu mir.« Er zieht mich vom Barhocker und hält mich gefangen.

»Mann beobachtet dich«, flüstert er mir ins Ohr.

»Wer ist man?«

»Mann mit zwei n«, flüstert er weiter.

»Ist mir egal.«

Ich grabe mein Gesicht tiefer in seine Umarmung. Will jetzt nicht gesehen werden.

»Böse und neidische Blicke verletzen deinen Liebsten.«

Er tut so, als würden sich Pfeile des Neides in seinen Rücken bohren.

»Kann sein. Die suchen doch immer nur ein Deckelchen für ihre Sehnsucht. Offenbar habe ich eine Deckelchenausstrahlung.«

»Und das nervt dich?«

»Auch auf die Gefahr hin, dass du mich für arrogant hältst – ja, das nervt mich.«

»Ein wenig arrogant ist doch nett. Das steht dir.«

Ein leicht übergewichtiger Kellner stört unsere Umarmung und nimmt die Bestellung auf. Ich setze mich auf den Barhocker zurück und spiele mit einem herrenlosen Bierdeckel.

»Dann musst du dich ihrer erwehren«, setzt Arthur das Gespräch fort, »ich habe nicht den Eindruck, als seiest du auf den Mund gefallen.«

»Das Problem sind nicht jene Männer, die mir mit derber Bauarbeitermentalität begegnen, sondern die Höflichen, die Respektvollen, die mir nie zu nahe treten würden und denen es ein Anliegen ist, mir jeden Wunsch von den Lippen abzulesen.«

Ich bin sicher, dass Arthur den Satz, dass alle anderen Frauen sich genau danach sehnen würden, nicht ausspricht. Allenfalls mit einem ironischen Unterton.

»Du fürchtest seelische Übergriffe latent devoter Männer«, stellt er resümierend fest. Ich nicke. »Weil du zu fein bist, verletzliche Seelen zu verletzen«, fügt er ernst hinzu und ich weiß nicht, ob sein Ernst ernst ist, und ich antworte nicht, weil wir beide wissen, dass er recht hat. »Dennoch bleibt es dabei ... Du musst dich ihrer erwehren.«

»Wie denn?«, frage ich ein wenig aufgebracht zurück, »ich verfüge nicht über deine Nashornqualitäten.«

Er lacht, vielleicht fühlt er sich auch geschmeichelt.

»Hin und wieder solltest du deine gute Erziehung vergessen. Bewaffne dich. Schieß' auf ihre Erwartungen wie auf Tontauben.«

Er trinkt sein Bier leer und bestellt sich ein neues.

»Das klingt verdammt einfach.«

»Das ist es auch«, erwidert er und lächelt.

Seine Empfehlungen nehme ich mit auf die Damentoilette. Vor mir sehe ich eine Horde nackt flüchtender Männer, verfolgt von gereizten Nashörnern, fliegenden Wurfhölzern und zerberstenden Tonscherben. Plötzlich ist es so still. Warum ausgerechnet jetzt diese Erschöpfung, die mich in den Strudel eines traumlosen Schlafes ziehen will? Ich zähle bis zehn, bei zehn muss ich meine Ermüdung überwunden haben. Bei sieben geht die Tür auf, ich höre, wie zwei Frauen den Vorraum betreten. Die eine schluchzt leise, die andere versucht die Schluchzende zu beruhigen. Eine Handtasche wird geöffnet, wahrscheinlich sucht die Trösterin nach einem Taschentuch. Ich ziehe an der Klospülung um zu signalisieren, dass sie nicht allein sind, und um dem verweinten Gesicht genügend Zeit zu geben, sich abzuwenden, wenn ich vor das Waschbecken trete. Die beiden Frauen reagieren sofort, sie verschließen sich in der Kabine neben mir, ich gehe zum Wasserhahn und lasse mir kaltes Wasser über die Hände laufen. Etwas zu laut schließe ich die Tür. Die beiden Frauen sollen wissen, dass sie jetzt unter sich sind.

Das Chamäleon hat in meiner Abwesenheit bereits wieder die Farbe gewechselt. Schon von weitem leuchtet mir Arthur in grellen Signalfarben entgegen. Ich sehe seine sprunghafte Haltung, spüre seine Lust auf Provokation. Er will, braucht Aufmerksamkeit. Jetzt. Sofort. Meine reicht ihm nicht. Soll ich mich wappnen, mich vor einem bevorstehenden Angriff schützen? Ich werde mich nicht wie ein hilfloses Tier auf den Rücken legen, ihm meine Kehle anbieten und um Schonung bitten. Er wird zubeißen, so oder so. Ich schaue ihn an, beobachte seine schmalen angriffslustigen Augen, wittere ihm entgegen.

»Na, was kommt jetzt? Muss ich mich wieder warm anziehen?«

»Wieso anziehen? Frierst du?« Seine Stimme wird unangenehm öffentlich. »Ausziehen stünde dir viel besser, dann hätten wenigstens alle etwas davon.«

Er schnappt mich und wandert mit seinen Händen unter mein Jackett in die Hose. Seine ungewohnte Frivolität überrascht mich. Ich ärgere mich über die Lust, die ich sofort empfinde, ignoriere seine verbale Unverschämtheit. Er spürt, wie ich weich werde und mit meinem Hintern jede seiner Handbewegungen zu erhaschen suche. Am liebsten würde ich ihn mit zurück aufs Klo zerren und mich dort an ihm vergehen, aber es scheint ein Dämon in der Verzögerung zu liegen, denn bis wir dort angekommen wären, hätte alles schon die Farbe einer Inszenierung angenommen. Er spürt mein Begehren und seine Hände tun alles, um meine Lust noch ein wenig zu steigern. Dann verlassen sie abrupt meinen Körper. Er setzt sich zurück auf seinen Barhocker. Sein Hemd spannt über seiner Brust, er trinkt einen Schluck Bier und fixiert mich mit einem Blick, der mir bedeutet, diesem nicht auszuweichen. Seine Stimme erhebt sich und mit dem Blick auf mich richtet er sich an seine Zuhörer, die er gleich haben wird.

»Weißt du, Süße ... Frauen, die mich allein wegen meines Körpers begehren, sind für mich reizlos.«

Er wartet, als vergewissere er sich der Zuhörerschaft aller.

»Sei mir nicht böse«, zieht seine höhnische Stimme über alle Tische hinweg, »aber interessanter ist es, wenn mich Frauen meiner Macht und meines Geldes wegen lieben.«

Stille. Sein triumphierendes Antlitz schleudert mir wortlos ein Siehst-du-Süße-und-schon-haben-wir-Publikum entgegen. Aber er sagt nichts, er badet in der Fassungslosigkeit der anderen. Alle Bilder versagen, in die ich mich sonst in unangenehmen Situationen flüchten kann. Vor mir sehe ich nur Arthurs leeres Bierglas und meine Hand, die ein Feuerzeug zwischen den Fingern hin und her dreht. Ich warte, bis die ersten Stimmen wieder die Fäden ihres kurzfristig unterbrochenen Gesprächs aufnehmen. Nur zögernd finden sie zu ihren Themen zurück. Wo waren wir noch gleich? Ich möchte meine Reaktion nicht der Öffentlichkeit preisgeben, also beiße ich die Zähne zusammen und falle in die Starre eines ausgestopften Tieres, bis das anfängliche Gemurmel wieder zur gewohnten Geräuschkulisse angeschwollen ist.

»Das war kein Heldenstück, Oktavio«, sage ich leise.

»Verbiete du dem Seidenwurm zu spinnen«, kontert er sofort.

»Seidenwürmer müssen spinnen, sie können nicht anders. Du kannst dich entscheiden. Was sollte diese saudumme Szene? Fühlst du dich jetzt gut?«

Arthur winkt dem Kellner zu.

»Einen Cognac für die Dame.«

»Ich will keinen Cognac.«

Der vom Bauchnabel abwärts taubenblaue junge Mann blickt unschlüssig zwischen uns beiden hin und her. Arthur bedeutet ihm, meine Ablehnung zu ignorieren.

»Cognac verhindert Schaum vor dem Mund«, sagt er und rückt näher an mich heran.

Er schweigt. Offenbar hofft er, dass ich mich beruhige. Da kann er lange warten. Ich schiebe den gerade servierten Cognac vor Arthurs Nase.

»Du hast recht«, sagt er einlenkend, aber ich traue seiner ruhigen Freundlichkeit nicht, »Seidenwürmer spinnen einfach. Sie wissen nicht, was sie tun. Ich weiß, was ich tue. Aber auch ich musste das tun, insofern stimmt das Bild vom Seidenwurm wieder.«

»Wie-so-muss-test-du-das-tun?«

Ich muss achtgeben, dass ich nicht zu einer keifenden Hyäne mutiere. Arthur setzt Mechanismen in mir frei, die ich selbst nicht kenne.

Schneewittchen scheint der Alkohol inzwischen zu Kopf gestiegen zu sein. Sie versucht vom Barhocker zu rutschen, bleibt mit ihren hohen Absätzen aber immer wieder in den Gestängen des Hockers hängen. Ihr Oberkörper mit den zusammengeschnürten Brüsten wankt bedrohlich.

»Kann ich Ihnen irgendwie helfen?«, fragt Arthur.

Verächtlich rümpft sie ihre gepuderte Nase.

»Von einem wie Ihnen lasse ich mir bestimmt nicht helfen.«

Ihre Stimme schwankt dabei ebenso wie ihr wuchtiges Dekolleté und sie schaut mich mit einem bitterbösen Blick an, als habe ich in der Beziehung zu diesem brachialen Mann an meiner Seite ein ganzes Geschlecht verraten. Endlich haben ihre Füße den Boden erreicht. Mit der Siegessicherheit eines alkoholisierten Verstandes sucht sie den Weg zur Damentoilette.

»Begreifst du jetzt?«

Arthur hält mir den Cognac unter die Nase. Ich schiebe ihn weg und schaue ihn mit einem Blick an, der auch ohne nachzufragen eine Antwort erwartet.

»Selbst bei dieser doch offensichtlich einfach strukturierten Dame könnte ich nicht mehr landen. Wahrscheinlich hat sie beim Friseur in einer Frauenzeitschrift über das moderne Verhältnis von Mann und Frau gelesen und das trägt sie jetzt in ihrem blondgelockten Köpfchen mit sich herum. Schau dich um.«

Er deutet unauffällig auf einen Herrn am Fenster.

»Was ist der von Beruf?«

»Arzt.«

»Und der?«

Sein Kopf deutet auf den Mann neben ihm.

»Jurist«, antworte ich ungeduldig, weil ich nicht weiß, was das Beruferaten an dieser Stelle soll.

»Und die dunkelhaarige Frau hier vorne?«

»Lehrerin und werdende Mutter.«

»Und ihr Begleiter?«

»Angestellter bei der Telekom. Arthur, du nervst!«

Arthur stimmt meiner Einschätzung schweigend zu, trinkt einen Schluck Bier und schaut mich nun geradewegs an.

»Und alle diese Leute halten mich jetzt für ein riesengroßes Arschloch. Keiner dieser Herrschaften begegnet mir jetzt noch mit irgendwelchen Hoffnungen oder Erwartungen und keine der hier anwesenden Frauen würde sich mich als ihr Deckelchen wünschen.«

Entgeistert starre ich ihn an. Fassungslos zum zweiten Mal.

»Allein um mir zu demonstrieren, wie man Erwartungen zerstört, ziehst du den Unmut aller hier Anwesenden auf dich?«

Entsetzen und Erleichterung ringen in mir um den goldenen Sieg. Bedauerlicherweise falle ich als Schiedsrichter aus.

»Was interessieren mich die anderen? Wirf einem Löwen ein fettes Stück Fleisch hin und er wird sich darauf stürzen. Nichts anderes habe ich gerade getan. Sie reagieren alle gleich, und diese Vorhersehbarkeit kannst du dir zunutze machen ... Nun schau nicht so konsterniert. Es ist doch nichts passiert.«

Er nimmt meine Hand, macht eine kleine Pause.

»Bevorzugst du lange Couchgespräche, begleitet von der Stimme eines immer verstehenden Therapeuten? Zuweilen ist die rücksichtslose Offenlegung psychischer Konstanten doch viel effizienter.«

Ich schweige. Merkwürdigerweise kommt er mir mit diesen geringschätzenden Ansichten des Herdenmenschen gefährlich nahe. Auch ich kenne menschenverachtende Züge in mir, allein mir fehlen der Mut und die Arroganz des Bezeugens. Aber ich will mich nicht vereinnahmen lassen. Ich kenne auch den mitfühlenden und zärtlichen Blick auf den Einzelnen, den seltenen Blick in blühende oder wüsteneinsame Seelen.

»Müssen sich Entlarvung und eine gewisse Form schonender Diplomatie deshalb ausschließen?«

Arthur schmunzelt.

»Was glaubst du, was ich darauf antworte?«

»Diplomaten sprechen offen aus, was sie nicht denken.«

»Hundert Punkte.«

Innerlich stimme ich ihm zu, äußerlich gebe ich mich noch nicht geschlagen.

»Und wie verhält es sich mit der Höflichkeit?«, hake ich nach. Jetzt soll er antworten.

Arthur scheint sich über diese Frage zu freuen.

»Im Deutschen lügt man, wenn man höflich ist.«

Seine Antwort kommt schnell und präzise. Er krempelt sich die Hemdärmel herunter und küsst mich. Dann knöpft er sich den obersten Knopf des Hemdes zu, zieht seine Hose so hoch in die Taille, dass unten Hochwasser entsteht. Mit etwas Spucke streicht er sich die kurzen Haare ins Gesicht. Vor mir steht der Inbegriff des arglosen Spießbürgers.

»Für den Rest des Abends werde ich höflich, charmant und aufmerksam sein. Ich werde der älteren Dame da hinten den Schirm nachtragen, mich bei dem Kellner für den glänzenden Service bedanken und Schneewittchen ein Taxi rufen. Finde ich auf diese Weise wieder Gnade vor dir?«

Nur halb bekleidet laufe ich durch den kalten März, in der Nacht fehlt mir Arthurs Umarmung und wenn ich sein Fehlen zu ignorieren versuche und mich in die Mitte des Bettes fallen lasse, wenn ich immer wieder in fremde Geschichten flüchte, bis die Müdigkeit so groß ist, dass ich auf sofortigen Schlaf hoffe, wenn ich endlich das Buch zuschlage und das Licht lösche, dann holt mich Arthurs Gesicht im gleichen Moment zurück in die Schleife des Wartens und Wachens und morgens, wenn der Wecker den kurzen Schlaf beendet, liege ich wie immer auf der rechten Seite des Bettes.

Vor einer halben Stunde hat mir David mit ernster Miene sein Referat über Napoleon vorgetragen, das er morgen in freier Rede vor seiner Klasse halten muss. Jetzt schläft er und nachdem ich die einäugige Lucie wieder in Maries Arme gelegt und Jacob zugedeckt habe, liege ich in der dampfenden Badewanne und forme den Schaum zu weißen Gebirgslandschaften, streiche ihn wieder glatt und beginne von neuem.

Es ist zwei Jahre her, ein sonnenreicher blau flirrender Sommer. In einer kleinen idyllischen Bucht auf Lefkas spielen die Kinder am Strand und bauen aus herumliegenden Steinen ein Lager. Ich schwimme hinaus, eine unbekannte Lust überspringt meine Angst vor der Tiefe, ich tauche erst vorsichtig, dann immer tiefer und länger, ein unbekannter Sog, der meine Furcht vergessen lässt. Kleine bunte Fische fliehen vor meinen Augen, ich sehe meinen schwimmenden Schatten auf dem Grund, die Sonne baut eine leuchtende Welt um mich herum. Ein Schwarm ruhender Seeigel wartet auf Beute. Ich fühle mich wie in eine andere Welt gespuckt, bin ein staunender Gast in einem eigenen fremden Kosmos, der den Menschen nicht braucht und der über all das, was wir da oben treiben, zu lächeln scheint.

Ich lasse etwas heißes Wasser nachlaufen und denke Arthur an meine Seite. Gemeinsam holen wir Luft und gemeinsam tauchen wir ab. Seine Hand auf meinem Rücken. Lautlos ziehen unsere Körper Bahnen durch diese großartig leuchtende Welt.

Der Schaum hat sich fast aufgelöst, nur noch ein paar Inselchen dösen auf der Wasseroberfläche. Aus dem Kinderzimmer dringen Geräusche ins Badezimmer. Jacob träumt laut, er schimpft, ich horche, kann seine Wortfetzen aber nicht entschlüsseln. Dann ist es wieder ruhig.

In zehn Tagen werde ich am Bahnhof stehen und darauf warten, dass Arthur aus dem Zug steigt. Ich habe Theaterkarten zurücklegen lassen und zwei Plätze in seinem Lieblingsrestaurant reserviert. Und ich habe ihm eine Zahnbürste gekauft, die in Zukunft bei mir wohnen und seine Existenz beweisen soll. Noch nie hat er irgendetwas bei mir vergessen, selbst die Knöpfe an seinem Anzug sitzen fest.

Das Handy surrt wie eine kranke Fliege auf dem Klodeckel. Es surrt mich aus den Gedanken, aber ich möchte jetzt nicht gestört werden, lieber noch ein wenig bei Arthur bleiben. Ich lasse mich nach unten gleiten, das Wasser schließt sich über meinem Gesicht und ich hoffe, dass meine Gedanken wohlig weitertreiben. Aber plötzlich nimmt Unruhe mich gefangen, die Luft geht mir aus, ich setze mich aufrecht und streiche die nassen Haare aus dem Gesicht. Gedanken kommen, die ich nicht verscheuchen kann, und mein Herz fürchtet sich davor und beginnt sich zu wehren. Vielleicht liegt die Verwirrung lediglich an der Hitze des Wassers. Aber sie will nicht weichen und plötzlich sehe ich Arthur verwandelt – aus dem Taucher ist ein Wellenreiter geworden. Lustvoll nutzt er die Kraft der Wogen, sein Gesicht lacht übermütig. Doch ich befinde mich noch unter Wasser. Die lautlose lebendige Welt erschüttert mich in jeder Sekunde in immer neuen Farben und ich habe auch nicht vor, in absehbarer Zeit wieder aufzutauchen. Ich weiß nicht, ob Arthur und ich unter Wasser das Gleiche gesehen haben und wie nah er an das Unglaubliche herangeschwommen ist. Hat er gemerkt, dass er ohne mich aufgetaucht ist? Sucht er mich? Ruft er mich? Ich kann ihn nicht hören, schließlich bin ich ja noch unter Wasser und da kann man nichts hören außer einer unendlich aufregenden Stille.

Die Fliege surrt abermals. Ich steige aus dem Wasser, trockne mir die Haare und trinke einen Schluck Wein, der sich inzwischen unangenehm erwärmt hat.

Liebste, kann nächste Woche leider nicht kommen, muss nach Stockholm. Melde mich morgen bei Dir, umarme Dich fest, A.

Nein. Mehr kann ich nicht denken. Immer wieder nur Nein. Ich starre auf das Display, lese die Nachricht noch einmal. Mein Herz stockt wie ein kleiner Tropfen Wachs, der auf Eis fällt. Der Vorfreudeturm bricht zusammen. Man sollte Türme nur in bebenfreien Zonen bauen. Meine Lippen pressen sich zusammen, die Tränen kommen trotzdem. Viel zu schnell und gegen meinen Willen. Sie entlarven meinen Zustand auf beschämende Weise, die bittere Traurigkeit läuft über und tropft ihr Salz in die letzte schwimmende Schauminsel. Ich fühle mich wie ein entführtes Kind, das keiner vermisst und das endlich begreift, dass es sich selber helfen muss. Ich gehe ins Bett und schlafe sofort ein.

David schaltet das Autoradio ein. Madonnas Stimme versucht die morgendlichen Pendler wachzurütteln.

»Heute nicht.«

Ich schalte das Radio wieder ab. David blickt mich verwundert an, sagt aber nichts. Ich stelle das Gebläse auf die höchste Stufe, der Ventilator röhrt, die Scheiben bleiben beschlagen.

»Scheißauto«, fluche ich und hupe, »Typ, fahr endlich, grüner wird's nicht.«

Der Farbenblinde reagiert nicht. Entnervt biege ich ab und fahre mit Vollgas durch die Seitenstraßen. Schweigen im Auto, nur die Lüftung röhrt.

»Können Frauen eigentlich auch Rennfahrer werden?«, kräht Maries Stimme vom Rücksitz.

Ich antworte nicht. David blickt stur geradeaus.

»Richtig gute Stimmung hier.«

Im Rückspiegel sehe ich Jacob nicken. Ich nehme den Fuß vom Gaspedal.

»Tut mir leid.«

Auf dem Schulparkplatz steigt David kommentarlos aus. Jacob klettert hinterher. Er kramt in seiner Hosentasche.

»Möchtest du eine?«

Auf seiner flachen Hand liegt eine rote Kaugummikugel. Ich streiche ihm durch seine zerzausten Haare. Er schaut, ob einer seiner Freunde in der Nähe ist, dann gibt er mir einen Kuss.

»Bis heute Abend.«

Minuten später übergebe ich eine schlechtgelaunte Marie einer stets gutgelaunten Kindergärtnerin und ich frage mich, was das immerwährende Lächeln dieser drallen Kleinkindpädagogin wohl erschüttern könnte.

Im Institut ist alles still, das große leere Gebäude schläft noch. Neben dem Aufzug steht ein Reinigungswagen, den die

Putzfrau jeden Abend durch die Büros und Labore schiebt. Daneben liegt ein blauer Müllsack, der die überflüssigen Reste der letzten Arbeitswoche enthält. Wahrscheinlich hat die Putzfrau beides am Freitagabend vergessen. Kein Laut dringt aus den leeren dunklen Räumen, die mich wie schwarze hohle Augen anschauen. Ich eile durch den langen Gang in mein Büro und schließe die Tür. Der Kummer droht mich erneut zu überwältigen, ich fühle mich genauso unbewohnt wie dieses große leere Gebäude. Der Computer fährt hoch, ich schalte den Drucker ein und nötige mich sogleich zur Korrektur der Druckfahnen, die heute Mittag in der Druckerei sein müssen. Wie ein laufender Fön vibriert die Seele und ich frage mich, wie etwas, das ohne Materie ist, zittern kann. Vielleicht handelt es sich dabei um jene Phantomschmerzen, von denen Patienten mit amputierten Gliedmaßen berichten. Die Augen, die im Text nach Fehlern suchen, folgen den Zeilen in gewohnter Weise. Aber sie lesen, ohne die Buchstaben in Inhalte zu übersetzen. Ich beginne noch einmal von vorne. Reiß dich zusammen. Irgendwo schlägt eine Tür zu. Er hat lediglich einen Termin abgesagt. Er muss nach Stockholm. Aus, basta. Ich trinke einen Schluck Kaffee und gehe ans Fenster. Vier Stockwerke unter mir rauscht der Berufsverkehr, die Lichter spiegeln sich in den Pfützen. Ich hoffe, der Frühling kommt bald. Der Löffel zieht gleichmäßige Kreise im Kaffeebecher. Ja, er hat lediglich einen Termin abgesagt. Mehr nicht. Die heiße Tasse wärmt meine Hände und plötzlich komme ich mir so klein und dumm und eng vor, ich habe mich verrannt und bin in einer hässlichen Gasse gelandet, dabei hätte ich den breiten Boulevard gar nicht verlassen, sondern nur an der roten Ampel eine Phase länger warten müssen. Am liebsten würde ich heulen vor Scham, wahrscheinlich ist Arthur ebenso enttäuscht wie ich. Mit dem Ärmel wische ich mir über die Augen und stelle mir vor, wie es wäre, einen artigen Mann mit dem geregelten Dienstplan eines Beamten an meiner Seite zu haben.

Der erste sonnige Tag nach langer Zeit dunkel treibender Wolken und heftiger Regengüsse. Der Wettergott schien Berlin überschwemmen zu wollen – Regenjacken und überflutete Straßen, flatternde Schirme, hektische Scheibenwischer und gereizte Gesichter. Doch meine Befürchtung, Jacobs nachgeplanten Geburtstag absagen zu müssen, hat sich nicht bestätigt. Nur der Kondensstreifen eines Flugzeugs stört jetzt das lang ersehnte makellose Blau. Ludmila und ich laden zwei mit Proviant gefüllte Wäschekörbe aus dem Auto. Jacob ist glücklich. Der ganze quirlige Körper strahlt, sein kleines Gesicht, seine Bewegungen, seine Worte. Ich zähle durch. Vierzehn. Alle Kinder vollzählig.

Auf zwei Skateboards ziehen wir die Tagesverpflegung durch den Tierpark. Wir grüßen den Kakadu zur Rechten, das Hängebauchschwein zur Linken.

»The same procedure as every year«, grinst Ludmila.

Wie glücklich ich bin, dass sie neben mir geht. Kumpanin, Freundin, Vertraute. Sie strahlt mich an und in diesem Augenblick weiß ich, dass in der Wiederholung auch etwas Beglückendes liegen kann – die vielen Tage, die wir gemeinsam mit den Kindern verbringen, die Stunden, in denen mir Ludmila ihre verrückten Geschichten erzählt, von ihrem ersten Schwarm, der als Schüler in einer Drogerie sein Taschengeld aufbesserte und ihr nicht die nötige Aufmerksamkeit schenkte, so dass sie sich gezwungen sah, den Laden während der Hauptgeschäftszeit von außen mit Tapetenrollen zuzukleben, auf deren Innenflächen zärtliche Liebesbotschaften zu lesen waren, und der Angebetete erst reagierte, als die Drogerie bereits völlig verdunkelt war. Ich möchte nicht die Abende missen, in denen wir uns in der Kneipe gegenübersitzen und sie ihren Ärmel weit nach oben zieht und ich aufgefordert bin, ihren Kummer in aushaltbare Bahnen zu streicheln, oder die Pfingsttage, die wir jedes Jahr ohne Kinder am Meer verbringen. Wir sitzen in einer Strandbude und sind glücklich, dass es stürmt und schwarze Wolken die Kurzurlauber in ihre Ferienhäuser zurücktreiben, ich schreibe, sie liest, hin und wieder schaut sie hoch und lächelt und dann bestellt sie zwei heiße Kakao und dichtet mit ihrem Pulli das Fenster ab, weil sie sieht, dass ich friere.

Unsere Lieblingsbank ist wie jedes Jahr frei, sie wird von den Parkbesuchern gemieden, da sie unmittelbar neben den fliegenden Booten steht, die in unregelmäßigen Abständen auf das Wasser klatschen. Aber von hier aus hat man eine herrliche Aussicht über das weite grüne Gelände, außerdem steht ein riesiger Holztisch davor, auf dem wir das Picknick für den ersten Hungersturm der Kinder vorbereiten. Ludmila zieht eine Flasche Pinot aus ihrer Tasche.

»Den haben wir uns verdient.«

Sie dreht den Korken mit den Zähnen aus der Flasche, streckt die Füße weit von sich und legt seufzend ihren Kopf an meine Schulter.

»So ist es gut.«

Ich lasse mir die Sonne ins Gesicht scheinen. Heute Abend kommt Arthur, er müsste bereits im Zug sitzen. Wahrscheinlich hat er seine Lesebrille auf und liest Zeitung. Schön wäre es, wenn er einfach nach draußen schauen und sich mir entgegenfreuen würde.

»Geht es dir gut?«, fragt Ludmila und spielt mit meinen Fingern.

»Warum fragst du?«

»Du bist so still.«

»Ich freue mich nach innen.«

»Arthur?«

Ich nicke.

Mein Rucksack piept. Während ich die Schnalle öffne, kommen Jacob und Ben angerannt. Ben ist das typische Produkt jener Eltern, die mit ihren Sprösslingen alles ausdiskutieren, um am Ende doch Recht zu behalten, und dabei immer betont leise und ernst sprechen, als sei Humor etwas Gefährliches. Ben sieht aus wie ein Kind, das sich gezwungen fühlt, das unliebsame Amt des Klassenbuchführers und den Wasserkastendienst zu übernehmen. Sein schmales Gesichtchen und seine ebenso schmalen Schultern erwecken immer tiefes Mitleid und eine ungeheure Lust in mir, ihn mit verbotenen Dingen zu füttern.

»Mams, nicht schimpfen, Ben wollte etwas aus dem Wasser fischen und dabei ist sein Boot umgekippt. Na ja ... und jetzt ist er ziemlich nass.«

»Ziemlich ist gut. Ben sieht aus, als sei er durch den ganzen See geschwommen.«

»Bin ich auch«, sagt Ben leise, »das Boot war so wackelig, dass ich es nicht geschafft habe, wieder zurückzuklettern.«

Etwas angeekelt legt Jacob seine Hand auf Bens nasse Schulter.

»Mama hat immer ein paar trockene Klamotten dabei.«

»Alles halb so schlimm«, beruhige ich den zitternden Ben und werfe ihm ein Handtuch über den Kopf.

Jacob rubbelt ihm die Haare trocken und ich befreie ihn von den durchnässten Sachen. Ben schaut mich dabei voller Scham an, aber ich gebe ihm keine Zeit, sich in diesem Gefühl zu verlieren, und tue so, als würde ich das jeden Tag machen. Mein Rucksack piept schon wieder. Die Jeans und der Pulli sind ihm viel zu groß, Ben sieht aus wie eine Maus im Rattenfell. Ich kremple ihm die Ärmel und Hosenbeine hoch und drücke ihm einen verbotenen Lolli in die Hand.

»Danke«, sagt er erstaunt und fragt sich offensichtlich, warum sein Missgeschick auch noch belohnt wird. Die beiden ziehen ab.

»Es hat gepiept«, sagt Ludmila und legt die Füße wieder hoch.

Liebste Klara, bin heute Nacht von heftigen Magenkoliken heimgesucht worden und liege jetzt völlig kaputt im Bett. Versuche einen Termin zu verschieben, so dass ich nächste Woche hoffentlich kommen kann. Kranker Mann küsst Dich.

Hinter mir klatscht eines der fliegenden Boote aufs Wasser, irgendwo ruft ein Kind nach seiner Mutter. Eine kleine Gondel dreht sich langsam in den Himmel, Picknick-Körbe werden ausgepackt. Meine Welt steht still.

Ludmilas Hand schiebt sich vorsichtig in meine.

»Arthur ist krank«, sage ich leise, »er kommt nicht.«

»Das sehe ich«, erwidert sie. »Du klingst wie aus dem Nest gefallen.«

Ich versuche sie anzulächeln, aber es gelingt mir nicht. Ludmila hält mir die Flasche Pinot hin.

»Trink!«

»Mama, hier bin ich.«

Marie steht auf der Rutsche und winkt. Glückliches Kind.

»Genug der kleinen Grausamkeiten.«

Meine Stimme klingt bitter. So wollte ich nie sein.

»Wieso grausam? Arthur ist krank, das ist traurig, aber nicht grausam.«

»Ich weiß nicht, ob er grausam ist oder ob es die Situation ist, die grausam ist. Ich weiß es wirklich nicht«, antworte ich.

Ludmila schweigt. Sie spürt, dass weitere Sätze folgen werden.

»Verstehst du, morgen hält er einen Vortrag und übermorgen noch einen und nächste Woche hat seine Tochter ein Loch im Kopf oder er muss einen Freund vorm Ertrinken retten und dann wird er in Madrid erwartet und irgendwann ist er wieder krank, weil sein Körper Grenzen zieht, die sein Wille missachtet.«

»Das sagt die Richtige.«

Ich überhöre ihren Satz. Ich würde nie krank werden, wenn Arthur kommt.

»Jeden dieser Gründe kann ich verstehen. Aber inzwischen erzeugt dieses Verständnis wachsende Übelkeit. Ich ertrage mich selbst nicht mehr, die großartige Klara, die Feinsinnige, die Stoische, die Kluge, die Gequälte – tolerant bis zur Unkenntlichkeit. Ich könnte kotzen.«

Ludmila nickt. Jetzt versteht sie mich wieder. Sie nimmt mir die Flasche aus der Hand und füllt mein leeres Glas.

»Und was willst du jetzt tun?«

Ich schweige. Schließe die Augen. Arthurs Gesicht. Hoffentlich nächste Woche. Arthurs Blick. Ich rufe dich an. Arthurs Lippen. Bald Liebste, bald.

»Nicht mehr warten«, antworte ich nach einer Weile.

Ludmila beugt sich nach vorne.

»Sorry, aber wie macht man das – nicht mehr warten? Das klingt so ähnlich wie ...«, sie hält sich die Faust vor den Mund und tut so als spräche sie in ein Mikrophon, »bitte stellen Sie die Liebe ein und hören Sie auf zu atmen.«

Ich nehme Ludmilas Hand und schaue in den Himmel.

»Was siehst du da?«, frage ich und deute nach oben.

»Himmel.«

»Nein, da.«

»Einen Kranich, vielleicht auch einen Reiher. Was weiß ich.«

Ich nicke.

»Vermuten wir dahinter mal eine Vogeldame. Vielleicht liebt sie und sie atmet ... Aber sie wartet nicht. Sie fliegt.«

»Und wohin?«

»Ist das wichtig? Sie fliegt.«

»Engelchen«, sagt Ludmila.

Ein Huhn flattert zwischen qualmenden Omnibussen hin und her, gefolgt von einer fluchenden Bäuerin, die dem gackernden Federvieh einen Kohlrabi hinterherwirft, aber nur ein vorbeifahrendes Taxi trifft. Vor uns parkt ein Laster, der mit weißen Plastikstühlen, Zitronen und Olivenölkanistern beladen ist. Jacob sitzt auf einem Koffer und befreit sich von seinem Pullover.

»Endlich wieder zu Hause. Wenn ich groß bin, werde ich Grieche.«

Auf dem Athener Flughafen empfängt uns das lang vermisste Durcheinander. Man begrüßt, ärgert und freut sich laut in den Abgasen laufender Busse. Ein schwarz gekleidetes altes Mütterchen irrt umher und wird von ihren Verwandten wieder eingefangen. Marie hockt auf einer Mauer und streichelt eine Katze, die offenbar schon einige Prügeleien hinter sich hat.

Obwohl wir erst heute Abend in Santorin ankommen, bin ich schon jetzt froh, den verschachtelten Gängen des Hoffens und Enttäuschtwerdens entronnen zu sein. Morgen ist Ostern und in den nächsten Tagen soll mich nichts mehr an Arthur und das hektische Berlin erinnern. Ich will die vergangenen Bilder verlassen und mich in die Gegenwart strecken. Die Orangenbäume sollen für mich blühen und der Himmel soll wolkenlos auf mich herabschauen. Ich will den salzigen Duft des Meeres atmen und morgens am Strand mit den Kindern Rühreier und Joghurt mit Honig frühstücken. Ich werde mich über das Tuckern der einfahrenden Fischerboote und das Gelächter der

Möwen freuen und abends wird mich der Geschmack eines gebratenen Oktopus beglücken. So soll es sein.

»Ich habe den Bus nach Piräus gefunden. Er fährt in zwei Minuten. Los, beeilt euch.«

David schnappt sich einen Koffer und zieht Marie hinter sich her. Jacob und ich folgen ihm mit dem restlichen Gepäck. Der Busfahrer wartet schon, kaut auf einem Zahnstocher. Gemeinsam verstauen wir die Koffer und Rucksäcke, die Türen schließen sich, Marie krabbelt auf meinen Schoß. Langsam quälen wir uns durch die verstopfte Innenstadt. Die Gespräche im Bus verebben allmählich, Marie und David haben Kopfhörer auf den Ohren und schauen aus dem Fenster, Jacob liest ein Buch und streichelt dabei unentwegt die Armlehne. Die anderen Mitreisenden dösen vor sich hin, schräg vor mir sitzt ein alter Mann, er schläft, sein Kopf liegt auf einem leeren Vogelkäfig, den er auf dem Schoß hält.

Das Zischen der Bustüren holt mich unsanft zurück. Verwundert muss ich feststellen, dass ich geschlafen habe. Die Fahrgäste sammeln ihre Siebensachen zusammen und drängen dem Ausgang entgegen. David schließt sich dem langsam ziehenden Strom an, wird aber vom Busfahrer aufgehalten.

»Santorini?«

David nickt, der folgende griechische Redeschwall zeichnet Fragezeichen in sein Gesicht. Der Fahrer drückt ihn in die vorderste Sitzreihe und bedeutet auch mir, sitzen zu bleiben. Die restlichen Gäste verlassen den Bus.

»Werden wir jetzt entführt?«

Jacob verdreht die Augen.

»Marie, du nervst.«

Die Türen schließen sich und der Bus schiebt sich ungeduldig durch parkende Lastwagen, geschäftstüchtige Obsthändler, vorbei an Hundemeuten und ankernden Frachtern. Der riesige Hafen gleicht einem Moloch, hinter dem vordergründigen Durcheinander scheint sich eine heimliche Ordnung zu verbergen. Erst jetzt entdecke ich ein gesondertes Hafenbecken, in dem die Fähren liegen, die zu den Kykladen fahren. Eine Schiffssirene übertönt das allgemeine Spektakel, der Fahrer gibt Gas, dann bremst er abrupt und drängt uns zur Eile. Die Kinder schnallen ihre Rucksäcke auf, er rennt vor, wir rennen ihm hinterher, ohne ihn hätten wir das Schiff nicht mehr rechtzeitig erreicht. Ich bedanke mich herzlich und schüttle ihm die Hände, er streichelt Marie kurz über die Haare und läuft zurück, die Rampe fährt hoch und schon setzt sich das Schiff in Bewegung.

Wir suchen uns einen freien Tisch auf dem oberen Deck. Inzwischen ist es Mittag, es wundert mich, dass die leeren Kindermägen noch nicht Alarm schlagen. Gerade erkunden sie das Schiff, ich stopfe die überflüssig gewordenen Jacken in die Tasche. Die Sonne blendet auf den weißen Tischen und Stühlen. Ich besorge belegte Fladenbrote und Getränke, der gedeckte Tisch soll schön aussehen, wenn sie von ihrer Erkundung zurückkehren. Plötzlich überfällt mich eine ungeheure Lust, meine Kinder zu verwöhnen. Ich kaufe noch drei Schokoriegel und drei kleine Tüten Kartoffelchips und lege sie neben die Teller.

Der Hafen von Piräus ist kaum noch zu erkennen, das gleißende Licht verschluckt alle Konturen, langsam entschwinden die betriebsamen und emsigen Bewegungen des Hafens.

»Du hast versprochen, Papa anzurufen, wenn wir in Griechenland angekommen sind.«

Barfuß steht Marie vor mir und sieht erschreckend wach aus.

»Ich habe Heinrich nicht vergessen. Aber lass uns erst etwas essen, ich habe einen Bärenhunger.«

Aus ihrer sofortigen Einwilligung entnehme ich, dass es ihr ähnlich geht.

»Wo sind David und Jacob?«

»Da unten.«

Sie steckt den Kopf durch das Geländer, ihre kleinen Hände formen einen Trichter um den Mund.

»Jungs, kommt rauf, es gibt was zu essen.«

Zwei Minuten später sitzen wir alle am Tisch.

»Würdest du bitte die Kopfhörer absetzen?«

David blickt mich fragend an, vom Lippenlesen ist er noch einiges entfernt und die Musik ist trotz der Kopfhörer so laut, dass Jacob mit den Fingern im Takt dazu trommelt. Marie zieht David die Hörer vom Kopf.

»Erst essen. Dann kannst du weiterhören.«

David klaut ihr eine Tomate vom Teller.

»Brauchst wohl Bonuspunkte bei Mama.«

»Holt uns Nele vom Hafen ab?«

»Sie hat es versprochen.«

»Und was ist, wenn unser Schiff Verspätung hat?«

Jacob gibt sich nie mit nur einer Antwort zufrieden.

»Dann setzt sie sich in die Hafentaverne und wartet dort auf uns.«

Marie rutscht unruhig auf ihrem Stuhl herum.

»Rufen wir jetzt endlich Papa an?«

Mein Magen zieht sich zusammen und ich ärgere mich, dass mein Körper es offenbar für nötig hält, alle Empfindungen unmittelbar zu übersetzen. Nie lässt er beruhigende Selbsttäuschungen zu. Seit zehn Tagen ist mein Handy ausgeschaltet. Jetzt befürchte ich, weitere Nachrichten von Arthur zu lesen. Das will ich nicht. Es wäre besser, unsere Ankunft bei Nele abzuwarten und dann das Festnetz ...

»Mama, mach schon. Ich will jetzt end-lich-mit-Pa-pa-te-le-fo-nie-ren.«

»Können wir nicht ...?«

»Mama!«

Ich gebe die Pin-Nummer ein, es piept sieben Mal, ich schaue nicht auf das Display, unverzüglich wähle ich Heinrichs Nummer und warte auf das Freizeichen. Marie schnappt sich den Hörer und entfernt sich einige Meter vom Tisch, sie möchte ihren Vater jetzt mit niemandem teilen. Erwartungsvoll schaut sie ins Leere. Plötzlich strahlt sie, ihre Bewegungen werden klein und eng und schnell. Aufgeregt erzählen ihre schmalen Lippen, dabei dreht sie sich im Kreis, ihre fliegenden kleinen Hände deuten in verschiedene Richtungen, wahrscheinlich erklärt sie Heinrich gerade die nähere Umgebung, dann küsst sie den Hörer und reicht ihn mir weiter. Ich höre Heinrichs warme Stimme, ich spüre sein aufrichtiges Interesse, er möchte noch einmal hören, dass es uns allen gutgeht, und für einen Augenblick denke ich, wie einfach mein Leben ohne Arthur wäre. Nie hätte ich erfahren, was mir fehlen könnte, was zu entbehren ich in der Lage bin für kurze Momente des Glücks. Ich sehe Heinrich vor mir, wie er an seinem Schreibtisch sitzt, mit dem Hörer in der Hand, und in den Garten schaut. Ich erzähle ihm von den letzten Stunden und sage ihm, was für wunderbare Kinder wir hätten. Als ob er das nicht wüsste, denke ich, aber ich spüre, wie er sich freut. Wir hatten gute Jahre zusammen, vielleicht denken wir das jetzt im gleichen Moment. Ich rufe dich übermorgen wieder an, versichere ich ihm, mach dir keine Sorgen. Und grüß' Marlene von mir. Passt auf euch auf, verabschiedet er sich. Versprochen.

Ich schaue mich um, die Kinder sind verschwunden, vermutlich streunen sie über das Schiff. Das Handy liegt in meinem Schoß, ich spüre, wie es wartet. Sieben Mal hat es gepiept. Ich ziehe Schuhe und Strümpfe aus, lege die Füße wieder auf das Geländer und lasse mir die feuchte salzige Gischt ins Gesicht wehen. Sieben Mal. Gerne würde ich jetzt eine rauchen. Die

Sonne blendet mich. Wo ist die Sonnenbrille, wo die Zigarette? Sollte ich besser in den Schatten gehen? Ich halte inne. Der Versuch des Hinauszögerns ist allzu offensichtlich.

Liebste, versuche Dich seit Tagen vergeblich zu erreichen. Was ist los? Habe sehr zärtliche Empfindungen für Dich. A.

Habe sehr zärtliche Empfindungen für Dich. Auch wenn ich weiß, dass er diesen Satz in meiner Gegenwart nie aussprechen würde, jetzt unter diesem klaren blauen Himmel spüre ich eine klare blaue Freude in mir. Ich überspringe die nächsten Nachrichten, bis auf dem Display Arthurs Name erneut auftaucht.

Langsam beginne ich mir Sorgen zu machen. Verweigerung hilft nie, schon gar nicht aus einer Verstimmung. Ich möchte Dich Weib sprechen. Bald Liebste, A.

Ich will streng bleiben. Aber sorgen soll er sich auch nicht.

Ich wollte nicht länger auf Dich warten. Bin mit den Kindern in Griechenland, K.

Hinter mir sehe ich Marie, sie hat sich zwei Stühle zusammengeschoben und ist auf meiner Jacke eingeschlafen. Die Sonne brennt auf ihren kleinen Körper, vorsichtig bedecke ich sie mit einem Tuch und küsse sie auf die Stirn. Die nächsten zehn Tage sollen meinen Kindern gehören.

Nele hat uns vom Hafen abgeholt und die zwei schönsten Zimmer im Hotel für unsere Ankunft vorbereitet. Das Haus liegt in Kamari, unmittelbar am Strand. Vor zwei Jahren haben Nele und Axel das kleine Hotel übernommen und renoviert. Meine Schwester sieht glücklich aus. Stolz zeigt sie mir, was sich im letzten Jahr alles verändert hat. Der Frühstücksraum ist fertiggestellt, morgens wird hier ein griechisches Buffet aufgebaut und wenn man die Flügeltüren öffnet, können die Gäste auch im Garten unter schattenspendenden Palmen direkt neben dem Pool frühstücken.

Jetzt sitzen wir in der benachbarten Taverne, einem kleinen Raum mit zehn Tischen. Zwei Neonröhren sorgen für die gewohnte ungemütliche Beleuchtung, die üblichen Papiertischdecken werden aufgelegt, überall an den Wänden hängen große und kleine Marienbildchen, vereinzelte Bilder mit Pin-up-Girls unterbrechen den religiösen Wandschmuck. Stavros kommt mit offenen Armen aus der Küche gerannt und begrüßt mich wie eine verlorengegangene und nun endlich wieder heimgekehrte Tochter. Er umarmt die Kinder. Nele grinst.

»Darauf hat er sich schon die ganze Woche gefreut.«

Jacob und Marie folgen ihm in die Küche. Stavros gibt ihnen jedes Mal das Gefühl, dass er ihre Unterstützung dringend benötige. Davids Körper wippt noch einige Sekunden im Takt, dann nimmt er die Kopfhörer von den Ohren und geht seinen Geschwistern hinterher.

Ich bin froh, mit Nele ein paar Minuten allein zu sein. Sie strahlt mich erwartungsvoll an, aber ich möchte jetzt nicht erzählen. Erst einmal ankommen.

»Du siehst glücklich aus.«

»Das bin ich auch, Klara. Es gibt so viel zu erzählen.«

Sie legt ihre Hand auf meinen Arm und schweigt einen Moment, offensichtlich weiß sie nicht, wo sie anfangen soll.

»Axel und ich haben im vergangenen Jahr viel gearbeitet«, sagt sie und streicht sich dabei über die Stirn, um ihre Anstrengung zu betonen, »das Hotel ist bereits jetzt für die ganzen Sommermonate ausgebucht, so dass ein großer Teil der Renovierungsschulden damit abgedeckt ist.«

Ihre Wangen glühen. Sie spricht schnell und euphorisch. Ich freue mich für die beiden. Es ist schön, sie so glücklich zu sehen.

Die Kinder kommen aus der Küche und bringen uns die Getränke und eine gemischte Vorspeisenplatte. In meiner Hosentasche brummt es.

Danke für Deine Nachricht. Wünsche Dir schöne Ferien. Erhol Dich gut. Küsse Dich, A.

Unauffällig lasse ich das Handy in der Tasche verschwinden und gehe kurz nach draußen. Mein Rückzug scheint ihn noch nicht einmal zu irritieren. Seine wenigen neutralen Worte machen mich fassungslos.

Die letzte Nachricht hättest Du ebenso gut Deiner Sekretärin schicken können. K.

Ich gehe zurück, setze mich auf meinen Stuhl und blicke angeregt in die Runde.

»Wer will etwas Saganaki? Oder Jacob, möchtest du lieber etwas von den frittierten Zucchini probieren? Guck mal David, da liegen Anchovis. Marie, putz dir bitte mal die Nase.«

Liebste Klara, meine Sekretärin küsse ich nicht, A.

Meine Gedanken zerfleddern, zerfleddern wie ein Buch, das man wütend zerreißt, einzelne Seiten wirbeln hoch, geraten in Unordnung, die Reihenfolge stimmt nicht mehr, die Seitenzahlen flattern wild durcheinander. Die einzelnen Blätter segeln zu Boden, aber es ergibt sich kein neues Muster, keine neue Geschichte. Was übrig bleibt, ist nicht mehr lesbar.

Arthurs Bücher sehen anders aus. Er hält einen feinen Einband in der Hand, seine Finger blättern durch dünnes teures Papier, am Anfang findet er ein Inhaltsverzeichnis, am Ende ein ausführliches Register. Auch ein Lesezeichen hat er stets zur Hand. Nur ich blättere ohne System, stets gehen mir irgendwelche Buchstaben verloren, ich verwechsle die Seitenzahlen, ich lese ohne Plan, ohne Strategie. Das macht mich komplett unglücklich.

Die Flügeltüren sind geöffnet. Ich liege im Bett und kann direkt aufs Meer schauen. Die Abende im April sind noch kalt und stürmisch, die Wellen krachen an den Strand, die Schaumkronen kräuseln sich im Mondlicht. Dann schiebt sich eine Wolke vor die große gelbe Sichel und ich kann die Bewegung des Meeres nur noch hören.

Warum hat Arthur meinen groß geplanten Rückzug so einfach hingenommen? Nie fragt er. Scheut er die möglichen Antworten? Zu groß die Angst vor einfachen Worten? Nie ein Gespräch – Frage, Antwort, Frage, These, Antithese, ja, nein, warum, vielleicht, glaubst du, aber wenn. Fragen, die er stellen könnte, um eine Situation besser beurteilen zu können, erscheinen ihm offenbar überflüssig. Es scheint ihm unbekannt zu sein, dass man um Worte zuweilen ringen muss, dass sich manche Gedanken nur allmählich formen, Bekenntnisse unter Wehen geboren werden, Silben sich langsam und schüchtern zusammenfügen oder blitzartig aufleuchten, so dass man sich am liebsten an die Stirn schlagen und fragen möchte, warum man darauf nicht schon längst gekommen sei. Arthur scheint alle Sätze auf einer inneren Tafel abzulesen. Niemals schleichen sich überflüssige Füllwörter darin ein. Seine Sprache folgt den klaren Regeln der Mathematik und manchmal möchte ich Ecken und Kanten in seine geraden Sätze hauen.

Ich denke an Arthurs Gesichter, die er mehrmals am Tag wechselt, zuweilen im Minutentakt, als hätte er unendlich viele davon. Irgendwo muss er sie reinigen lassen, denn sie scheinen nicht zu altern, jedenfalls kann ich nirgends einen Verschleiß entdecken, keine Falten, keinen Grauschimmer, nichts Poröses. Ohne Neugier schaut er auf mein Leben, alles, was ich ihm gebe, scheint ihm zu genügen, und ich frage mich, ob er sich wohl auf die Suche begäbe, wenn ich plötzlich verstummen würde. Seine Antworten auf meine Fragen sind kurz und von schlagender Prägnanz, sie sind eine Zumutung und er mutet sie mir zu, weil er darauf vertraut, dass ich sie ebenso schnell in den richtigen Kontext zu übersetzen vermag. Aber ich kann mich dabei nicht auf ein gewachsenes Einverständnis berufen, es gibt keine Symmetrie, keine gemeinsame Geschichte, die uns erlauben würde, schlummernde Vergangenheiten wiederauferstehen zu lassen.

Du willst von mir den Frauenversteher, ironisiert er mich absichtlich falsch, den milchkaffeetrinkenden Frauenversteher? Mein Protest kommt zu langsam. Einen Mann, der deinen Bedürfnissen gehorcht, würdest du sofort mit grauer Langweile strafen. Und das weißt du. Arthurs Sätze lassen mich nicht zur Ruhe kommen. Er betrachtet die Dinge nicht von rechts und links und oben und unten, diese Bedingungen erscheinen ihm ebenso natürlich wie selbstverständlich. Er betrachtet die Dinge von hinten, von ihrer Rückseite. Scheinbar Vertrautes seziert er mit sagenhafter Geschwindigkeit, bis das Selbstverständliche plötzlich fremd erscheint. Herr F. sagt a x b = ab. Warum, fragt Arthur. Woher wissen Sie das? So fängt es meistens an. Menschen, die sich in Sicherheit wiegen, treibt er mit seiner Lakonie in äußerste Bedrängnis und beobachtet mit wachsender Freude, wie sie panisch nach den Paddeln greifen, um ihr Boot wieder auf den richtigen Kurs zu bringen. Mittelmaß interessiere ihn nicht, höhnt er laut und vergrault damit die sanftmütig Liberalen, die sich aus allen politischen Lagern mundgerechte Toleranzhäppchen herauspicken. Er denunziert die Emporkömmlinge, die Schwadroneure und Blender, die keinen Boden unter den Füßen haben, die aufspringen müssen, weil sie nicht selber gewachsen sind. Er reißt den untersten Stein aus ihrem Gerüst und lässt alles unter lautem Getöse zusammenkrachen und ist dabei wie ein wildes rohes Tier. Mit gnadenlosem Instinkt wittert er das Unechte und zerreißt es in der Luft. Seinen Ernst haben die ganz Großen und die echten Arbeiter des Lebens, die malochen und schwitzen, die ihr Handwerk verstehen, die Erdenmenschen und die Zaghaften, die in ihrer Scheu authentisch sind. Sie alle sind vor seinen Angriffen gefeit, stehen ohne es zu wissen unter seinem Schutz. Und schon glaube ich, einen modernen Robin Hood an meiner Seite zu haben. Ein zärtliches Gefühl des Stolzes stört mein Unbehagen, ich heiße es nicht willkommen, aber es ignoriert meinen Türsteher, nimmt einfach die Hintertür und dann muss ich sogleich lächeln über diesen unmöglichen Vergleich, der so sehr hinkt wie eine Liz Taylor mit gebrochenem Absatz.

Der Sturm nimmt zu, die Vorhänge schlagen gegen die Fenster, vereinzelte Nachtschwärmer hinterlassen menschliche Geräuschspuren auf der Strandstraße. Ich ziehe Maries kleine Hand auf meinen Bauch, langsam vermischen sich innere und äußere Bilder, irgendwann gleite ich in einen traumlosen Schlaf.

Wenn man mit dem Schiff an Santorin vorbeifährt, gleicht Thira einer großen weißen Welle, die sich auf dem schwarzen

Kraterrand entlangzieht – unzählige ineinander verschachtelte Häuser, die sich zu umarmen scheinen, als könnten die einen ohne die anderen keinen Halt finden. Dazwischen leuchten immer wieder die berühmten blauen Kuppeln auf. Wir laufen durch die schmalen Gassen, zahlreiche Souvenirläden mit atemberaubendem Kitsch vernebeln mir die Sinne. Ein Gewirr von Juwelieren, kleinen Läden, die Keramik oder Lederwaren verkaufen, Touristikbüros, Handwebereien und natürlich die vielen Cafés und Tavernen, die sich entweder in winzigen Innenhöfen versteckt halten oder einen großartigen Blick auf die kleinen im Kraterbecken liegenden Vulkaninseln bieten. Man trifft sich hier vor allem zum Shoppen, auch Marie hat diese Vokabel heute Morgen beim Frühstück verwendet. Heute Nachmittag möchte ich shoppen gehen, hat sie mir erklärt und in ihrem Geldbeutel das Urlaubsgeld nachgezählt.

Erschöpft sitze ich auf den Stufen eines Hutladens, vereinzelt schlendern Touristen an mir vorbei. Die Feriensaison hat noch nicht begonnen, einige Tavernen sind geschlossen, andere bereiten sich auf den gewinnbringenden Sommer vor. Nele hat meinen Wunsch nach Alleinsein gespürt, ihr schwesterliches Empfinden durchdringt jede aufgelegte Schicht.

»Gib dir keine Mühe und heb' dir dein Lächeln für glückliche Tage auf. Wir treffen uns in einer Stunde.«

Ohne mein Einverständnis abzuwarten, hat sie einen Treffpunkt bestimmt und auf einen Laden gezeigt, vor dem acht schneeweiße Modepuppen stehen und streng aufs Meer schauen. Jetzt zieht sie mit den Kindern durch die bunten Geschäfte, während ich mich von den unzähligen Postkartenmotiven erhole. Von hier aus habe ich einen herrlichen Blick über einen großen Teil der Stadt. Ich entdecke eine Terrasse, die weit über den steilen Felshang ragt. Genau der Platz, den ich suche. Wasser unter und Himmel über mir.

Ich bestelle ein Glas Wein und einen Salat, lege die Füße hoch, möchte im Blauen baumeln. Aber entgegen meiner Hoffnung, zwischen den schwebenden Blautönen einen ebensolchen leichten und schwebenden Zustand zu erreichen, scheint mich diese auffordernde Heiterkeit geradezu zu erdrücken. Ich beginne mich zu wehren und plötzlich taucht er wieder auf, dieser Satz, schöne Ferien, erhol dich gut, und ich möchte seine Worte wegwischen wie man verschüttete Milch wegwischt, aber mein Lappen ist getränkt mit Zweifeln, er saugt nicht mehr, dennoch kann ich über diesen Fleck nicht hinwegsehen, immer weiter breitet er sich aus wie eine schnell wachsende weiße Hautflechte, die selbst bewährten Medikamenten hartnäckig widersteht. Was will er eigentlich vom Leben, frage ich mich aufgebracht und merke, wie polemisch und ungenau meine Gedanken werden und dass sich hinter dem kleinen Wörtchen »eigentlich« ein versteckter Vorwurf verbirgt. Ich tue es dennoch.

Was willst Du eigentlich vom Leben? K.

Der Kellner bringt Wein und Salat, ich bedanke mich und warte, bis er verschwunden ist.

Mein idealer Lebenszweck ist Borstenvieh und Schweinespeck. A.

Bis hierher kann ich sein Lachen über diese gelungene Antwort hören. Bestimmt klopft er sich jetzt vor lauter Freude auf die Schenkel. Hätte ich diese Nachricht damals in Frankreich erhalten, hätte ich wahrscheinlich auch darüber gelacht. Jetzt erscheint sie mir nur gemein.

Bloß keine Empathie. Bloß kein Zartgefühl. Ein echter Mann

ist grob und drakonisch.

Eine schwarze Olive rollt von der Gabel und fällt zu Boden. Niemand beobachtet mich, ich hebe sie auf und werfe sie über das Geländer. Schon nach wenigen Sekunden kann ich ihre Farbe von dem Dunkel des Meeres nicht mehr unterscheiden.

Du weißt doch Klara ... Gelobt sei, was hart macht. A.

In Ordnung Liebster. Wie du willst.

... und was fällt, soll man auch noch stoßen!? K.

Ich trinke den letzten Schluck Wein aus und stelle das Glas ein wenig zu laut auf dem Tisch ab.

Recht so! Dein böser Arthur küsst Dich.

Von weitem sehe ich Nele mit den Kindern kommen. Wie glücklich sie aussehen. Ich schalte das Handy ab und lasse es in meinem Rucksack verschwinden.

Die Kinder schlafen noch. Leise ziehe ich mich an und gehe hinunter an den Strand. Barfuß laufe ich durch die auslaufenden Wellen. Die Sonne steht noch tief, ein alter Fischer sortiert sein Netz, in den Tavernen werden die ersten Stühle hinausgestellt und Tische eingedeckt, Ladenbesitzer räumen Obst- und Postkartenständer nach draußen, Fensterläden werden aufgeklappt. Die wenigen Touristen, die sich zu dieser Zeit auf der Insel befinden, liegen noch müde in ihren Hotelbetten. Der Morgen ist von einer ungeheuren Klarheit, nichts stört die gerade Linie des Horizonts, noch nicht einmal ein einfahrendes Fischerboot. Ein kleiner Moment melancholischer Freude, vom Augenblick getragen. Die unverbrauchte Sinnlichkeit des Morgens.

Mich fröstelt. Der Blick aus dem Hotelfenster hat mich übermütig werden lassen, ich habe nur einen kurzen Rock an, der jetzt ebenso übermütig im Morgenwind flattert. Ich strecke mich auf dem Sand aus und lasse kleine Muscheln durch meine Hände rieseln. Eigentlich könnte alles gut sein. Ich atme das regelmäßige Schwappen der Wellen, der Himmel ist wolkenlos blau, irgendwo bellt ein Hund. Ich müsste die letzten Monate nur in einen Karton packen, ihn ordentlich verschnüren und dann ein paar Schritte zurück in mein altes Leben gehen. Jetzt, in dieser leichten Luft, scheint alles ganz einfach. Einzelne Szenen tauchen auf, die Bilder spulen rückwärts, ich sehe die schwankende Blondine auf ihrem Barhocker, dann den alten blinden Mann am Wannsee und Mosers geteilte Seele in seinem Atelier, ich sehe auf Arthurs Hände, die den Fisch behutsam filetieren, und spüre mein Herz, das in diesem Moment überläuft, den Abend im französischen Restaurant, der die kränkende Nacht im Hilton beinahe vergessen ließ, das unbeschwerte tiefe Glück in Frankreich, Madame Pigeon in ihrem kleinen Gemüsegarten, den ersten Kuss in Achims Kneipe, dann das unverhoffte Frühstück mit Arthur am Müggelsee und die erste Begegnung in Hamburg, seine ruhige und unangestrengte Rede im großen Vortragssaal, Arthur vor mir stehend, mit dem roten Kissen unter dem Arm. Und endlich, endlich bin ich zurück. Die Kinder, Heinrich und Ludmila warten auf mich, sogar Marlene ist gekommen. Sie nehmen mich in die Arme, glücklich, mich endlich wieder bei sich zu haben. Was hast du da, fragt Jacob und zeigt auf das verschnürte Paket unter meinem Arm. Ich schaue an mir hinunter und mein Herz beginnt zu zittern. Wie konnte das passieren? Ich hätte das Paket auf dem Rückweg irgendwo abstellen müssen, nein, nicht irgendwo, sondern da, wo ich Arthur kennen gelernt habe. Im Hotel. Dort hätte ich es abstellen müssen. Ich kann mit Arthur nicht in mein altes Leben zurückkehren, er hat darin nichts verloren und überstürzt renne ich noch einmal los, renne durch die Eingangshalle zur Gepäckabgabe. Eine dicke Hanseatin nimmt das Gepäckstück an, sie sieht aus wie eine Marktfrau, die man in eine falsche Haut gesteckt hat, das blaue Hotelkostüm mit der goldenen Anstecknadel wirkt geradezu lächerlich auf ihrem wohlgenährten Körper, aber sie scheint das nicht weiter zu stören. Zerbrechlich, fragt sie, als ich ihr das Paket gebe. Ich überlege kurz. Nein, antworte ich, nicht zerbrechlich. Im Hintergrund sehe ich einen offenen Container, in dem die Pakete auf ihre Abholung warten. Die dicke Frau nimmt Schwung, zimperlich ist sie nicht und sie sieht aus, als hätte sie die Kräfte einer Kugelstoßerin. Halt, sage ich plötzlich, bitte nicht werfen, der Inhalt ist ... er ist doch zerbrechlich. Sie schraubt ihren Schwung zurück, sehr deutlich zeigt sie mir, dass ich ihr gerade den einzigen Spaß ihrer Tätigkeit genommen habe. Ohne mich anzuschauen, stellt sie das Gepäck in ein Sonderregal. Was kann ich für Sie tun, wendet sie sich an den Mann hinter mir. Ich lasse ihn vor und will sofort gehen, ich höre, wie der Mann und die dicke Gepäckfrau miteinander reden, ich schaue mich noch einmal um, da steht mein Paket, eingereiht in eine lange Reihe anderer Pakete. Warum wehrt es sich nicht? Warum rappelt es nicht und fällt aus dem Regal oder explodiert mit einem lauten Knall? Es steht einfach nur da. Unsere Geschichte, mehrfach verschnürt und verklebt, und in dieser Sekunde weiß ich, dass mein Wille mein Herz belügt und dass Arthur kein Mann ist, den ich sorgsam verschnürt in irgendeiner Ecke zurücklassen kann.

Eine Wolke schiebt sich vor die Sonne, ich rolle mich zur Seite, als könnte ich mich vor dem vorbeiziehenden Schatten auf diese Weise besser schützen. Am liebsten würde ich mich im warmen Sand eingraben, aber so groß ist die Wolke nun auch wieder nicht, lange wird sie die Sonne nicht verdeckt halten.

Immer ist es mir zu heiß oder zu kalt. Nie ist es richtig. Wahrscheinlich, weil ich im Frühling geboren wurde. Die Synapsen funktionieren anders als bei Sommer- oder Winterkindern, die ihr erstes Gepräge bei eindeutigen Temperaturen finden. Im April kann es sein, dass sich der klare blaue Himmel plötzlich verdunkelt und Stürme übers Land ziehen, die man nur im Herbst erwartet, Wolkenschleusen öffnen sich und scheinen die ersten Knospen, die sich gerade ins Licht getraut haben, wieder zu ertränken. Und dann ist es plötzlich wieder warm und die Vorfreude auf das Kommende wächst erneut. Die Luft steht still, der Geruch des Winters ist gewichen, der Frühling spendet seinen eigenen Duft, seine eigenen Farben, die Zeit der frohen Erwartung hat begonnen. Vielleicht kann man ein Kind aus dem April holen, es vor unerwarteten Stürmen schützen und die Wiege beim ersten Sonnenschein wieder nach draußen stellen. Aber kann man den April aus einem Kind holen? Nicht Fisch und nicht Fleisch, würde meine Mutter sagen und mich, ihr Aprilkind, dabei mit einem fragenden Blick anschauen, der mich zu der Antwort zwingen soll, ob der Punkt nun erreicht sei, an dem sie beginnen sollte, sich Sorgen um ihre Tochter zu machen. Nein Mama, musst du nicht, alles in Ordnung. Du hast noch nie viel über dich gesprochen, sagt sie nach einer Weile. Ist das schlimm für dich, frage ich sie, obwohl ich die Antwort kenne. Manchmal wüsste ich schon gerne, wo mein Kind ist, sagt sie und ich weiß, dass sie jetzt gerne meine Hand nähme, aber sie traut sich nicht. Ach Mama.

Ein warmer Kuss erreicht meine Stirn.

»Morgen Mams«, lächelt mich Davids Stimme an, »bist du schon lange hier?«

Ich schaue an ihm hoch, breitbeinig steht er vor mir, seine Haare stehen wild durcheinander, wahrscheinlich ist er vom Bett direkt in seine Shorts gesprungen. Ich strecke die Arme aus, möchte sein Gesicht, das so wohl und ausgeschlafen aussieht, an mich drücken. Eher gnädig lässt er sich zu mir herab.

»Ist das nicht schön hier?«, frage ich.

Ich ziehe ihn näher an mich heran und spüre, wie er seinen Körper zu kurzzeitiger Ruhe zwingt. In gleichmäßigen Bewegungen lässt er Sand auf meinen Bauch rieseln.

»Im Moment habe ich nur ein riesengroßes Loch im Bauch, können wir nicht irgendwo frühstücken gehen?«

Er zieht mich hoch.

»Los komm«, sagt er und läuft los.

»Wo sind Jacob und Marie?«

David bleibt stehen und wartet auf mich.

»Marie ist mit Nele zum Bauern einkaufen gefahren und Jacob sitzt da vorne mit einem Fischer im Boot und pult Krabben.«

»Und wie reden die beiden miteinander?«

David blickt mich verwundert an, als wolle er mich fragen, ob ich meinen eigenen Sohn nicht kenne.

»Jacob schweigt und pult still vor sich hin. Und wenn der alte Fischer ihm etwas auf Griechisch erzählt, dann nickt er und lächelt. Und dann schweigen sie wieder.«

Von weitem sehe ich die beiden im Boot. Sie sitzen nebeneinander mit dem Rücken zum Strand, der Fischer sortiert sein Netz, Jacob beugt sich über eine Kiste und beobachtet seine pulenden Hände. Für einen kurzen Moment hält er inne und schaut aufs Meer. Ich weiß, dass er solche Augenblicke liebt, dann wandert sein Blick ein wenig verstohlen in das Gesicht des Fischers. Eigentlich könnte alles gut sein.

Nele ist mit den Kindern nach Perissa an den Strand gefahren und hat einen befreundeten Griechen gebeten, mich zum Vulkan zu bringen.

Georgios dunkel behaarte Hand zieht mich von dem kleinen schwankenden Boot an den notdürftig angelegten Steg. Exi i ora, sagt er und tippt auf seine Uhr. Exi i ora, wiederhole ich und nicke zum Einverständnis. Ich schnalle mir den Rucksack auf und schaue dem Boot hinterher, das wieder auf das offene Meer hinausfährt.

Ein schmaler Pfad führt auf den Vulkan, die Kargheit nimmt mich sofort gefangen. Diese auf Stein und Flechten reduzierte Landschaft braucht keine Gäste. Ihre Abweisung verwirrt mich auf angenehme Weise. Eine paradiesisch üppige Landschaft würde mich verpflichten, mich gut zu fühlen. Würde ich panisch reagieren, wenn Georgios um sechs Uhr nicht wie verabredet da wäre?

Ich binde meine Schnürsenkel fester zu. So lange habe ich mich auf diesen Tag gefreut, immer wieder habe ich mir diese heroische Einsamkeit vorgestellt. Ich schaue in den Himmel, die Wolken ziehen festentschlossen über mich hinweg. Genau auf diese graue Stimmung habe ich gehofft. Ein schwarzer Vulkan unter blauem Himmel scheint mir allein für die Kamera und für die Unterstützung süßer Sommergefühle reizvoll. Wenn ich langsam laufe, müsste ich in ungefähr einer Stunde oben sein. Ich knöpfe mir die Jacke zu und folge dem nur schwer erkennbaren Pfad. Selbst Vögel scheinen dieses Gebiet zu meiden, sie finden hier keine Nahrung, dabei würden Hitchcock-Krähen grandios in diese Landschaft passen. Mattschimmernde Flechtenfelder breiten sich vor mir aus, kein Baum, kein Strauch unterbricht diese rötliche Linie. Ich denke Arthur an meine Seite und frage mich, ob er diese Ruhe wohl stören würde. Ich spüre ihn neben mir, seinen unaufdringlichen Ernst, die unsichtbare Demut hinter all seinen lauten Verwerfungen und suche nach einer übergeordneten Bedeutung unserer Begegnung, weil ich nicht bereit bin, unsere Geschichte wie eine in den Himmel steigende Nebelschwade zurückzulassen.

Der Weg wird unverhofft breiter. Ich habe eine Ebene erreicht, das Auge kann plötzlich weiter schauen. Wenn ich Arthur überlebe, kann mir nichts mehr passieren, denke ich und frage mich, ob meine Liebe zu ihm vielleicht notwendig ist, um mich auf das große Alleinsein vorzubereiten. Es muss ein wunderbares Gefühl sein, nichts mehr verlieren zu können, nur der esoterisch-verbrämte Gedanke daran stört mich ein wenig, denn plötzlich sehe ich einige Hippies mit ihren botschaftsqualmenden Räucherstäbchen in liebender Runde vor meinen Augen. Aber ich widersetze mich dieser Verweichlichung, meine Einsamkeit ist nicht klein und lieb und verzichtend. Sie ist ein Bündnis mit mir selbst, bedeutet Möglichkeit und Anfang. Freiheit liegt darin, Unabhängigkeit. Was für Vokabeln. Mir wird ganz schwindelig.

Ich schaue zurück, das Meer liegt inzwischen weit unter mir, eine dunkle endlose Fläche. Plötzlich scheint mir jeder Gedanke angesichts dieser von Menschen unabhängigen und gewaltigen Landschaft trivial und jede Frage nach einem Sinn auf unbarmherzige Weise belanglos. Meine Schritte werden langsamer, irgendwann bleibe ich stehen und schaue. Überall schwarze Hügel. Keine Furcht. Die Wolken wüten. Sollen sie wüten. Die Wolken zürnen. Sollen sie zürnen. Kann ich diese unerhörte Kraft einatmen und in mir sammeln? Größer werden lassen? Von mir absehen, mich vergessen? Ist das das Glück? Fließt Glück ganz von selbst in eine tiefe Dankbarkeit?

Ich setze mich auf meine Jacke. Das vulkanische Gestein ist feucht und kühl. Seltsam reich fühle ich mich in dieser öden Mondlandschaft. Ich hole die Thermoskanne aus meinem Rucksack und lasse den heißen Tee langsam die Kehle hinunterrinnen. Ich halte mein Gesicht in den aufsteigenden Dampf, die Tasse wärmt meine Hände. Die Liebe ist wie eine Naturkatastrophe, denke ich, und so zerbrechlich wie eine Blume am Wegesrand. Den Mut dieser Blume möchte ich haben, die sich unbeirrt aus irgendeinem Bordstein zwängt. Habe ich in der ganzen Zeit mit Arthur nur ein einziges Mal beherzt geblüht? Mit dem Harnisch einer Heldin und dem Herz einer Häsin, so bin ich ihm begegnet. Meisterin im Hakenschlagen. Ich habe meine Wehrlosigkeit und Dünnhäutigkeit genossen und verflucht, aber wie wunderbar unverwundbar, schweigend und sachlich habe ich in den letzten Wochen auf Arthurs unbeholfene Zärtlichkeiten und laute Eskapaden reagiert. Du bist nicht klebrig, hat er einmal gesagt und damit meine größte Sorge aufgelöst, weil ich weiß, dass er klebrige Gemüter nicht ertragen kann. Ich teile diese Aversion. Aber bedeutetet Bekenntnis deshalb sogleich lästige Anhänglichkeit? Wie gefährlich ist ein Geständnis? Gefährdet es den zärtlichschüchternen Schutz der Liebe?

Ich packe die Kanne in den Rucksack, ziehe mir die Jacke wieder an und laufe weiter. Ich schaue in die tobenden Wolkenfelder, sie ziehen tief und scheinen zum Greifen nahe. In der Ehe wird eine mögliche Krise mitgedacht. In der heimlichen Liebe ist sie nicht vorgesehen. Aber ich möchte mich von ihr nicht in die Knie zwingen lassen und den falschen

Schleier des Stolzes darüber werfen, ich will meine Feigheit nicht weiter als Rücksicht tarnen. Entschlossen laufe ich weiter, entschlossen, endlich alles geschehen zu lassen. Meine Schritte werden immer schneller.

Georgios wartet schon auf mich, er sitzt auf dem Steg und dreht sich eine Zigarette. Er ist überrascht, offensichtlich hat er nicht damit gerechnet, dass ich pünktlich bin. Sofort springt er auf, wirft das Tau an Deck und reicht mir die Hand. Erschöpft klettere ich über die Reling und lasse mich auf eine alte Holzkiste fallen. Der Motor springt an, dabei verschluckt er sich einige Male. Georgios bietet mir ein Stück Käse an und nickt auffordernd. Seine Freundlichkeit wärmt. Er zieht eine kleine Flasche Ouzo aus seiner Hosentasche, gießt den Schnaps in zwei Gläser und stößt mit mir an. Dann verschwindet er im Fahrerhäuschen.

Wir fahren durch die Kaldera, den meergefüllten riesigen Vulkankessel entlang der steilen dunklen Kraterwände. Wenn ich die Augen schließe, schmeckt die Luft frisch und salzig und ich sehne mich nach Arthurs großer Hand, die meinen Kopf an seine Schulter zieht und durch meine feuchten Haare streicht. Keine Furcht mehr.

Liebster, ich brauche keine Ohren, um Dich zu hören, keine Augen, um Dich zu sehen, meinen Mund lasse ich ohne Worte sprechen und mein Herz braucht keine Antwort, um bei Dir zu sein. K.

Der Himmel hat sich inzwischen verdunkelt, jedes Mal vergesse ich, dass der Süden früher in die Nacht versinkt. An der Küste gehen die ersten Lichter an. Ich freue mich auf die Kinder. In meiner Hosentasche brummt es.

»Arthur?«

In der Leitung knistert es. Ich bin nicht sicher, ob die Verbindung überhaupt steht. Vielleicht fährt er auch gerade wieder durch einen Tunnel. Er fährt häufig durch Tunnel, wenn er mit mir telefoniert, und wenn ich die Umgebung von München nicht gut kennen würde, bekäme ich durchaus den Eindruck, dass die halbe Stadt untertunnelt sei.

»Danke, ich habe mich sehr über deine Nachricht gefreut.«

Er spricht langsam und sehr ruhig. Ich weiß nicht, ob ich ihm glauben kann, schließlich bin ich mit meiner letzten Nachricht mitten im Postkartensonnenuntergang gelandet. Aber an der Art, seine Freude in einfache Worte zu kleiden, spüre ich, dass seine Freude echt ist. Ich höre es an seiner Stimme, die sich ganz zurücknimmt und wartet. Zuweilen ist es, als würde er Dinge sagen und dabei in Wahrheit etwas anderes zum Klingen bringen. Ich erzähle ihm von den letzten Tagen, von Nele und den Kindern. Nur den Vulkan verschweige ich.

»Und manchmal«, ende ich und möchte mutig bleiben, »manchmal ist es ganz leer ohne dich und, um ehrlich zu sein ... du fehlst mir ganz einfach.«

Durch das Telefon kann ich hören, wie er die Lider schließt. Wie schön, dass er zögert.

»Ich vermisse dich auch«, sagt er leise. Dann senkt sich seine Stimme. Ich halte inne, es rauscht. »Du erfüllst mich mit Wohlgefühl, dafür möchte ich dich küssen. Und ich möchte deine Augen sehen und dein Erröten und ...«

Ich spüre den kalten Wind nicht mehr. Wie ein warmer Strom breiten sich seine Worte in mir aus. Ich schließe die Augen, höre sein Atmen.

»Bist du wieder gesund?«, frage ich ihn irgendwann, weil ich mein Schweigen nicht länger aushalten kann.

»Du kannst Glück wohl nur schwer ertragen. Manchmal reagierst du darauf mit Ablenkung, dann wieder mit Traurigkeit. Warum vermischt du beides, warum darf das Glück bei dir nicht glücklich sein?«

Ich bin irritiert, so hat Arthur noch nie gesprochen. Er spricht nicht über Empfindungen und jetzt legt er den Finger direkt in die Wunde. Ich fühle mich ertappt. Wie etwas erklären, wenn alles verschwommen ist?

»Seit Jahren west etwas in mir, was nicht zur Sprache kommt«, sage ich zögernd und schäme mich sogleich für das Wort »west«. Man kann es so leicht missverstehen und es klingt so prätentiös, dabei ist es genau das, was ich sagen will – wesen, ja so ist es. Etwas west in mir.

»Dann musst du geduldig warten, bis das Wesende als Seiendes erscheint.«

Ich schweige. Wetterleuchten einer aufgewühlten Seele. Ob man vor Liebeskummer oder Liebesglück sterben kann? Vielleicht bekommt man einen Riss im Herzmuskel. Wie fühlt es sich an, wenn es einem das Herz zerreißt? Tut es weh oder verblutet man leise, ohne es zu merken?

»Ja«, sage ich, »ja, so ist es wohl.«

Die Hafenlichter kommen langsam näher. Ich möchte nicht mehr weitersprechen, ein volles Herz kann die Worte nicht wägen.

»Ich umarme dich ...« sagt Arthur sanft.

»... und ich küsse dich ...«

»... und ich werde alles versuchen, um nächste Woche bei dir zu sein.«

»Bis bald, Liebster.«

Georgios lenkt das Boot zum Anlegeplatz, gerne würde ich ihm sagen, wie sehr mir der Ausflug zum Vulkan gefallen hat. Aber er spricht kein Englisch. Dafür legt er mir die Hand auf die Schulter, lächelt mir ein paar griechische Worte entgegen und nickt zum Abschied.

Inzwischen ist es stockdunkel, am Hafen herrscht Hochbetrieb. Ich habe keine Lust, in eine Taverne zu gehen, um dort auf Nele zu warten, möchte abseits bleiben. Ich setze mich auf einen Poller und beobachte das geschäftige Treiben. Eine Fähre entleert ihren überfüllten Bauch und spuckt einen Laster nach dem anderen aus. Die Schiffslotsen trillern mit verkniffener Miene, treiben zur Eile, sie sind die Herrscher des Hafens. Einige Inselbewohner versuchen, ankommende Gäste in ihre Hotels und Pensionen zu locken. Ich bin froh, inmitten dieses pulsierenden Lebens zu sein. Es ist wie es ist, denke ich leise, und alles wird kommen wie es kommen muss. Ich wühle im Rucksack und schiebe alles Überflüssige beiseite, mein Herz fließt, die Lichter und Geräusche um mich herum verschwinden langsam.

Ich liebe Dich. K.

Meine Hand sinkt in den Schoß und langsam spreche ich die Worte nach, erst einmal, dann wieder und immer wieder. Und plötzlich kommen die Tränen. Ich lasse sie kommen, jetzt dürfen sie. Wie schön, dass Glück einen weinen machen kann.

Nur ganz allmählich wird es stiller in mir, der Atem geht regelmäßiger, ich wische die Tränen weg, wohlige Erschöpfung wohnt in meinen Gliedern, ruhig fühle ich mich und friedlich. Aufgeregt und hellwach. Die Liebe ignoriert diese Gegensätze und schon beginne ich wieder zu denken, aber Arthur unterbricht meine Gedanken und lässt mich nicht von der Hand.

Süße Sehnsucht, wovon man nicht reden kann, soll man

träumend schweigen, vor allem wenn Stille so beunruhigend schön ist. Ich küsse Dich zärtlich und schicke Dir ein glückliches Lächeln.

Neben mir hupt es, Nele winkt, die Türen gehen auf.

»Das nächste Mal nimmst du mich aber mit auf den Vulkan«, sagt David.

Jacob fliegt in meine Arme.

»Mama«, sagt er.

»Ich hab Hunger«, sagt Marie.

Es ist bereits nach Mitternacht. Erschöpft falle ich ins Bett. Über dem Fernseher hängen bunte Blumenaquarelle, die Vorhänge und die Stehlampe erinnern an die siebziger Jahre, auf dem Nachttisch steht ein weißer Aschenbecher mit goldenem Marlboro-Emblem. Ein einfaches Hotel, ich habe nichts anderes erwartet, das Institut muss sparen. Der Kongress hat sich heute endlos hingezogen, ich weiß nicht, wie oft ich auf die Uhr geschaut habe. Zum Glück hat Dr. Arnold mir den Abend ein wenig erleichtert, indem er mich vor dem offiziellen Abendprogramm bewahrt hat. Wenn wir schon gemeinsam in Köln sind, dann müssen wir unbedingt in ein Brauhaus gehen. Keine Widerrede, hat er mir ins Ohr geflüstert und mich vor seinen Kollegen mit einer Miene des Bedauerns entschuldigt. Leider seien wir nicht abkömmlich, hat er gesagt und sich dabei leicht verneigt. Die Arbeit nähme uns in die Pflicht.

Ich lösche das Licht und denke an Jacob. Er hat sich heute auf dem Schulhof geprügelt und eine blutige Lippe davongetragen. Aber schuld sei er nicht, hat er mir am Telefon versichert, er habe sich nur verteidigt, schließlich müsse er sich nicht als Pimmelkopf beschimpfen lassen. Mein Handy klingelt, um diese Uhrzeit kann das nichts Gutes bedeuten.

»Heinrich, alles in Ordnung?«

Marie ist in der vergangenen Nacht unter meine Bettdecke gekrochen, weil sie Bauchschmerzen hatte. Aber heute Morgen, als ich sie zu Heinrich brachte, schien es ihr schon wieder besser zu gehen. Heinrich antwortet nicht.

»Was ist mit Marie, warst du mit ihr beim Arzt?«

Am anderen Ende wird ein Glas abgestellt. Ein kurzes Räuspern.

»Ich bin mir sicher, Marie liegt friedlich in ihrem Bett und schläft.«

Ich bin irritiert. Er schluckt.

»Arthur?«

Erleichterung, dass mit Marie alles in Ordnung ist. Am anderen Ende schweigt es.

»Du gibst wohl niemals Ruhe«, höre ich endlich seine Stimme.

»Wo bist du?«, frage ich, ohne seinen letzten Satz zu kommentieren, und verwundert über seinen späten Anruf. Wieder ist es still, ich höre nur das leise Ticken des Weckers.

»Ich liege im Bett und schaue auf den Rhein.«

Er packt seine Worte in ein wohliges Seufzen. Ich ahne und schweige. Er spürt, dass ich warte.

»... und habe einen einzigartigen Blick auf den Dom.«

Rhein, Dom? Meine Ahnung scheint sich zu bestätigen, schnell wandere ich flussabwärts und flussaufwärts um zu überprüfen, ob es noch eine andere Stadt am Rhein gibt, die einen Dom direkt am Ufer hat.

»Du bist in Köln??«

»Im Hyatt«, antwortet er mir und freut sich über die gelungene Überraschung, »nur wenige hundert Meter von dir entfernt.«

»Aber ... aber warum hast du mir nicht früher gesagt, dass du kommst? Du wusstest doch, dass ich heute auch in Köln bin«, frage ich ihn und weiß zugleich, dass meine aufgeregte Stimme meinen Vorwurf gänzlich zunichte macht. Dennoch muss ich ihn das fragen, schließlich hat er mich um viele Stunden der Vorfreude gebracht.

»Ich konnte meine Ankunft nicht garantieren und hätte es nicht gewagt, deine Erwartung ein weiteres Mal zu enttäuschen.«

Immer wieder wundert es mich, dass er auch ganz einfache Sätze sprechen kann. Wahrscheinlich ist er müde.

»Außerdem fürchte ich deine unnachgiebige Strenge«, fügt er hinzu und am anderen Ende kann ich hören, wie er schmunzelt.

»Das ist gut so«, antworte ich, während ich mich bereits wieder anziehe und darauf warte, dass er mich fragt, wann ich endlich bei ihm sei. Im Bitten ist er nicht gut.

»Ich habe mir das schönste Zimmer im Hotel geben lassen.«

Unwillkürlich muss ich lächeln. Wie schön, dass man selbst die kleinen Hilflosigkeiten eines Menschen lieben kann.

»In einer halben Stunde bin ich bei dir.«

Mit der Hand fahre ich über meine Schienbeine. Kaum sichtbare, aber doch fühlbare kleine Haarstoppeln erregen meinen Unmut. So will ich mich nicht in Arthurs Hände geben. Dabei bin ich mir beinahe sicher, dass er solche Feinheiten gar nicht bemerkt. Jedenfalls scheint es so, er gibt mir keine Zeichen des Gefallens oder Missfallens, als würde ihm alles an mir vollkommen genügen. Ich gehe ins Bad und suche nach einer neuen Klinge. Während das kühle Metall über meine Beine gleitet, frage ich mich, ob er einfach nur unaufmerksam ist oder ob es vielmehr seine vornehme Schüchternheit ist, die mir vielleicht Lücken, Wünsche oder Bedürfnisse verschweigt. Schnell ziehe ich mich an, werfe den Rucksack über die Schulter. Lasse ihn wieder fallen. Beinahe wäre mir ein kleiner Fehler unterlaufen. Mit wenigen Handgriffen stecke ich mir die Haare hoch, obwohl Arthur in wenigen Minuten die Spange aus den Haaren wieder lösen wird.

Mit dem Aufzug fahre ich in die Tiefgarage, mein Handy piept, Zimmer 633 steht auf dem Display. An der Frontscheibe meines Autos klebt ein kleiner Zettel, »Abnehmen ohne quälenden Hunger, vergessen Sie alle Diäten, garantierter Erfolg in vier Wochen.« Also auch in Köln. Seit einiger Zeit werden Berliner Bürger von Pizzaservices, Jobvermittlern, Immobilienhaien und Selbsthilfegruppen mit wachsender Penetranz verfolgt. Ich klemme den Zettel unter die Scheibenwischer des Nachbarautos, das aussieht, als transportiere es einen übergewichtigen Pensionär.

Ohne Umwege finde ich den Weg zur Deutzer Brücke. Ausflugsboote mit bunten Lichterketten ankern vor der Altstadt, zwei wankende Stadtstreicher stehen am Brückengeländer und prosten dem Rhein zu. Ich gebe Gas, um die grüne Ampel am Ende der Brücke noch zu erreichen. Ein paar hundert Meter folge ich den Messeschildern, dann sehe ich auf der linken Seite das große Gebäude.

Den beiden empfangslächelnden Damen an der Rezeption nicke ich freundlich zu und gehe geradewegs zu den Aufzügen. Eine der Türen steht offen, ich hoffe, dass man für die Benutzung der Fahrstühle nicht die elektronische Zimmerkarte benötigt. Aber ich habe Glück. Der Aufzug transportiert auch heimliche Gäste. Die dicken Hotelteppiche verschlucken meine nächtlichen Schritte. Nur das Klopfen könnte die anderen Gäste wecken, das wäre mir unangenehm. Ich stehe vor der 633 und wähle Arthurs Nummer. Während ich ihm zuflüstere, dass ich da sei und vor seinem Zimmer stünde, geht die Tür auf. Splitternackt steht Arthur vor mir, mit einer kleinen Spur Zahnpasta an der Oberlippe und dem Handy am rechten Ohr. Er spricht weiter. Seine Worte in der geöffneten Tür, die nun der schützenden Unsichtbarkeit des Telefongesprächs entbehren, machen mich ein wenig verlegen.

Ohne Einleitung knöpft er meine Bluse auf und küsst meine Schulter. Auf dem Tisch steht eine halbleere Flasche Champagner. Er sieht meinen Blick und während er mich langsam auszieht und jeder Bewegung dabei eine besondere Bedeutung verleiht, als gleiche jeder Zentimeter freigelegter Haut einer neuen Entdeckung, erzählt er mir, dass er sich gerade eine Flasche Champagner und eine asiatische Hühnersuppe gegönnt habe. Auf eigentümliche Weise schafft er es immer wieder, körperliche Zuwendung mit belanglosen Worten zu untermalen. Arthur zieht mich an der Hand ins Bett, meine Klamotten liegen verstreut auf dem Boden. Morgen werde ich übermüdet und zerknittert auf dem Kongress erscheinen, aber mein nächtliches Glück wird alles überstrahlen und vielleicht wird man meinem freudig verschämten Gesicht ansehen, dass ich eine wunderbare Nacht hatte. Sofort beginnt Arthur mich intensiv zu streicheln, als wolle er keine Zeit verlieren. Gerne hätte ich mit ihm noch eine kleine Weile am Fenster gestanden und auf den beleuchteten Dom geschaut, seinen warmen Atem in meinem Nacken gespürt oder einen zögernden Kuss, der die Sehnsucht vielleicht in Ungeduld verwandelt hätte. Aber ich möchte seine Lust nicht enttäuschen, seine suchenden Hände warten auf Erwiderung. Er streichelt und küsst mich, als sei ich sein Lieblingsnachtisch, der durch zu langes Stehenlassen leicht verderben könnte.

»Du hast gefehlt«, flüstert er.

Sofort schäme ich mich für den Lieblingsnachtisch. Ich umschlinge ihn, ich will nur atmen, mehr nicht, aber nur atmen ist ihm zu wenig, er lässt sich nicht festhalten. Er folgt seinem inneren Tempo und ich versuche meine Gedanken zu vertreiben und mich von seiner Dringlichkeit einfangen zu lassen. Wir wälzen uns über das weiße Laken und ich denke dabei an zwei Kraken beim Liebesspiel, die ihre vielen Extremitäten nicht zu sortieren vermögen. Arthur tritt die Bettdecke hinunter, er braucht Platz, ich helfe ihm und werfe die beiden Kopfkissen zu Boden. Nichts soll uns stören.

Das Geräusch eines fahrenden Zuges dringt durch die geschlossenen Fenster. Vorsichtig versuche ich seine Bewegungen zu verlangsamen und hoffe, dass ich die Poren seiner Haut öffnen und mit Ruhe tränken kann. Wie gerne würde ich meinen Kopf in seinen Schoß legen, aber ich wage es nicht, zu groß ist die Angst vor rücksichtsvoller Duldung. Arthur hält still, aber ich rieche Bemühen unter seinem reglosen Körper, er muss seine Sehnsucht nicht wachsen lassen, sie scheint groß genug und droht überzulaufen, er kommt mir vor wie ein zu schnell gezapftes Bier, dessen Schaum bereits über die Ränder rinnt. Ich kann seine gefesselte Lust nicht länger ertragen, die Gleichzeitigkeit von Gefühlen erscheint mir plötzlich wie ein ferner trauriger Stern. Ich gebe Arthur frei. Komm, sage ich leise. Er öffnet die Augen und schaut mich ernst an ohne sich zu bewegen. Er lächelt und streicht meine Haare aus dem Gesicht. Komm, sage ich noch einmal und er umschlingt mich und während seine Hände nun seiner hungrigen männlichen Zielstrebigkeit gehorchen, werde ich langsam zum Zuschauer. Für ihn scheint alles ganz leicht zu sein. Ich spüre, wie nah er bei sich ist, und ich beneide ihn um seine Eindeutigkeit. Ich schaue ihm zu, sehe wie er sich langsam in sich selbst verliert, jede seiner Bewegungen möchte ich auffangen und begreifen, es ist wie ein Malen nach Zahlen, aber ich bekomme das Bild nicht zusammen. Es entzieht sich meiner Deutung, bleibt ohne erkennbares Motiv und ich versuche mich zu beruhigen, indem ich mir sage, dass es sich vielleicht um ein abstraktes Bild handelt, dessen Inhalt sich nicht sogleich erschließt, und ich frage mich, ob Liebe denn abstrakt sein kann, ich stelle sie mir eher wie eine Schwarzweißphotographie vor, wie einen flüchtig festgehaltenen Moment, den man in bunten Farben weiterahnen kann. Wie Worte zwischen zwei Zeilen, die sich nicht festschreiben lassen. Wie die hörbare Stille in der Musik, die tonlose Erregung zwischen zwei Sätzen.

Arthur legt meine Arme zurück und drückt meine Hände ans Kopfende, ich schließe die Augen, sein warmer Atem fließt über meinen Bauch. Halt mich fest, denke ich. Plötzlich möchte ich flehende Worte sprechen, meine Hände suchen seine Hände. Wo sind sie, die Finger, die sich zwischen meine schieben sollten? Die mich vor einem einsamen Beischlaf schützen könnten? Aber seine Hände, die ich jetzt so dringend bräuchte, ich spüre sie an meinen Hüften, er braucht sie zur rhythmischen Unterstützung, langsam fällt er in einen gleichbleibenden Takt, sie bewegen mein Becken auf und ab, ich möchte nicht hinter ihm zurückbleiben, ich will, dass er mich mitnimmt in das Reich der Schwerelosigkeit. Aber so sehr ich mich auch bemühe, ich bin einfach zu langsam.

Ich schließe die Augen und suche einen Raum, eine Landschaft, einen Himmel, eine Zeit, in der ich bleiben könnte, und jetzt sehe ich einen anderen Arthur vor mir. Er ist noch jung und ich bin noch jünger, sein knabenhaft verschlossenes Gesicht schaut mich an, aber ich schaue nicht zurück, das zaghafte Spiel der Annäherung ist mir fremd, ich bin unsicher und vor aller Erfahrung. Wie eine kleine Knospe fühle ich mich, eine Knospe, die vorsichtig geöffnet werden will, um sich an den ersten Sonnenstrahlen zu wärmen, und ganz allmählich breiten sich meine Phantasien unter dem leiblichen Arthur aus. Behutsam streift mir der Jüngling den Ring vom Mittelfinger und löst die Halskette, seine warmen Hände legen sich auf meine Schultern und ziehen mich langsam zu Boden. Ausgestreckt liege ich vor ihm, spüre seine jungen Lippen auf meinen Augenlidern, Furcht und Erwartung schließen scheue

Freundschaft. Seine Hand legt sich auf meinen Bauch, ich halte ganz still, habe Angst mich zu bewegen, als könnte ich mich unter seiner Berührung auflösen, und nach einer großen Weile schiebt er mir sehr langsam die Bluse hoch, zögernd streift seine Hand über mein Herz. Ich höre auf zu atmen. Dort hat mich noch niemand berührt. Ich bin gefangen und wehrlos und möchte stammeln, aber mein stammelndes Herz kennt die Worte der Liebe noch nicht. Seine warmen Lippen lösen seine tastende Hand ab, um sie für südlichere Entdeckungen freizugeben, nur sein Atem ist mir vertraut, bislang konnte ich ihn aber nur neben meinem Ohr hören, jetzt legt er sich auf meine irritierte Haut. Ich spüre seine Hand auf meinem Knie, für einen kurzen Moment atme ich auf, dort haben mich schon andere berührt, freundschaftlich und ohne Nebenwirkungen. Doch dann schiebt sie sich langsam höher, Zentimeter für Zentimeter und ich erstarre unter diesem Weg, den seine Finger vorsichtig suchen. Was macht er da? Ich spüre ein seltsames zartes Klopfen und kleine Schauer in unregelmäßigen Wellen, sie werden immer intensiver, wie ein kleines Beben, das seinen Ausbruch vorbereitet, und langsam streicheln Arthurs Hände meine Unschuld fort, ich habe das Gefühl, etwas Verbotenes zu tun, aber seine Berührungen sind so wunderbar süß und fremd.

Erschreckt öffne ich die Augen, ein fremdes Geräusch hat mich zurückgeholt, irgendwo läuft eine Klospülung. Ich sehe Arthur über mir, sein Gesicht ist konzentriert, ich spüre seine wortlose, beinahe verzweifelte Anspannung in seiner nicht nachlassenden Kraft. Beharrlich bewegt sich sein Körper der großen Befreiung entgegen. Schnell schließe ich die Augen und fliehe aus dem nächtlichen Hotelzimmer zurück zu dem anderen Arthur und ich spüre wieder seine jugendlichen Hände, er nimmt mir die Unschuld, aber die Scham bleibt und er liebkost sie, als sei sie etwas Heiliges. Meine Erregung wächst in etwas Unbekanntes hinein und seine Hände öffnen meinen Körper so vorsichtig als könnte durch mein Geöffnetwerden der zarte namenlose Zauber verloren gehen und nun beginnen sich die Bilder zu wiederholen, immer wieder sehe ich mein fassungsloses verstörtes Gesicht, das in ein verbotenes Glück taucht, meine Erregung wächst, dieses ungläubige Gesicht unter Arthurs Berührungen, ich sehe es immer und immer wieder und dann, ganz allmählich verlöschen die Bilder. Mein Atem wird regelmäßiger und schneller, das Unbekannte wächst in Vertrautes hinein, ein Mann, eine Frau, kurz vor der gemeinsamen Auflösung, Liebster, denke ich, Liebster, Liebster, schweigen sich die Worte wie kleine Beschwörungsformeln unter seine feuchte Haut, die letzte rhythmische Bewegungen erreichen, dann schwinden die Sinne.

Ich wache auf, Arthur ist schon weg, seine Vorlesung in München beginnt um elf. Ich fühle mich zurückgelassen in diesem leeren Hotelzimmer, nirgends finde ich einen Hinweis darauf, dass Arthur und ich hier gemeinsam übernachtet haben. Es ist, als habe er mich einfach vergessen, wie man einen Schlüsselbund vergisst, und sähe ich nicht seine zerwühlte Bettdecke, würde ich wahrscheinlich glauben, dass die gestrige Nacht nur meiner Einbildung zuzuschreiben sei. Ich dusche und ziehe mich an, in dem weißen Marmorbad befinden sich die üblichen Hotelutensilien, keine der vielen Fläschchen und Tuben ist benutzt, nur ein auf den Boden geworfenes Handtuch beweist, dass Arthur wirklich hier war.

Ich gehöre nicht in dieses Hotel. Ich habe das Zimmer weder gebucht noch bezahlt. Im Hotelcomputer wird mein Name nirgends auftauchen. Plötzlich sehne ich mich nach den Kindern und Ludmila. Hastig schließe ich die Tür und eile durch den langen Gang zu den Aufzügen. Zwei schwarz gekleidete Herren, die sich eine zur Tat entschlossene Männlichkeit ins Gesicht zwingen, begleiten mich nach unten. Ihr Tag gehört dem Geschäft, jeder soll das sehen, Gefühle heben sie sich für das Wochenende auf. Die Hotelhalle ist fast leer, die wenigen Gäste an der Rezeption haben wenigstens einen Koffer bei sich, der ihre Anwesenheit berechtigt. Ich presse meinen Rucksack vor den Bauch. Nur noch einige Meter bis zum Ausgang. Bitterer Geschmack legt sich auf meine Zunge. Bestelltes Mädchen. Fremde, falsche Haut. Besudelt. Ich hätte länger duschen sollen.

Ich renne zum Auto, neu ankommende Gäste blicken mich fragend an, ich renne durch ihre Blicke hindurch, wie immer klemmt die Autotür, ich trete davor, reiße sie auf und lasse mich auf den Sitz fallen. Wut treibt mir die Tränen in die Augen, ich beiße die Zähne zusammen, aber ich kann die Hure in mir nicht zerbeißen, meine Fäuste sausen auf das Lenkrad, stakkatohafte Flüche sammeln sich auf dem Armaturenbrett. Ich steige wieder aus, knalle die Tür hinter mir zu, muss mich bewegen. Unmöglich kann ich in diesem Zustand auf dem Kongress erscheinen und freundliche Interviews führen.

Wohin jetzt? Auf der anderen Seite des Rheins steht groß und mächtig der Dom. Aber der liebe Gott kann mir jetzt auch nicht helfen. Er soll mir gestohlen bleiben, ich kann hinter dieser ganzen merkwürdigen Liebe keinen tieferen Sinn erkennen, soll er seine unsinnigen Experimente doch an anderen Opfern ausprobieren, mich in Ruhe lassen und mir ein einfaches schlichtes Leben schenken. Auf der Mitte der Zoobrücke bleibe ich stehen und lehne mich über das Geländer. Der Rhein ist dumm und fließt dumm vor sich hin, er transportiert Schiffe und keine Sehnsüchte, vielleicht noch zur Zeit der schreibenden Romantiker, heute ist er nur noch dreckig. Wie gerne würde ich mein Handy in diesen dreckigen Fluss werfen, aber auf der Mailbox ist Arthurs Stimme gespeichert und seine Stimme lässt sich nicht versenken. Seine Nummer vielleicht, aber nicht seine Stimme. Wie konnte ich nur so auf mich selbst hereinfallen? Ich sehe mich wieder auf dem Vulkan, der Aufstieg zum Krater und die damit verbundenen Gefühle erscheinen mir jetzt wie ein groß angelegter Betrug, eine seelische Entrümpelung, aber der Dreck kommt wieder. Feiner Staub legt sich auf das eigene Vertrauen, Schicht für Schicht, bis die Hoffnung aufhört zu hoffen und an sich selbst erstickt. Gleich wird Arthur vor seinen Studenten stehen, körperlich gesättigt und wohlauf. Wahrscheinlich hat er gar nicht bemerkt, dass er mich unter sich verloren hat. Ich bin seine fleischgewordene Sehnsucht, der Zauber ist dahin und vielleicht hat Arthur nur das eigene Gefühl seiner Sehnsucht genossen und dieses Gefühl an mir abgearbeitet. Er zeigt sich nicht, auch seine Anrufe sind seltener geworden. Sein Rückzug ist offensichtlich, ich kann nicht mehr daran vorbeihoffen. Unsere Geschichte gäbe einen schlechten Film, denke ich, ich habe alle dramaturgischen Gesetze außer Kraft gesetzt, schlechter Spannungsbogen, schlechte Fallhöhe, nur eine endlose Reihe von Hoffnung und Verzweiflung. Jeder Kinobesucher würde darüber den Kopf schütteln und einfache nachvollziehbare Auswege zur Hand haben.

Mein Handy surrt in meiner Manteltasche. Ich lasse es surren, meine Verfassung will ich mit niemandem teilen. Ich schaue in den Himmel, die Wolken kündigen einen langen breiten Regen an. Das Handy surrt wieder, jetzt dringlicher als beim ersten Mal.

»In ein paar Minuten beginnt die Vorlesung. Ich wollte nur wissen, ob es dir gutgeht.«

Arthurs Stimme ist sanft. Ich stocke. Versuche mich zu sammeln und auf einen neutralen Punkt zu konzentrieren, aber mein Wille ist zu schwach und schon beim ersten Satz bricht meine Stimme, die Sätze sprudeln ungefiltert. Ich erzähle ihm, wie ich ohne ihn aufgewacht bin mit nur einer halben Erinnerung auf dem leeren Kopfkissen, wie ich mich aus dem Hotel geschlichen habe, weil ich mich wie ein bezahltes Mädchen fühlte, und dass ich jetzt auf der Zoobrücke stünde und meine Liebe zu ihm nicht länger ertrüge. Dann bin ich plötzlich fertig und während ich mit dem Ärmel die Tränen vom Gesicht wische, bereiten meine Gedanken schon die verbale Verteidigung meines Zustandes vor. Wahrscheinlich hält er mich für überspannt.

»Du musst dich nicht erklären. Ich will dich auch nicht korrigieren. Im Gegenteil.«

Seine Stimme klingt ruhig und weich. Mein Herz klopft. Damit habe ich nicht gerechnet. Bitte sprich weiter, auch Worte können umarmen.

»Ich hätte dich gestern Abend nicht anrufen sollen und ich möchte nicht, dass du dich von mir benutzt fühlst. Ich weiß, dass wir mehr Zeit brauchen, aber im Moment wächst mir einfach alles über den Kopf.«

Ich höre seine Schritte, wahrscheinlich ist er auf dem Weg zum Hörsaal. Ich schaue in den Himmel, der Regen lässt auf sich warten. Meine Hand streift auf dem rostigen Brückengeländer hin und her, seine Worte beruhigen mich, aber ich spüre, dass mir sein Verstehen nicht reicht. Ich möchte wissen, ob er noch da ist, ob ich mit ihm rechnen kann.

»Arthur«, frage ich und mache die Augen zu, hinter geschlossenen Augen kann man den Mut besser sammeln, »Arthur«, frage ich mit leiser, aber fester Stimme, »bist du noch da?«

In der Leitung höre ich ein kurzes Rauschen.

»Die Verbindung ist schlecht«, antwortet er, »aber ja, ich bin noch da.«

Einen kleinen Augenblick ärgere ich mich über dieses Missverständnis, von dem ich hoffe, dass es eines ist. Aber es lässt sich in diesem Moment nicht richtigstellen. Es gibt Fragen, die kann man nicht wiederholen. Ich kann seine Schritte nicht mehr hören, wahrscheinlich steht er jetzt vor dem Hörsaal und ich denke an die Studenten, die er gleich mit wissenschaftlichen Inhalten fesseln und mit seinem provokanten Humor unterhalten wird.

»Danke, dass du angerufen hast.«

Einen kurzen Moment ist es still.

»Bedank dich nie wieder dafür«, sagt er und plötzlich ändert sich der Ton seiner Stimme, als wolle er mich vorsichtig warnen. Ich verstehe sofort, ich möchte noch etwas sagen, aber ich höre nur noch das Freizeichen. Arthur hat den Hörsaal betreten.

Rastlos und getrieben wache ich morgens auf. Getrieben schon im Traum. Seit langem der erste Sonntag ohne Kinder. Die goldene Maisonne strahlt Leichtigkeit auf die Bürgersteige. Ich gehe in ein kleines Café, das gerade neu eröffnet hat, und bestelle mir Rühreier und Orangensaft. Unter einer schattenspendenden Linde sitze ich probeweise da, in der Hoffnung, dass ich mich hier wohlfühlen könnte. Manchmal reicht es schon, den Stuhl etwas zur Seite zu rücken oder ein wenig nach rechts oder links zu drehen, alles eine Frage der Perspektive. Doch heute will sich Wohlgefühl nicht einstellen, also bezahle ich, gehe wieder nach Hause und lege mich sofort ins Bett, um Schutz zu finden vor der pochenden Unruhe, die Decke soll sie zudecken, aber die Bilder und Zweifel lassen sich nicht zudecken, also stehe ich wieder auf und setze mich ins Arbeitszimmer an den Computer, um diese lästigen Bilder durch Worte zu fixieren, ich möchte sie abgeben, die Worte, die jetzt nicht kommen, weil sie keine Ordnung haben, und so bleibt der Bildschirm weiß und mein Kopf durcheinander und die Unruhe wird größer und mischt sich mit einer lauernden Beklemmung, die mich erneut aus dem Haus in ein Omacafé treibt. Alte Omas beruhigen, mit ihren weißen Blumenkohlfrisuren sitzen sie da und essen leckere Kuchen. Also esse ich auch einen leckeren Kuchen und glaube fest an die positive Wirkung von Geschichten über Kaffeefahrten und Rheumaschmerzen, bis die Bedienung in ihrer weißen Spitzenschürze »Kindchen, geht es Ihnen nicht gut, Sie sehen so blass aus«

zu mir sagt und ich sie dankbar anlächle und dann wieder hinausschaue auf die Straße, auf die vorbeifahrenden Autos und nicht weiß, wo ich mich lassen soll, auf der Suche nach einem warmen Platz ohne Erinnerung.

Der leere Kuchenteller steht vor mir, ich bezahle und fahre mit der Straßenbahn in den Tiergarten und lege mich mit meinem Buch etwas abseits unter eine alte Eiche. Irgendwann gleiten mir die Seiten aus der Hand und die Gedanken aus dem Kopf.

Ein Rentier steht vor mir. Es hat das Fell eines graustruppigen Wolfes. Höhnisch blickt es mich an, seine Haltung bedeutet Verweigerung. Sei großherzig, sei zornig, sei wie du willst. Du kriegst mich nicht, sagen seine Augen, die schmal sind und mich unverwandt anblicken. Wortlos begegne ich der kühlen Arroganz dieses Tieres, spüre, wie alles eng und bitter in mir wird und plötzlich fühle ich einen lang aufgestauten Zorn in mir hochsteigen. Er sucht Entladung. An einem kurzen Seil zerre ich das widerspenstige Tier hinter mir her, es wehrt sich, aber die Wut gibt mir die nötige Kraft. Ich binde es an einem Baum fest. Der Wald ist ohne Menschen, keiner wird mich sehen und jetzt geht alles sehr schnell. Ich spüre eine ungeheure zielgerichtete Energie, mit einem einzigen Schnitt schlitze ich das Fell über dem Rücken auf. Entsetzte Augen. Mit diesem Angriff hat es nicht gerechnet. Ich reiße ihm das Fell über den Rücken, die Überraschung macht es wehrlos. Diese Zeit muss ich nutzen. Schon baumelt das Fell unter seinem Bauch. Beine hoch, fahre ich es an. Regungslos bleibt es stehen. Beine hoch, wiederhole ich heftig. Es gehorcht, als habe mein aggressives Vorgehen seinen Willen gebrochen. Ich ziehe das Fell unter seinen Beinen weg. Jetzt fehlt nur noch der Kopf. Aber das Fell will sich an dieser Stelle einfach nicht lösen. Ich vermeide jeden Blickkontakt. Mit dem Messer helfe ich an der Stirn noch einmal nach, dann ein Ruck, ich ziehe ihm das letzte Stück Fell über die Ohren und werfe es achtlos zur Seite.

Ich wende mich ab und lasse mich auf einen großen Baumstumpf fallen. Mein Herz rast, Tränen schießen mir in die Augen. Nur einen Augenblick ausruhen, gleich werde ich schauen, es endlich sehen. Ohne schützende Verpackung, unverhüllt. Vorbei das Versteckspiel. Es ist still, totenstill. Das Tier hinter mir scheint nicht einmal mehr zu atmen. Ich schaue in den wolkenlosen Himmel, das klare Sommerblau widerspricht meiner Erregung, ich versuche mich zu beruhigen, aber mein Herz rast weiter, ich kann nicht länger warten. Ich stehe auf und drehe mich um.

Da steht das Tier mit langgestrecktem Hals. Das Seil ist stramm gespannt, die nackte Haut glänzend und feucht. Eine Mischung aus Dunkelrot und Braun. Die Augen sind groß und starr und blicken mich fassungslos an. Der ganze Körper sieht aus wie modellierte rohe Leber. Breitbeinig und zitternd steht das Tier vor mir, ich spüre seine Not, seine Scham, die ängstliche Verkrampfung. Es friert.

Alles bricht in mir zusammen. Ich bin entsetzt. Entsetzt über mein Tun und seine Not. Sein undurchdringbares Fell, diese unbeirrte verhüllende Tarnung, die Unmöglichkeit einer tiefen Berührung haben mich kopf- und herzlos gemacht. Aber ich kann dieses nackte verletzbare Wesen nicht ertragen, ich möchte es trösten und umarmen, aber rohe Leber lässt sich nicht umarmen. Hastig suche ich nach dem Fell, klopfe es aus, so gut es geht, und meine verzweifelten Hände stopfen seine Beine eilig in die Löcher. Es vergeht keine Minute und das Tier ist wieder vollständig angezogen. Aber ich kann es nicht anschauen, ich schäme mich so sehr für das, was ich getan habe. Wie konnte ich nur so weit gehen? Es tut mir so leid, schluchze ich in meine Hände, die mein Gesicht verdeckt halten. Mein Tun glich einem Racheakt, dabei ist es gar nicht das, was ich wollte. Unsicher schaue ich auf, das Tier steht still und blickt in den sommerlichen Wald und sein Blick scheint durch die Bäume und das dichte Grün hindurchzuschauen, als würde er über eine weite Ebene wandern und sich hinter dem Horizont verlieren.

Das Handy klingelt, ich wache auf und höre Ludmilas Stimme.

Ein warmer Spätsommerabend. Arthur und ich sitzen in einem kleinen Weinlokal auf der Terrasse, eine Reihe Kletterrosen trennt die Tische von vorbeifahrenden Autos, Kerzen flackern auf den Tischen, die Ober servieren mit gekonnter Zurückhaltung Käseteller und Weine.

Nie spricht Arthur über seine Ehe. Dafür bin ich ihm dankbar. Wie leicht wäre es, durch Denunzierung der eigenen Frau die Geliebte zu erhöhen. So wird Arthur nie sein. Gerade der Schutz, den er ihr gewährt, lässt mich ihm nahe sein. Der Schutz der einmal anvertrauten Intimität ist nicht ein Schutz auf Zeit. Manchmal, wenn er mir entgegenkommt, denke ich – Anstand geht mit ihm. Darin ist er still. Er trägt nichts vor sich her.

Gerade reden wir über Eifersucht. Wenn ich privat oder beruflich mit anderen Männern unterwegs bin, erfreut mich Arthur nicht mit Anrufen und wartet ab, bis ich mich bei ihm zurückmelde. Er fürchtet nicht den Vergleich und lässt mich deshalb in Ruhe. Nie würde er mich bedrängen oder ausfragen. Auch dafür bin ich ihm dankbar.

»Eifersucht sucht nach undichten Stellen, erfindet Geschichten«, sagt er.

»Sie ist blutsaugerisch, hat etwas Parasitäres«, sage ich.

»... ist Ausdruck eines leeren Egos, ein Symptom des Selbstzweifels«, sagt er.

»Nur ich darf machen, dass es dir gutgeht«, sage ich.

»Nietzsche hat gesagt, dass Neid und Eifersucht die Schamteile der menschlichen Seele seien«, sagt er.

»Er spricht mir aus dem Herzen«, seufze ich.

Arthur streift meine Hand mit der Serviette. Unsere seltsame Übereinstimmung irritiert ihn.

»Du wirst immer meine erste Zweitfrau sein«, versucht er mich nun zu locken und steckt sich dabei eine Weintraube in den Mund.

Warum macht er das? Manchmal hat er einfach eine Tracht Prügel verdient und meine Lust dazu ist groß. Wir wissen beide, dass es bei diesen vielen kleinen Spitzen um etwas anderes geht, eine Ambivalenz, die auszudrücken er anders nicht gewillt ist. Dennoch erscheint mir seine sofortige Zerstörung von Übereinstimmung mitunter beinahe zwanghaft.

»Warum musst du alles, was gerade ist, sofort wieder verbiegen?«, entfährt es mir jäh und ich erschrecke vor meinen eigenen Worten. Was für ein dämlicher Satz. Ich finde mich plötzlich in einer Straße wieder, in der ich gar nicht groß geworden bin.

»Du glaubst wirklich, die Liebe sei etwas Gerades? Etwas Eindeutiges?«, bekomme ich sofort die Quittung.

»Ja«, erwidere ich und hoffe, dass er meinen trotzigen Unterton zu überhören bereit ist, »die Liebe ist unbeirrbar und kompromisslos und sie lässt sich nicht händeln und vor allem nicht erziehen«, erkläre ich ihm aufgebracht, als wüsste er nichts von der Liebe.

»Findest du?«, lacht er. Er beugt sich flüsternd zu mir und formt mit der Hand einen Trichter, »bisher war ich noch bei jeder Frau erzieherisch erfolgreich.«

Er lehnt sich zufrieden zurück und wirft mir einen gierigen Blick in der Erwartung meiner Antwort entgegen. Da liegt er vor mir, sein Fehdehandschuh.

»Gut gebrüllt, Löwe«, antworte ich kühl.

Arthur wartet. Damit gibt er sich nicht zufrieden. Ich lasse ihn warten. Enttäuscht blickt er mich an. Das war alles? Seine Enttäuschung ist echt, ich spüre, wie gerne er noch weitergespielt hätte.

Ich schaue ihn an und plötzlich habe ich wieder meinen Traum vor Augen, sehe das frierende, entblößte Rentier. Sein wartendes Gesicht schaut mich an und ich frage mich, ob nicht gerade jene rohe Leber bei allen Menschen gleich ist, sozusagen der Archetyp, ununterscheidbar langweilig, auf Angst, Lust, Aggressionen reduziert. Gibt uns nicht erst die zweite Haut den Spielraum zu individueller Ausprägung? Ist es nicht vor allem auch Arthurs zweite Haut, die mich auf seltsame Weise berührt? Manches an ihr erscheint mir bizarr und fremd, dennoch ist Arthur der erste Mann, von dem ich nicht in Ruhe gelassen werden will. Allerdings erscheint er mir in der Gestalt eines Rentieres doch allzu fragwürdig. Ich sollte in Zukunft genauer träumen.

Und mit meinem nackten Tier vor Augen renne ich in einem Anfall von Begierde um den Tisch herum. Die Gläser wackeln, finden aber im Gegensatz zu mir zu ihrem Halt zurück. Ich überfalle ihn, suche seinen Hals, seine Lippen, seine Augen, küsse ihn wild und ungehalten, mache ihn vor den Augen der Öffentlichkeit jetzt zu meinem Opfer. Er gibt nur wenig nach, zu plötzlich ist der Sturm. Wirbelwinde überfordern ihn.

»Das war ein Geschenk, mein Liebster«, flüstere ich ihm ins Ohr, »um den nächsten Kuss wirst du mich bitten müssen.«

Artig setze ich mich auf meinem Platz zurück, schiebe den noch beinahe unberührten Teller zur Seite. Wie so oft verfliegt der Hunger genau in dem Moment, in dem ich ihn stillen könnte. Stattdessen bestelle ich noch ein Glas Weißwein, schaue in mein leeres Glas und drehe es langsam zwischen den Fingern.

»Alles in Ordnung?«

»Ja«, sage ich, schaue auf und mein Blick endet direkt in Arthurs Augen. »Ja, alles in Ordnung.«

Bisweilen fragt er einfach an der falschen Stelle. Seine Wortgefechte locken mich, sie sind nicht ohne Bedeutung, aber sie stehen in der Klammer. Sein Blick durchzieht mich wie ein lang ersehnter, warmer Regen. Ich spüre, dass es in der nächsten Zeit keinen Angriff mehr geben wird.

»Du nimmst mich manchmal einfach zu wörtlich«, sagt er und hält mich weiterhin mit seinen Augen fest.

»Meinst du die Zweitfrau, vor der ich Angst haben sollte?«

»Nein.« Seine Stimme ist behutsam. »Ich meine überhaupt. Grundsätzlich.«

Ich beobachte seine Hand, wie sie sich meiner nähert. Langsam öffnet er sie, wie eine Blüte, so vorsichtig als könne dabei ihr Duft verloren gehen. Mit dem Zeigefinger fährt er zögernd über ihre Innenfläche, als hätten wir plötzlich alle Zeit dieser Welt. Die Stille gleicht bekennenden Worten, sie ist beunruhigend sanft, ich lasse mich von ihr einfangen, bade in ihrer kurzen Unendlichkeit.

»Vielleicht ist es genau das«, höre ich meine Stimme und meine Augen verabschieden sich von unseren Händen und wandern an seinem Gesicht empor, bis mich sein Blick wieder empfängt, »vielleicht möchte ich dich einfach einmal beim Wort nehmen. Ja, so ist es wohl. Dich einmal beim Wort nehmen. Die Bretter der Bühne verlassen, die Requisiten zerstören, den Text vergessen, den Maskenbildner zum Teufel jagen. Einmal mit dir mitten ins Leben springen.«

Arthur schweigt. Ich ordne die Krümel auf der Tischdecke. Ich möchte nicht, dass er mich jetzt ansieht. Er hebt mein Kinn, lässt in diesem Moment nicht zu, dass ich mich ihm entziehe. Mit der Rückseite seiner Hand berührt er meine Wange, so zärtlich und so ernst, als könnte ich mich dabei in Luft auflösen. Eine tiefere Berührung wird es zwischen uns nicht geben. Ich schaue in sein Gesicht, ich sehe und schaue und weiß, dass dieser Mann mein Schicksal ist. Dass ich an ihm nicht vorbeikomme. Dass er mein Leben in ein Davor und ein Danach teilen wird, als ob mit ihm eine neue Zeitrechnung für mich begänne, die mich nun zwingt, in einem immerwährenden Vergleich leben zu müssen. Und ich ahne, dass er vor meinem Gefühl erschrecken würde, und bin froh, dass er von all dem nichts weiß.

»In drei Wochen beginnen die Semesterferien. Lass uns nach Wien fahren. Ich möchte ...« Für einen kurzen Augenblick hält er inne, »... ich möchte dir die Strudelhofstiege zeigen und mit dir im ältesten Wiener Kaffeehaus sitzen und einen Kapuziner trinken und ...«

»... und?«, frage ich vorsichtig und spüre, dass ich jetzt, säße er neben mir, wagen würde, meinen Kopf an seine Schulter zu lehnen.

»... und ich möchte morgens neben dir aufwachen«, sagt er und schaut auf unsere Hände, die jetzt ineinander liegen.

»Ja«, antworte ich, »ja, das möchte ich auch.«

Arthur lässt sich neben mir auf den Rücksitz fallen.

»Neuer Markt 5, Ecke Kärntner Straße.«

Der Taxifahrer nickt. Eine ihm offenbar geläufige Adresse. Die Art und Weise, wie er uns in Empfang genommen, die Koffer verstaut und die Türen leise in Schloss gedrückt hat, lässt darauf schließen, dass er einer inneren Berufung folgt. Wortlos hebt er uns in den Stand auserwählter Ehrengäste. Jede seiner Bewegungen scheint zu gleiten. Distanzierte Eleganz, sein Anzug sitzt tadellos, ein verschwiegener Diener der finanzreichen Schicht, jedenfalls kommt er mir so vor.

Arthur sieht müde aus. Ich weiß, dass seine Erholungsphasen der letzten Wochen kurzen Wehenpausen glichen – ein schnelles Nickerchen im Flieger, eine kleine Verschnaufpause unter der Dusche, eine halbe Stunde Wartezeit beim Zahnarzt. Er zieht meine Hand in seinen Schoß und holt tief Luft, als wäre er nicht bereit, sich seiner Müdigkeit hinzugeben.

»Ab sofort genießen, prassen und tafeln wir. Ich habe da schon einiges vorbereitet.«

Er seufzt zufrieden.

Warum hat er mich nicht vorher gefragt? Ich will mich von seinem derben Charme nicht überrumpelt fühlen.

»Arthur, so geht das nicht, wir haben abgemacht, dass ...«

»Du hast abgemacht. Ich habe dazu lediglich geschwiegen.«

Vorsichtshalber blicke ich Arthur empört an. Ich weiß, dass jeder weitere Einwand zwecklos ist. Seine Augen lächeln mich spitzbübisch an. Er kennt mich. Er weiß, dass ich alles so will, genau so – einen Mann, der mich für wenige Momente von aller Verantwortung befreit, der mich an seine große Hand nimmt und in den nächsten drei Tagen liebevoll entmündigt.

»Verstehst du«, sagt er und grinst so breit, als hätte er gerade erfolgreich eine Bank überfallen, »das Spiel heißt ›Ich, großer starker Mann, jage Büffel und trage Büffel für kleine schwache Frau in Höhle‹.«

Arthur küsst meine Hand. Jetzt wird er übermütig und ich fühle mich durchschaut, zu einfach erkannt. Bin ich so simpel gestrickt? Ich sollte seiner Überlegenheit Einhalt gebieten.

»Arthur«, flüstere ich ihm ins Ohr, »darf ich dir eine Liebeserklärung machen?«

Ich küsse ihn noch einmal, um ihm ein paar Sekunden unauffälliger Bedenkzeit zu geben. Dann schaue ich ihn erwartungsvoll an. Darf ich, fragt mein Blick und er spürt, dass ich es ernst meine. Er weiß, dass die Worte in mir bereitliegen, er spürt die fehlende Angst der Liebe und plötzlich fühle ich mich stark, so ungeheuer stark. Wie eine schöne Frau in einem amerikanischen Film, die einem schönen Mann ihre Liebe gesteht, ohne zu wissen, ob er sie jemals erwidern wird.

Arthur wird rot. Es ist nicht jene zarte Röte, die ein Gesicht schimmernd schamhaft überzieht. Arthur sieht aus, als hätte er gerade eine Luftmatratze aufgeblasen.

»Nein«, sagt er nur, aber wir beide hören, dass dies ein hilfloses Nein ist. Ich spüre eine tiefe Verlegenheit hinter seinem Blick, der standhalten will. Sein Mund lächelt mich entschuldigend an und plötzlich muss ich wieder an rohe Leber denken, an mein zitterndes Traumtier und ich werfe das warme schützende Fell über ihn.

»Schon gut ... Worte gehen ja nicht verloren ... Liebeserklärungen sind wie ... wie ...« Ich habe zu schnell gesprochen. Jetzt fehlt mir die passende Metapher.

»... wie H-Milch«, beendet Arthur meine Suche, »die wird auch nicht schlecht.«

Er lacht. Die H-Milch hat ihn gerettet. Dennoch spüre ich seine Erleichterung, als das Taxi zum Stehen kommt.

Das kleine Hotel am Rande der Stadt erweist sich als das traditionsreiche Ambassador. Erst jetzt begreife ich, dass auch der vornehme Taxifahrer zum Hotelinventar gehört. Arthur tut so, als bemerke er meine Überraschung gar nicht, und während seine sicheren Schritte in der Eingangshalle das Unerwartete herunterzuspielen versuchen, nimmt der Page meinen Koffer, der es nicht gewohnt ist, von fremdem Personal getragen zu werden. Ich bin froh, dass Arthurs ausgebeulter Lederkoffer sich von meinem grünen abgewetzten Konfirmationskoffer nicht wesentlich unterscheidet.

Nachdem der Page unser Zimmer verlassen hat, drehe ich mich wie ein schwindelig gewordener Kreisel in ein vergangenes Jahrhundert. Ich fühle mich wie ein kleines Mädchen, dessen Prinzessinnentraum unerwartet dem Traume entrückt und in die Realität gefallen ist. Arthur ist an der Tür stehen geblieben und beobachtet lächelnd mein Staunen. Schräg vor dem Fenster steht ein polierter Biedermeierschreibtisch, die flachsfarbene Seidentapete sieht aus, als könne sie zwischenmenschliche Störungen verschlucken, der ausladende Leuchter und der Stuck an der hohen Decke erzeugen vornehme Adelsgefühle. Mein Gesicht in dem goldblättrigen Spiegel verlangt nach einer anderen Garderobe. Wahrscheinlich residieren hier sonst nur betuchte Herrschaften, deren gepuderte Gesichter bei Wohltätigkeitsveranstaltungen lächelnd in die Kamera blicken. Ich öffne die breiten Flügeltüren und ziehe die Gardinen zurück. Das Wiener Sommerlicht droht die gediegene Eleganz in Frage zu stellen. Ich lasse mich rücklings aufs Bett fallen.

»Arthur, du bist wahnsinnig.«

Er steht noch immer an der Tür und lächelt. Einen kleinen Moment ist es still im Zimmer, nur die Geräusche der Straße dringen durch die Fenster.

»Komm«, sage ich, denn ich fürchte, dass sich die nächsten Stunden halbieren könnten. Die gemeinsame Zeit mit Arthur scheint mir jedes Mal wie weißer Pudersand durch die Finger zu rinnen, »komm«, sage ich noch einmal, »Wien wartet auf uns, Zeus ist auf unserer Seite.«

Ich breite den Stadtplan auf dem Bett aus. Mit roten Kringeln habe ich bereits alles umrandet, was ich in den nächsten Tagen sehen möchte. Arthur amüsiert sich über meinen drängenden Eifer. Ich tippe auf die einzelnen Kreise.

»Die Hofburg, dann zur Judengasse«, murmle ich vor mich hin und mein Finger fährt dabei über die Karte, um die beste Route zu ermitteln, »Stephansdom, Hundertwasserhaus und dann natürlich zum Prunksaal der Nationalbibliothek.«

Arthur steht neben mir und faltet in aller Ruhe den Stadtplan wieder zusammen.

»Es ist schon alles vorbereitet«, sagt er mit der Gewissheit eines Mannes, der seinem holden Weibe am Altar durch sanften Händedruck behütete Sicherheit verspricht. Er reicht mir den Arm.

»Wenn ich bitten darf?«

Er darf. Ich hake mich bei ihm unter, alle meine Wünsche sind vergessen, ich lasse mich leiten, folge ihm, wunderbar bereit, mich im Sog seiner heimlichen Vorbereitungen treiben zu lassen.

Arthur führt mich durch die dunkle Halle. Ich schwinge durch die große Schwingtür, für einen Moment bin ich geblendet, schützend halte ich die Hand vor die Augen und sehe Arthur winken. Ein schwarzer hochglanzpolierter Fiaker fährt vor, der Kutscher steigt ab und begrüßt Arthur mit einer angedeuteten Verbeugung. Sie sprechen kurz miteinander, ich kann sie nicht verstehen. Arthur winkt mich mit einer einladenden Geste heran.

»Küss' die Hand, gnä' Frau.«

Der Kutscher hält die Tür auf und wartet, bis wir eingestiegen sind. Wohin fahren wir? Der Kutscher jedenfalls weiß mehr als ich. Arthur lehnt sich zurück, schlägt die Beine übereinander und legt seinen Arm um mich. Er schließt die Augen und lässt sich die Sonne ins Gesicht scheinen. Wahrscheinlich genießt er gerade. Ich schaue nach vorn, sehe die zwei gleichmäßig trabenden Gäule, der Kutscher sieht aus, als sei er ein überzeugter Widersacher der Moderne. Er ist peinlich korrekt gekleidet, mit unerschütterlichem Selbstbewusstsein hält er die Zügel in der Hand. Er scheint sich um uns kümmern zu wollen und unterhält uns mit Jahreszahlen, Baumeistern und kleinen Anekdoten, deutet nach links und nach rechts, weiß von allem ein bisschen, aber eigentlich nichts richtig.

»Genau so habe ich mir das vorgestellt«, flüstert Arthur mir ins Ohr und ich bin froh, dass er den alten Kutscher nicht durch zu detailliertes Nachfragen aufs Glatteis führt.

In unregelmäßigen Abständen zerre ich Arthur am Ärmel, schau mal hier und schau mal da, warum sagst du nichts, freust du dich nicht, ich kann seinen fehlenden Enthusiasmus gar nicht verstehen. Schämt er sich meiner Begeisterung?

Er legt seine Hand auf mein Knie.

»Ich bin nur müde. Ich habe die letzten Nächte am Schreibtisch verbracht.«

Ich bitte den Kutscher, am Volksgarten eine halbe Stunde zu warten. Ich will laufen. Muss in Bewegung bleiben. Immer noch. Wir schlendern durch den Park, ich frage und erzähle und frage. Arthur ist höflich, beinahe zurückhaltend, sein Schweigen irritiert mich, irritiert meine anfängliche Euphorie. So müde kann er doch gar nicht sein. Neben seiner reservierten Art komme ich mir vor wie ein aufgeregtes Mädchen im Disney-Land, das sich mit kindlichem Blick entzückt und berauscht in bunten Farben und Figuren verliert. Allmählich werden meine Schritte langsamer und meine Fragen weniger. Was geschieht, wenn ich aufhöre zu reden? Arthur scheint als hätte er eine römische Mauer um seine Seele gebaut, er schenkt mir kein inneres Sprechen. Er braucht ein Gebäude, eine Kirche, eine Gasse, um Sätze zu formulieren.

»Dahinten kannst du das Grillparzer-Denkmal sehen.«

Ich nicke und erinnere mich an das handgeschriebene Lyrikbändchen meiner Mutter, das ich bei einem Umzug im Keller fand. An das Gedicht von Grillparzer auf der ersten Seite. Ich spüre die Worte im Mund und möchte sie hinunterschlucken, aber wie Hefe breiten sie sich auf meiner Zunge aus, werden immer mehr und mehr.

»Seitdem irr ich verbannt, alleine, betrüge andre so wie mich.«

Die Sonne steht senkrecht am Himmel. Ich beobachte unsere Schritte, Sommerzeit.

»Und weiter?«

»... du aber, armes Weib, beweine den du verloren ewiglich«, sage ich jetzt so leise, als wären es meine eigenen Worte, die ich nicht vor Zeugen aussprechen will.

Für einen kurzen Moment habe ich Angst vor einem ironischen oder zynischen Wort, er könnte ein Zuviel an Gefühl mit Sentimentalität verwechseln. Aber Arthur bleibt stehen und zieht mich fest an sich, hält mich weg von dem Loch, in das ich zu fallen drohe, und jetzt ist es seine Sanftheit, die ich fürchte. Plötzlich bin ich weit entfernt von der starken amerikanischen Filmfrau. Jedes weiche Wort könnte zu viel sein. Ich schaue an seinem Hals vorbei in den Himmel. Kleine weiße Wölkchen treiben wie zarte Tupfer im satten Sommerblau.

»Lass uns weitergehen. Irgendwo hier in der Nähe muss der Theseus-Tempel stehen«, sage ich.

Ich gehe ein paar Schritte vor, Arthur folgt mir.

»Warum interessiert dich der Tempel? Das ist doch nur eine Nachbildung. Du gibst dich doch sonst nicht mit Plagiaten zufrieden.«

Eine Schulklasse kommt uns entgegengelaufen. Ich warte, bis sie uns passiert hat und der Geräuschpegel wieder verebbt ist.

»Ich habe das Original auf dem Agora-Hügel in Athen gesehen.«

Ich weiß, dass in dieser Antwort nicht die Begründung meines Interesses enthalten ist, und hoffe, dass Arthur nicht weiterfragt. Der Tempel interessiert mich im Augenblick genauso sehr wie die weißen Parkbänke, an denen wir vorübergehen. Aber Arthur fragt nicht weiter. Schweigend gehen wir nebeneinander her. Ich denke zurück an meinen Aufstieg zum Vulkan. Hatte ich da nicht den unbedingten Willen, die lähmende Vorsicht hinter mir zu lassen und diesem elenden Versteckspiel ein Ende zu setzen? Jenes »Es ist wie es ist«, auszuhalten? Jetzt droht mich die Furcht erneut in die Knie zu zwingen. Ich schlucke, nehme Anlauf.

»Weißt du eigentlich, wie es ist, neben einem Menschen zu gehen, der ohne Liebe im Leben auszukommen scheint?«

»Nein. Weißt du, wie es ist, ich zu sein? Weiß ich, wie es ist, eine Fledermaus zu sein?«

»Ich weiß genau, was du meinst. Aber ich wollte keine philosophische Antwort.«

»So war sie auch nicht gemeint«, sagt er ruhig.

Ob Arthur mir jemals sagen wird, was er eigentlich meint? Erschöpft und müde bin ich, so unendlich müde.

»Ich gebe auf und ziehe meine Frage zurück«, sage ich ohne ihn anzuschauen.

»Fragen kann man nicht zurückziehen«, antwortet er immer noch ruhig.

Die umfangreiche Speisekarte entschuldigt meine lange Unentschiedenheit. Arthur hat bereits gewählt. Ich muss Zeit schinden, wandere mit dem rechten Zeigefinger die Speisekarte hinauf und herunter, blättere vor und zurück, als hätte es irgendeine Bedeutung, was ich jetzt esse oder trinke.

»Heute wieder eine Mädchenportion?«

Seine Stimme spricht betont liebevoll.

»Mädchenportion klingt nett. Aber sei nicht beunruhigt, heute werde ich aufessen.«

»Mich beunruhigt gar nichts«, lächelt er sanft.

Ich weiß. Das macht es ja so unerträglich. Aber das sage ich ihm nicht.

Ein Ober mit glänzender Pomade im zurückgekämmten Haar nähert sich unserem Tisch, sieht mich fragend an und ich bestelle sehr souverän einen Apfelstrudel und einen Franziskaner, als hätte an meiner Wahl nie der geringste Zweifel bestanden. Die Anwesenheit des Obers beruhigt mich. Am liebsten möchte ich sein leeres Gesicht an unseren Tisch bitten und die Gegenwart dieses langweiligen Unbekannten in Kauf nehmen, um vor Arthurs möglichem Spott, einem wilden Satz, seinem Urteil, seiner schüchternen Sanftheit geschützt zu sein.

Obwohl ich vor dem Essen gewöhnlich nicht rauche, zünde ich mir eine Zigarette an.

»Solange du da bist«, sagt Arthur. Ich verstehe nicht und schaue ihn fragend an.

»Mich beunruhigt nichts, solange du da bist.«

Sein Gesicht ist ruhig und groß und ernst. Wie kann ich nur verhindern, dass immer neue Hoffnung aufflammt? Wie gerne würde ich ihm vertrauen, mich an ihn lehnen. Er sucht meinen Zeigefinger, den Mittelfinger, dann verhaftet er jeden Finger einzeln, bis sie in seiner klaren großen Hand fast verschwinden. Ich kann meinen Blick nicht von ihnen lassen, von seinen Händen, die viel zu schön sind für den Rest seines Körpers. Ein Extrageschenk. Manchmal habe ich das Gefühl, dass sich seine versteckte Seele in diesem Teil des Körpers manifestiert und der restliche Teil seines Leibes der gewollten Ablenkung dient, und in diesem Moment wünsche ich mir, dass ich das Bild seiner Hände nie vergessen möge. Und ich versuche es mir einzuprägen und weiß im gleichen Moment, dass jedes Einprägen längst überflüssig ist. Sie sind da, jetzt wo Arthur vor mir sitzt, und sie werden immer da sein, auch wenn unsere gemeinsame Zeit zu Ende ist.

»Weißt du eigentlich, dass die Franzosen keine Übersetzung für das Wort Sehnsucht haben?«, frage ich ihn, weil ich die Stille nicht länger ertrage. »Désir meint den Wunsch, Nostalgie eher das Heimweh und die süße Erinnerung, aber für die schmachtende und verlangende Sehnsucht haben sie kein eigenes Wort. Das ist so, als müssten wir Worte wie Trauer oder Hoffnung wegdenken. Wie kann ein so elementarer Begriff in einer Sprache überhaupt fehlen?«

Meine innere Fragerei scheint ihn zu amüsieren. Er erklärt mir, dass die Sehnsucht ein Begriff der Romantik sei und auf das deutsche Sprachgebiet beschränkt blieb und auch in Deutschland vorher nicht existiert habe.

»Das weiß ich auch.« Manchmal beleidigt er mich.

»Und? Haben die Menschen deshalb schlechter gelebt? Kann man ein nicht existierendes Wort als Mangel empfinden?«

Ich trinke einen Schluck Wein und spiele mit dem Zuckerstreuer.

»Sehnsucht ist trotzdem ein schönes Wort.«

Er lächelt. Die Asche meiner Zigarette droht zu kippen, ich mache Anstalten, mir einen Aschenbecher am Nachbartisch zu besorgen, doch sein fester Händedruck bedeutet mir sitzen zu bleiben. Nicht doch. Er winkt einen Ober herbei und bittet höflich um den von mir gewünschten Gegenstand. Wie nah er mir ist. Warum schenkt er mir bei solchen Kleinigkeiten so viel Aufmerksamkeit und warum bleiben die großen Dinge unbenannt?

»Ist dir schon einmal aufgefallen, dass in dem Wort Geschlecht das Wörtchen ›schlecht‹ enthalten ist? Was ist schlecht am Geschlecht? Warum heißt es nicht ›Gegut‹ oder ›Geschön‹?«

Arthur blickt mich an, als wollte er mich fragen, ob es wirklich lohne, sich über solche Belanglosigkeiten Gedanken zu machen. Oft scheint es, als habe er alles in Wesentliches und Unwesentliches unterteilt und das Wesentliche bereits zu Ende gedacht. Aber ich suche nach seinen Löchern, suche Gedanken, die er noch nicht zu Ende gedacht hat, Gefühle, die er noch nicht zu Ende gefühlt hat. Doch Arthur ist wie eine Gleichung mit mehreren Unbekannten, die sich bei jedem Versuch einer Lösung auf rätselhafte Weise zu verdoppeln scheinen.

Ich lasse Zucker auf meinen Kaffeelöffel rieseln, bis sich ein kleiner weißer Hügel darauf gebildet hat und versenke ihn langsam im Kaffee. Es gäbe so vieles, was ich Arthur fragen, und so vieles, was ich ihm erzählen könnte. Er mag es, wenn ich unzensiert plaudere, wenn ich mich für etwas begeistere. Es sei wunderbar, wenn er meine beschwingt beschwingende Stimme hören könne, hat er einmal gesagt. Aber jetzt möchte ich nicht plaudern. Ich möchte reden, Worte aussprechen, die ich nicht aussprechen kann. Ich möchte nur einmal, dass er mir zuhört, den Worten zuhört, die aus dem dunklen Seelenverlies keinen Ausweg finden. Und ich möchte nur einmal, dass er mich sieht, mich wirklich anschaut, dass er innehält und das sieht, was ich nicht sichtbar machen kann.

»Soll ich dir ein Gedicht aufsagen? Männer können gut Gedichte aufsagen.«

Ich muss lächeln, mitten hinein in die Traurigkeit. Ich schüttle den Kopf.

»Ich will jetzt nichts zitiert bekommen.«

»Verstehe, du willst etwas von mir. Persönliche Worte.« Er braucht keine Antwort. »Liebste, du überforderst mich.«

»Das lasse ich nicht gelten. Ich weiß es besser und du weißt es auch.«

Mein Finger rollt eine Fluse auf meinem Hosenbein auf und ab. Arthur beobachtet seinen kreisenden Löffel in der Kaffeetasse.

»Du musst mir in die Augen schauen«, sagt er leise.

Arthur liegt schon im Bett, eingehüllt in blütenweiße Hotelbettwäsche. Wie gerne würde ich wissen, was in diesen Minuten in seinem Kopf vorgeht, ob die letzten Stunden noch einmal an ihm vorbeiziehen oder ob er bereits seinen Vortrag für den kommenden Montag durchgeht. Vielleicht baut sich gerade ein Stadtplan vor seiner Stirn auf, um die Strecke zum nächsten Tagungsort gedanklich abzufahren. Vielleicht genießt er aber auch nur eine wohlig entspannte Leere. Noch schöner fände ich es, wenn sich unruhige Erwartung durch seine Gedanken schlängeln würde.

Nackt stehe ich vor dem Bett. Wie immer liegt er auf dem Rücken und hebt jetzt als Zeichen der Einladung die Bettdecke an. Ich schmiege mich an ihn, mein Kopf liegt seitlich in seiner Armbeuge, so dass ich sein Gesicht sehen kann, das nach oben schaut, als gäbe es dort nicht die sachliche Begrenzung einer Zimmerdecke, sondern einen leuchtenden Sternenhimmel, den es zu bestaunen gilt. Ich verstehe nicht, was ihn da oben so fesselt, selbst die schönsten Stuckornamente kann man unmöglich so lange betrachten. Aber ich bin nicht gewillt, ihn davon abzulenken. Manchmal ist es einfach zu demütigend, ihn locken zu müssen. Also warte ich, richte mich in ihm ein und vergrabe meine Nase in seiner Achselhöhle.

Irgendwann beginnt Arthur mich zu streicheln, seine Hände gleiten schnell über meinen Rücken und wieder zurück, dann wechselt er die Bahnen, jetzt müsste er die Rippen, dann die abwärtsfallende Kurve zur Taille spüren und direkt werden die Innenflächen seiner Hände wieder bergauf zum Becken geführt, dann entlang der Oberschenkel und dort, kurz oberhalb des Knies, endet seine Bewegung, weil sein Arm nicht weiter reicht. Und so wiederholen sich diese Streichellinien, weil er auf dem Rücken liegen bleibt, als ob ihn eine unbekannte Macht auf die Matratze fesselte, als wären Haut und Laken durch einen seltsamen Stoff miteinander verbunden. Sein Streicheln ist unkonzentriert, ich spüre, dass nicht ich es bin, die er streichelt, nur eine fremde Haut empfängt seine zerstreuten Bewegungen. Wir liegen aneinander wie zwei Puzzleteile, die nicht zueinander passen.

Ganz vorsichtig lege ich mich auf ihn. Mein Kopf ruht auf seiner Brust und horcht. Wer Ohren hat, der höre. Und ich höre seinen regelmäßigen Herzschlag, der keine Unruhe verrät, ich kann mich davon überzeugen, dass er lebt, und möchte dieses Leben mit Lebendigkeit tränken. Ich beobachte die kleinsten kaum sichtbaren Bewegungen. Wie ein Hauch zeichnen sie sich in die traurige Ratlosigkeit. Meine Hände wandern über seine spärlich behaarte Brust, seine Schultern, finden ihren Weg entlang des Halses bis sie die Scheu überwinden und nun auch die Konturen seines Gesichtes betasten, die große Nase, seine eng anliegenden Ohren, seine kurz geschnittenen dichten Haare, ich suche nach Spuren, die ein Bitte-mach-weiter verraten könnten, aber außer meinem eigenen Begehren gibt es nichts, worauf ich reagieren könnte. Die Zeit hat einen Bruch erfahren, die Vorsicht schläft mit, versteckt sich in uns und in den Kissen und Laken. Arthur fürchtet entblättert zu werden, sein nackter Körper muss mir reichen, ist Entblößung genug. Der Liebende ist nicht blind, denke ich und die Zeit heilt keine wundgeliebten Herzen.

Sein Körper scheint mich zu begraben. Aber in diesem Augenblick brauche ich seine Schwere, ich möchte unter ihm verschwinden, die elenden Gedanken ersticken, ich will von ihm genommen werden, jetzt sofort und ohne falsche Rücksicht. Seine Bewegungen sind hölzern, meine Tempoänderung kommt zu unerwartet. Er bemüht sich, alles richtig zu machen. Die Befürchtung, mir zu nahe zu treten, zwingt ihn zur Höflichkeit. Zielstrebig wandern seine Hände über meinen Bauch zu dem Hügel, der letzten Erhebung. Wie sehne ich mich nach einem Innehalten, einem Blick, der mich einen Sprung wagen ließe, der ein Netz spannt und mir bedeutet, fallen zu können. Nach Händen, die mein Gesicht umrahmen, einem zaghaften Kuss auf die Augen. Ob er weiß, wie es ist, sich unter Liebesschmerz zu krümmen?

Nur langsam kommen unsere Körper zur Ruhe. Gleich werden sich seine Poren wieder schließen und ich werde in meiner Sehnsucht zurückbleiben. Ich richte mich auf, sehe seinen mächtigen Körper unter mir, seinen Hals, der Angst vor Spuren der Untreue hat, seine breite Brust und die schönen von Adern durchzogenen Unterarme, die Zähne seines Unterkiefers, die wild durcheinander stehen, seine kleinen Augen, die hinter tiefen Wulsten verschwinden. Und ich frage mich, warum dieser Mann mein bisheriges Leben wegwehen konnte wie ein heftiger Sturm eine alte Wellblechhütte, warum ich nie die Möglichkeit hatte, mich gegen ihn zu entscheiden. Warum für mich vom ersten Moment an alles entschieden war.

Seine Muskeln entspannen sich, sein Atem wird ruhiger. Arthur gehört zu den Männern, die sich nach einem Liebesakt ausstrecken und schlafen können. Übergangslos gleitet er in mir unbekannte Bilder, nimmt sie mit in den Schlaf. Meine Augen haben sich an die Dunkelheit gewöhnt, auch ohne ihn anzuschauen, weiß ich, wie sein schlafendes Gesicht aussieht. Dennoch drehe ich mich um, als bräuchte ich für das innere Bild eine letzte äußere Bestätigung, sehe die Lider, die seine kleinen blauen Augen bedecken. In unregelmäßigen Abständen flattern sie zart und kaum sichtbar wie kleine aufgeregte Insektenflügel. Auch seine Lippen bewegen sich von Zeit zu Zeit, lautlos, keine Silbe, kein Wort drängt zwischen ihnen hervor. Und ich sehe sein Gesicht, das ernst ist, beinahe schon wieder angestrengt, als suche er auch im Schlaf nach Lösungen, rüste sich für den nächsten Tag. Er schläft mit gerunzelter Stirn, über seiner Nasenwurzel ist eine tiefe Furche erkennbar, er sieht aus, als löse er komplizierte mathematische Gleichungen. Wie gerne würde ich ihm diese Furche vorsichtig fortküssen, aber sein Gesicht sieht so konzentriert aus, dass ich es nicht wage, ihn bei seinen Rechenaufgaben zu stören. Ich betrachte ihn, möchte Wache halten, aber er braucht meine Wache nicht. Er ist wieder zu sich zurückgekehrt, sein schlafendes Gesicht verweigert Schutz. Wacht er in der Nacht auf, wird er mich wieder mit beiden Händen fest am Becken in seinen Schoß ziehen und weiterschlafen. Wie selbstverständlich.

Morgen werde ich Arthur meinen Engel zeigen.

Hand in Hand gehen wir über den Zentralfriedhof. Arthur ist fern in seiner Anwesenheit, ich bin allein mit meiner Liebe, die ich nicht erklären kann, und wenn mich Ludmila morgen vom Flughafen abholt, werde ich lediglich über Tatsachen, also nur den unbedeutsamen Teil der Wahrheit, sprechen können.

Heute Morgen bin ich nach unruhigem Schlaf aufgewacht, durch die offenen Fenster konnte ich in der frühen Dämmerung das lebhafte Zwitschern der Vögel hören. Jedes Mal staune ich über die unerschütterliche Fröhlichkeit, mit der sie jeden neuen Tag begrüßen. Arthur atmet ruhig und gleichmäßig, sein Gesicht ist jetzt entspannt, offenbar hat er alle Aufgaben gelöst, nur ich liege wach mit den Aufgaben und Fragen, die ich nicht lösen und nicht beantworten kann. Arthur ist mir so nah in dem was er ist, aber nicht zu sein vermag, und ich frage mich, wie lange sich ein Gesicht im Gedächtnis wohl aufbewahrt, bevor es schemenhaft wird und die Konturen zu verblassen beginnen.

Arthurs Körper liegt mir zugewandt, vorsichtig lege ich meinen Kopf ganz nahe an sein Gesicht und lasse mich von seinem warmen Atem streicheln und plötzlich spüre ich seine suchende Hand auf meinem Bauch, sein schlafender Arm zieht mich dicht an seinen ruhenden Körper. Nur im Schlaf bekennt er und ich beschließe, dem kommenden Tag das ganze Glück dieser Umarmung zu schenken.

Jetzt gehen wir nebeneinander her, die unwillkommene Fremdheit des Tages hat sich wie ein unsichtbarer Schatten wieder zu uns gesellt, aber heute ist mein Schweigen groß und schön, denn gleich werde ich meinen Engel sehen.

»Du weißt, wie groß dieser Friedhof ist?«, fragt Arthur, nachdem wir schon zahllose Grabreihen abgeschritten haben.

»Er muss hier in der Nähe sein. Irgendwo zwischen dem jüdischen und russischen Teil des Friedhofes.«

Arthur schaut mich von der Seite an, »irgendwo zwischen« kann seine Physikerseele nicht beruhigen. Aber ich habe mich so lange auf diesen Tag gefreut. Ich will mich jetzt nicht drängen lassen.

»Direkt neben dem Eingang des Friedhofes ist das ›Concordia‹. Im Reiseführer steht, dass es dort die größten Schnitzel zwischen Simmering und Nebraska gibt. Wenn du willst, hole ich dich später dort ab.«

»Super Nummer.« Arthur grinst. »Du suchst einen Engel und ich gehe Schnitzel essen.« Er küsst mich. »Außerdem lasse ich dich doch zwischen all den Toten nicht alleine.«

»Vor den Toten habe ich keine Angst.«

»Sondern?«

»Vor dem Tod«, antworte ich ein wenig beschämt, »... er dauert so lange.« Ich wende meinen Blick ab, weil ich befürchte, dass er mich verbessert und mir sagt, dass es kein »lange« mehr gibt, wenn die Zeit aufhört Zeit zu sein. Aber er schweigt nur und drückt meine Hand.

An der nächsten Weggabelung beschließen wir uns zu trennen und uns in einer halben Stunde an der Friedhofskirche wieder zu treffen. Während ich ihm den Engel beschreibe, binde ich mir die Jacke um die Taille. Ich küsse Arthur zum Abschied und plötzlich fühle ich mich befreit. Erst jetzt merke ich, dass ich meinen Engel gar nicht mit Arthur teilen möchte. Noch einmal schaue ich mich um, sehe seine bedächtigen Schritte, sein Gang erinnert mich an unsere erste Begegnung in Hamburg, als er mir einen Espresso holte und mit dem roten Kissen zurückkam und ich spüre, wie meine Liebe mit jedem Meter, den er sich von mir entfernt, wieder tiefer atmen kann. Langsam gehe ich weiter. Kühle Sommerfrische liegt auf den

Gräbern, es riecht nach frisch gemähtem Gras. Ein altes Mütterchen mit einer kleinen grünen Gießkanne geht an mir vorbei und lächelt mich an. Sie sieht aus, als sei sie hier zu Hause. Vielleicht versorgt sie ihren verstorbenen Ehemann mit frischen Blumen und gemeinsamen Erinnerungen.

»Entschuldigen Sie bitte, vielleicht können Sie mir helfen, ich suche einen Engel, der ...«

Sie bleibt stehen, streicht sich eine weiße Strähne aus der Stirn und ihre wachen blauen Augen blicken mich direkt an.

»Hier gibt es viele Engel. Ich vermute, Sie suchen einen bestimmten.«

Ich nicke und erzähle ihr, dass ich das Bild dieses Engels vor einigen Jahren in einem Bildband gesehen hätte und jetzt hier sei, um ihn mir endlich anzuschauen. Ihr Lächeln zeigt mir, dass ich nicht viele Worte machen muss, um mich zu erklären. Sie neigt den Kopf ein wenig zur Seite.

»Wie sieht ihr Engel denn aus?«

Schon nach wenigen Sätzen unterbricht sie mich.

»Da brauchen Sie nicht lange zu suchen.« Sie stellt ihre kleine Gießkanne ab, »Sehen Sie da hinten die große Kastanie? Da gehen Sie rechts und nach zwanzig Metern wieder rechts, dann können Sie ihn schon sehen.«

Ich bedanke mich bei ihr und folge dem von ihr beschriebenen Weg.

Und dann sehe ich die kleine Spitze seines Flügels über eine blühende Hecke ragen, meine Schritte werden langsamer und vorsichtiger, als könnte ich ihn durch eine zu schnelle Bewegung stören. Da hockt er, in der Gestalt eines erwachsenen Kindes, er kniet auf seinen Fersen, den Oberkörper leicht nach vorne gebeugt, die Hände vors Gesicht geschlagen. Ich setze mich auf die gegenüberliegende Grabmauer und schaue. Ich schaue auf dieses schmale kauernde Wesen, das mehr ist als bloße Bestürzung. Es sieht aus, als sei es von allen Engeln verlassen und allein auf dieser Welt. Man möchte ihn umschlingen, behutsame Worte schenken, aber die Ehrfurcht vor der Absolutheit dieses Schmerzes verbietet es, ihm näher zu treten. Es ist, als kauere in ihm das eingetretene Unvorstellbare und Unabwendbare zugleich. Der Tod eines Menschen und die zurückgelassene Seele, die verloren ist in ihrer Liebe, die sie nie mehr teilen wird.

Tanzende Schatten bewegen sich auf seiner reglosen Gestalt. Ich schaue in den Himmel, der so blau ist und so wenig weiß, der alles überdeckt und doch nicht trösten kann. Ich bin erleichtert und froh, in diesem Moment allein und unbeobachtet zu sein. Wahrscheinlich würde Arthur denken, ich wolle ihm mit diesem Engel meine eigene Verzweiflung demonstrieren. Das wäre mir peinlich, denn es ist nicht die Verzweiflung, sondern die Reinheit des Gefühls, die mich in dieser Gestalt so gefangen nimmt. Gleichzeitig würde ich Arthurs Vermutung nicht korrigieren, seine Fehleinschätzung würde mich zu sehr kränken, als dass ich dafür Worte hätte.

Ich sehe meinen Engel und weiß, dass mich dieser moosbewachsene Schmerz überdauern wird. Ob es irgendwo auf dieser Welt auch einen ausgelassenen jauchzenden Engel gibt, der sich strahlend in den Himmel streckt? Ich werde ihn suchen und ihn vielleicht finden. Und dann werde ich ihn Arthur zeigen. Vielleicht wird er dann verstehen. Meine Hände liegen im Schoß, als warteten sie auf das Wunder der Gelassenheit. Wieso lässt es sich nicht in glücklicher Absichtslosigkeit leben?

Hinter meinem Rücken spüre ich eine unsichtbare Bewegung. Ich drehe mich um und sehe Arthur. Ich weiß nicht, wie lange er schon da steht. Er schaut an mir vorbei auf den Engel, vielleicht ruht sein Blick auf seinen gebrochenen Flügeln, ich bin nicht sicher, was er in diesem Moment genau sieht, aber ich spüre, wie sich alles in ihm zurücknimmt. An ihm kommt er nicht vorbei. Meine Furcht war umsonst. Regungslos steht er vor dem Engel und schaut. Alles in ihm ist still.

Erst jetzt wird er sich meines Blickes gewahr. Er weiß, wie ich ihn gesehen habe. Schnell schaut er weg. Wie ein zum Schweigen verurteilter Riese steht er da und wartet. Weil nichts passiert, kommt er ein paar Schritte näher, bis er neben mir steht. Warum setzt er sich nicht einfach zu mir auf die Mauer oder nimmt mich in den Arm? Aber er bleibt stehen und legt nur die Hand auf meine Schulter und ich spüre, wie sein Unbehagen über das von mir Gesehene an meiner Seite wächst. Ich ziehe seine Hand von meiner Schulter, schmiege sie an meine Wange und schließe die Augen. Ich bin nicht allein, ich teile das Gesehene mit Arthur und ich habe ihn, Arthur, gesehen. Dieses Glück will ich rein halten. Doch dann spüre ich, wie sich seine Hand langsam löst. Ich bin irritiert und möchte nicht zulassen, dass er sich jetzt entzieht. Schnell stehe ich auf, schenke ihm ein glückliches Lächeln, möchte ihm bedeuten, dass alles gut sei. Ich umarme ihn, lege meinen Kopf an seine Brust, drücke ihn fest an mich, aber er steht da wie eine griechische Säule in Delphi. Er lässt mich gewähren, an seiner Brust suchen meine Augen nach dem Engel und dann drückt er mich an den Schultern behutsam von sich als sei ich ein Geflecht aus Zuviel und Zugroß. Wie einen Findling lässt er mich auf dem Feld zurück.

Doch dann sehe ich, wie er auf den Engel zugeht. Er bleibt vor ihm stehen, betrachtet ihn, nach einer Weile geht er langsam um ihn herum, bleibt wieder stehen und beugt sich zu ihm hinunter. Ich hoffe. Mit seinen Fingerkuppen streicht er vorsichtig über seine Flügel, eine behutsame, beinahe zärtliche Geste. Ich hoffe. Es sieht aus, als ob er ihn streichle. Ich hoffe. Er schaut mich an.

»Heller Sandstein«, sagt er, »ich bin nicht sicher ... vermutlich aus dem Burgenland.«

Dann ist es still. Die Baumkronen bewegen sich unter dem satten Himmelsblau, in meine Ohren fällt das sachte Rauschen der Blätter und die entfernten Geräusche der Großstadt. All meine Sinne reagieren, aber sie haben nichts mit mir zu tun. Während alles in mir stillsteht, laufen sie weiter, füttern mich mit blutleeren Empfindungen. Ein paar Worte, die mich in das große Stumme stoßen. Arthur berührt meine Schulter, ich wende mich ab. Hinter mir höre ich seine Schritte.

Seit einer Woche bin ich wieder in Berlin. Ludmila und ich haben die Filmbesprechungen für den nächsten Monat bereits fertig, eine Kollegin im Institut ist schwanger, Marie und Jacob wollen in den Sommerferien wieder nach Santorin, David braucht neue Turnschuhe. Ich erledige die alltäglichen Dinge, ohne dass mir dabei große Fehler unterliefen. Meine Hände führen die anfallenden Arbeiten aus wie die Hände der Fabrikfrauen, die in immergleichen Bewegungen die schön gewachsenen Kartoffeln von den verschrumpelten Knollen trennen. Gleichmäßig und unaufgeregt, teilnahmslos. Meine Gedanken sind narkotisiert, ich befinde mich in einem tauben Wartezustand, die Betäubung filtert das Unabwendbare. Ich warte, aber es ist nicht mehr die Hoffnung, die mich warten lässt. Ich möchte von Arthur verabschiedet werden – eine letzte Umarmung, ein letzter Kuss und eine weggewischte Träne, ein letztes Danke für alles, ich werde dich nicht vergessen. Aber das Handy piept nicht und das Telefon schweigt. Ich weiß nicht, wo Arthur jetzt ist, irgendwo treibt er durch sein sattes arbeitsreiches Leben. Ob er später einmal an mich zurückdenkt? Plötzlich spüre ich, wie mich die schützende Narkose verlässt. Ich habe Angst vor dem, was kommt, Angst vor dem Vergleich, vor der namenlosen Leere. Sie eilt auf mich zu, ich versuche ihr zu entkommen, hastig ziehe ich mich aus und flüchte unter die Dusche. Das Wasser soll meine Furcht wegspülen. Ich schlage mir ein Handtuch über die nassen Haare, sehe mein Gesicht im Spiegel, ungeschminkt und weit entfernt. In zwei Stunden erwartet mich ein frohsinndiktierter Abend unter Kollegen. Aber ich will nicht ihren fragenden Blicken ausgesetzt sein, fürchte den kollektiven Gleichschritt. Überall sehe ich Schieflage. Die Liebe vereinzelt.

Ich presse meinen warmen Körper an die kalten Kacheln. Die rechte Wange drückt sich an die hässlichen achtzigerjahre Fliesen, die Poren ziehen sich augenblicklich zusammen, Gänsehaut überzieht meinen Körper. Doch der Kälteschock zeigt nicht die erhoffte Wirkung. Ich will die aufkommenden Tränen hinunteratmen, ein Blick in den Spiegel demonstriert mir meine lächerliche Haltung – ich klebe, gleich einer Gekreuzigten, an der kalten Badezimmerwand. Aus Abscheu vor der eigenen Erbärmlichkeit entfliehe ich diesem Bild und lasse mich auf den Klodeckel fallen. Hektisch massiere ich die Knöchel meiner Hände, Beklemmung knebelt mich auf diesen verdammten weißen Klodeckel. Amoklauf in der Zwangsjacke. Ich versuche zu verharren, gleich einer Magenkranken, die weiß, dass jede Bewegung die Übelkeit ohnegleichen steigern könnte. Aber die Hände massieren sich weiter, sie gehorchen mir nicht, die Knöchel sind schon ganz weiß und auch das Herz will nicht ruhig werden, es pocht und scheint das Blut jeweils für Sekunden in der Herzkammer zu stauen.

Ich haste auf die Terrasse, will tief atmen, mich ruhig atmen, das Handtuch fällt mir vom Kopf, ich spüre die feuchten Haare auf meinem Rücken. Der kühle Wind überfällt mich, aber er reicht nicht aus. Ich greife nach der Gießkanne und gieße das kalte Wasser mit einem einzigen Schwall über mein Gesicht, meine Schultern, meinen Rücken, bis die ganze Kanne leer ist, wissend, dass ich das Klischee einer Liebeskranken nun vollends bediene. Mit der leeren Kanne in der Hand stehe ich da wie ein heimatloses Schattenkind, ich schleudere sie in die Ecke, trete einen unschuldigen Blumentopf und heule nun laut und ohne Rücksicht auf das nachbarliche Feinempfinden.

Das Telefon schellt und reißt mich aus einem erschöpften traumlosen Schlaf. Sofort erscheint sein Gesicht, das Gesicht, das mich verfolgt und das ich nicht mehr will. Nein, es erscheint nicht, ich bin bereits mit ihm aufgewacht und noch warm vom Schlaf wanke ich zum Telefon. Ja hallo, nein, ich habe gestern nicht zuviel getrunken, ja die Stimme ist belegt, ich weiß, entschuldige, es geht mir nicht besonders. Der Anrufer weicht erschrocken zurück, erkennt an der Brüchigkeit meiner Stimme, dass jedes Nachfragen zu ungeahnten Ausbrüchen führen könnte und ich weder zu Ablenkung noch Trostempfang bereit bin. Ich verabschiede mich kurz, die Verbindung ist beendet. Draußen scheint die Sonne, als sei nichts geschehen. Unbekümmert wirft sie ihr Licht durch die Platanen in mein Zimmer und die Blätter und Zweige veranstalten ein sanftes Schattenspiel auf der weißen Tapete. Heute müsste es regnen. Ich hasse diese Sonne in ihrer rücksichtslosen Ignoranz. Das Leben geht weiter, Kopf hoch, strahlt sie mich an, aber bei mir geht nichts mehr weiter. Meine Kraft ist am Ende, ich kann nicht mehr und ich will auch nicht mehr. Ich habe die Lebenszügel nicht mehr in der Hand, kann weder Tempo noch Richtung bestimmen. Es ist vorbei, Arthur ist noch da, ohne da zu sein, er hat sich von mir getrennt, ohne mich zu verlassen. Es ist vorbei. Ich kann auf seine Worte des Abschieds nicht länger warten und ich erschrecke vor den Bildern, die mich fortziehen, denn plötzlich fällt mein Blick in eine Gruft. Da liegt er, mein Geliebter. Zum ersten Mal sehe ich sein Gesicht entspannt, ich berühre seine Lippen, küsse sie, sehe seinen Mund, der sich nicht mehr wehren muss und nicht mehr angreifen wird, und nehme Abschied von seinen

Händen, die ich nie vergessen werde. Angst vor der Endgültigkeit treibt mich. Ich beginne im Zimmer Kreise zu ziehen, immer die gleichen Kreise. Warum liegt er in dieser Gruft? Warum nicht ich? Arthur erfreut sich bester Gesundheit, ist voller Kraft und Energie, führt seine Kinder mit fester Hand durchs Leben, beruflich unabhängig und erfolgreich, hat Geld und wird Frauen haben, die er glücklich machen und enttäuschen wird. Nie würde er nackt in einem Zimmer Kreise drehen und imaginär beerdigen. Ich gehöre in die Gruft. Ich, nicht er. Also spring schon endlich, du ungeliebtes Geschöpf, er braucht deine Liebe nicht. Mute dir den Abschied zu. Er soll dir eine Rede halten, das ist seine Profession und du hast sie dir verdient. Und ich schließe die Augen in stiller Erwartung der Orgel und des einsetzenden Chores, der Wärme der Kerzen, des Geruchs von Weihrauch. Ich bin bereit. Ich warte.

Vergebens. Fliehen selbst die Rituale vor mir? Ich möchte sinken, nur noch sinken. Still und weich, wie ein Wolkenflaum, der vom Himmel fällt. Und plötzlich spüre ich einen zarten Lufthauch und atme einen vertrauten Duft. Ich öffne die Augen und schaue aus meiner Gruft, in der ich bequem liege, über mir sehe ich ein klares gleichmäßiges Sonnenhimmelblau. Ein warmer windiger Sommertag. Rechts und links wippen Ähren über den Rand, ich rieche Kamille und höre Schwalben, die ich nicht sehen kann. Es wird ein schöner Abschied. Ich warte auf Arthurs Gesicht, wie es mich von oben anblickt und mir letzte behutsame Worte schenkt. Dann möchte ich schlafen. Ruhe haben. Endlich Ruhe haben. Vor ihm, vor mir, vor dem Glück und der Traurigkeit, vor der Liebe. Aber sein Gesicht kommt nicht und es dauert nur Sekunden, bis ich begreife, dass ich vergeblich hoffe. Er hat nie über große Gefühle gesprochen, große Gefühle sind zu groß für ihn. Was ihn überwältigen könnte, bewältigt er. Er kennt die

Sprache der Liebe, aber er gibt ihr keine Stimme. Es verbietet sich ihm, mit Sätzen an mein Grab zu treten. Sätze haben einen Punkt, meine Liebe zu ihm hatte keinen Punkt. Das weiß er. Für eine schöne kurze Zeit gab es kein Vakuum mehr, nichts was noch größer zu fühlen vorstellbar wäre. Ich bin an den Himmel gestoßen, an den Himmel, an den man nicht stoßen kann, aber ich habe ihn gespürt. Und ein letztes Mal spreche ich ihm, ihm, der schon nicht mehr da ist, meine Liebe aus – du warst mein Anfang und mein Ende, weil mich ein Weniger nicht mehr begeistern, beseelen und berühren wird und weil es ein Mehr als Alles nicht gibt.

Die Kreise im Zimmer werden langsamer. Meine Füße wandern noch, nun aber ruhiger, mein Körper ist entblößt und ohne Scham, die Verzweiflung hat ihre Kraft verschenkt. Ich sehne mich nach Ruhe, nach wochenlanger, jahrelanger Ruhe. Sie wird ungeschützt bleiben, keine Antworten auf die vielen ungestellten Fragen. Ich sehe mich wieder in der offenen sonnenbeschienenen Gruft, die keine Bedrohung mehr ist, das Licht wärmt und streichelt mich, kleine Wolken zerzausen den blauen Himmel, der Wind weht die Geräusche der Felder zu mir, die Luft schmeckt nach Thymian. Der Schmerz, der mich eben noch mit Peitsche und Sporen durchs Zimmer jagte, erschöpft sich langsam. Die Augen fallen mir zu, Schlaf und Bilder vermischen sich. Die Einsamkeit, von der ich noch nicht weiß, ob sie es wirklich ist, fühlt sich fremd an und neu. Wir müssen uns erst aneinander gewöhnen.

Es klingelt an der Haustür. Ich weiß nicht, wie lange ich geschlafen habe, ich lasse es klingeln, schlüpfe in einen alten langen Pulli und setze mich an den Schreibtisch. Die ersten unzensierten Wortversuche zerreiße ich wieder. Allein der Hauch von Süße und Pathos ist mir jetzt zuwider. Ich möchte keine Hungerworte mehr in Arthurs sattes Leben kippen. Fünf Sätze stehen auf dem weißen Papierbogen, ich streiche die verbliebenen Adjektive. Klar sollen meine letzten Worte sein, klar und ohne Schnörkel.

Ich falte den Brief zusammen, rufe einen Kollegen an und lasse mich für heute Abend entschuldigen. Für den Rest der Woche nehme ich mir frei.

Kalter Oktoberwind peitscht über die Dünen. Die Nordsee ist aufgewühlt, wütend kracht das Meer seine Wellen an den Strand und schickt weiße Schaumkronen über den Sand. Ich schlage den Kragen hoch und ziehe den Schal enger um den Hals. Die Einheimischen bleiben in ihren Häusern und bereiten sich auf die kommenden Gäste vor oder warten einfach darauf, dass der Sturm sich wieder legt.

Vor zwei Tagen bin ich auf Texel angekommen. Ich wohne in einem kleinen familiengeführten Hotel. Außer einem schlaksigen blassen Junggesellen, der aussieht, als wohne er noch bei seinen Eltern, bin ich der einzige Gast. Die Herbstferien beginnen erst übermorgen, dann werden die Fähren die letzten Touristenströme für dieses Jahr auf die Insel bringen.

Heute Nacht habe ich von Arthur geträumt. Inmitten der Schlinge eines Autobahnkreuzes sitzen seine wissenschaftlichen Mitarbeiter vor einer Gartenlaube an einem Holztisch und arbeiten. Vor ihnen stehen bunt dekorierte Sommerdrinks. Arthur liegt nackt neben ihnen in einer weißen Blechbadewanne. Zwischendurch schauen sie sich an, reden miteinander und lachen. Arthur lacht am lautesten. Allen geht es gut.

Nur noch wenige Meter, dann habe ich die Strandbude erreicht. Ich bin froh, mich etwas aufwärmen zu können. Seit zwei Stunden kämpfen sich meine Beine nun schon durch den feuchten Sand und meine Ohren schmerzen vor Kälte. Obwohl ich das Gefühl habe, noch lange nicht genug gelaufen zu sein, bin ich erleichtert, dem eisigen Wind für eine kleine Weile zu entkommen. Der Sturm droht mich umzuhauen, ich halte mich am Geländer fest, bis ich die oberste Stufe erreicht habe.

Die plötzliche Wärme macht mich ganz benommen. Ich setze mich ans Fenster und bestelle einen Milchkaffee und einen Kräuterschnaps. Mütze und Schal lege ich auf den Stuhl neben mir und suche im Rucksack nach meiner Lektüre. Ich schlage das Buch vor mir auf und schaue aufs Meer. Das Buch wird in den nächsten Tagen ungelesen bleiben, das weiß ich, aber es beruhigt mich. Es ist da und manchmal legt sich meine Hand auf eine geöffnete Seite.

Immer wieder wandern meine Gedanken zu Arthur. Die Farben der vergangenen Bilder wollen nicht verblassen und ich spüre, wie stark und selbständig meine Traurigkeit ist. Erwachsen scheint sie mir und aufrecht. Also lasse ich die Gedanken wandern und hoffe, dass sie sich eines Tages selbst erschöpfen und müde werden. Nichts kommt ohne Schlaf aus, auch der Traurigkeit fallen irgendwann die Augen zu.

Auf meinen Brief hat Arthur damals sofort geantwortet. Er könne meinen Rückzug verstehen, hat er geschrieben und sich für die schöne Zeit mit mir bedankt. In sanfter Wehmut umarme ich dich. Das waren seine letzten Worte. Wie gerne würde ich seiner Wehmut glauben, sie könnte mich ein wenig trösten. Aber Arthur ist fort, für immer und erst jetzt, im endgültigen Abschied, ist er berechenbar geworden. Er wird keine neuen Fragezeichen mehr hinterlassen, kein hörbares Innehalten, kein Zeichen der Unsicherheit, kein bekennendes oder auflösendes Wort. Es wird keine Irritationen mehr geben. Ein Punkt ist ein Punkt. Daran hat er nie zweifeln lassen.

In gleichmäßigem Rhythmus spült das Meer seine überschüssige Kraft an den Strand und ich denke an meine Kinder und für einen kleinen Moment wünsche ich mir ihre Körper in meine Nähe. Wie oft habe ich mich nach einem Zustand der

Bedürfnislosigkeit gesehnt, erstrebenswert schien mir dieser Zustand, unabhängig und friedlich, und erst jetzt spüre ich, wie schrecklich es wäre, nichts mehr verlieren zu können. In zehn Tagen hat David Geburtstag. Ich werde ihm eine riesige Schokoladentorte backen.

Übermorgen kommt Ludmila mit unseren Kindern nach Texel. Ich werde meine schöne Einsamkeit vermissen und mich über ihre Lebendigkeit freuen. Morgens werde ich mich über die schlechtgelaunte Marie ärgern, Jacob wird versuchen, dem vereinbarten Vokabellernen zu entkommen, und David wird wieder stundenlang unter der Dusche stehen. Aber sie werden da sein und Mams zu mir sagen. Und mit Ludmila werde ich hier oben sitzen und heißen Kakao trinken und den Kindern am Strand zuschauen. Nur über Arthur werde ich nicht sprechen. Wenn mein Blick traurig werden sollte und ich ihn von ihr abwende und aufs Meer schicke, weil er sich dort besser verlieren kann, und wenn sich unerwartet ein sentimentaler Song durch die Boxen schleicht und ich stocke und innehalte und der innere Kampf beginnt, dann wird sie vielleicht ihre Hand unter meinen Ärmel schieben. Engelchen, wird sie sagen.

Es ist gut, wie es ist. Das sage ich mir immer wieder.

Arthur, denke ich leise. Ich werde meine Liebe zu Ende lieben, dazu brauche ich ihn nicht. Und vielleicht werde ich dann eines Tages seinen Namen nicht mehr leise denken müssen. Arthur, werde ich dann sagen.

Es ist grausam, nicht ertragen zu können, was man liebt.

Ein paar Wolken treiben als verlorene Schafe am Himmel. Ein alter Mann kommt herein, bestellt einen Grog und schaut aufs Meer. Es dämmert. Gleich werden die ersten Lichter angehen. Ich muss Geduld haben.

Des Menschen Engel ist die Zeit.

Judith Frege

Ist denn nicht zufällig Sonntag?

Roman. 256 Seiten. Broschur

»Ihre langjährige Tanzerfahrung und ihr Blick für die menschlichen Stärken und Schwächen ihrer ›Zunft‹ erheben den Liebesroman zu einem echten Tanz- und Ballettroman.«

Westfälische Nachrichten

»Alles selbst erlebt. Bis zum Abschluss ihrer Laufbahn an der Deutschen Oper Berlin hat die Pina-Bausch-Schülerin von John Neumeier bis Maurice Béjart mit den wichtigsten Choreografen unserer Zeit zusammengearbeitet. Judith Frege weiß also, worüber sie schreibt ...«

taz

»Kein neuer sogenannter Berlin-Roman, geschweige denn beliebige Pop-Literatur, sondern schlichtweg authentische Innenansichten aus dem verschlungenen Mikrokosmos der Ballettszene. Momentaufnahmen von der unerträglichen Leichtigkeit des Seins im Grenzbereich zwischen Größenwahn und Genius, Neurosen und Selbstzweifel.«

Mosaik, WDR 3

»Mit den Augen der eifrigen Zoe erlebt der Leser nicht nur die konkrete Entstehung einer neuen Ballettproduktion, es eröffnet sich auch die schillernde Welt hinter den Kulissen. Frege öffnet die Türen in die Proberäume, zeigt die intrigante, neidbestimmte und gefühlsintensive Welt der Oper und des Balletts.«

dpa

solibro

Frank Jöricke

Mein liebestoller Onkel, mein kleinkrimineller Vetter und der Rest der Bagage

Roman. 256 Seiten. Gebunden

»Es gibt Bücher, die sind so gelungen, das man sie kaum aus der Hand legen mag – es sei denn, um sich die Lachtränen abzuwischen. Frank Jöricke ist mit seinem Erstling ein derartiges Kunstwerk gelungen.«

Badisches Tagblatt

»Es macht Spaß, mit dem Mann ins Bett zu gehen und gut gelaunt aufzuwachen, um beim Frühstücksei immer noch zu kichern. Wohlan denn ... lesen!«

Jacques Berndorf

»Da erklärt einer seine Generation genauer, plastischer und plausibler als jede sozialwissenschaftliche Analyse. Für Leute von 35 bis 55 die ideale Gelegenheit, in die eigene Vergangenheit einzutauchen. Für Ältere die Chance, vielleicht doch noch zu verstehen, warum das alles damals so schwierig war. Und für Jüngere endlich eine Erklärung, warum ihre Alten so merkwürdig sind, wie sie sind.«

Trierischer Volksfreund

»Jöricke erzählt mit einem Witz, der zwischen Loriot, Wiglaf Droste und Fips Asmussen changiert, in einem gefühlten Sprechtempo, neben dem Dieter Thomas Heck wie schwer narkotisiert wirken würde ... Um's also kurz und mit Lichtenberg zu sagen: ›Wer zwei Paar Hosen hat, der mache eines zu Geld und kaufe dieses Buch‹.«

www.16vor.de

solibro